蠹鱼文丛

策划组稿：夏春锦
　　　　　周音莹
篆　　刻：寿勤泽

2021 年上海文化发展基金会资助项目

孔明珠 著

讀寫光陰

浙江古籍出版社

图书在版编目(CIP)数据

读写光阴/孔明珠著. -- 杭州：浙江古籍出版社，2023.6

（蠹鱼文丛）

ISBN 978-7-5540-2594-9

Ⅰ.①读… Ⅱ.①孔… Ⅲ.①散文集—中国—当代 Ⅳ.①I267

中国版本图书馆CIP数据核字（2023）第077208号

读写光阴

孔明珠 著

出版发行	浙江古籍出版社
	（杭州市体育场路347号 邮编：310006）
网　　址	https://zjgj.zjcbcm.com
责任编辑	石　梅
文字编辑	张紫柔
整体装帧	吴思璐
责任校对	刘成军
责任印务	楼浩凯
照　　排	浙江时代出版服务有限公司
印　　刷	浙江海虹彩色印务有限公司
开　　本	787 mm × 1092 mm　1/32
印　　张	11.375　　插　页　8
字　　数	200千字
版　　次	2023年6月第1版
印　　次	2023年6月第1次印刷
书　　号	ISBN 978-7-5540-2594-9
定　　价	68.00元

如发现印装质量问题，影响阅读，请与市场营销部联系调换。

1946年,姑父茅盾、姑妈孔德沚在上海市虹口区山阴路(原为施高塔路)132弄(大陆新村)6号寓所合影

1946年,母亲金韵琴(左)与姑妈

2021年,孔明珠(本书作者)在大陆新村"茅盾旧居"前留影

2021年8月"前哨——鲁迅居上海时期手稿展"在上海鲁迅纪念馆举行，手稿展特设专柜展出鲁迅先生与孔另境往来手稿

《现代作家书简》孔另境编，鲁迅先生作序，上海生活书店1935年11月初版。图左为花城出版社1982年2月版书影。图右为上海书店1985年11月影印版书影

上海市虹口区山阴路（原为施高塔路）132弄（大陆新村）9号"鲁迅故居"

乌镇西栅景区，作者去茅盾纪念馆后山坡茅盾夫妇合葬墓前祭奠

韵嫂：

拒鞋早已收到,谢々。因事未即覆为歉。开会把人累坏了,近日正丰休息过来。推事甚多,似自己也无事,此家派事,务分是不解决问题的,所以我也不请假。小钢辞去考上了,来信谓已正式上课也吧。把马亦考签,马亦属之吗了,随函奉上请转寄。多々印顿健康!

雁冰 三月廿

什中考取了,不知中妹何日？便之需专信。

素袖轻衫未折腰速
珊珊步脚徽挑依徊
画扇百花浓姹紫长
裾蓦地飘鸾翙龙驰云
吟唤星斗爪驰云
捲出虹桥曲终更见深
匕屑嫩伴重合推开
憬朝鲜扇舞
六八年十二月旧作录赠
明珠内姪女 茅盾
七二年首

茅盾录七言旧诗"朝鲜扇舞"赠内侄女明珠

迴黄转绿幻霞光，窈绕翩翩仪态万方风度徐，随皓腕转腮弦偏逸，细腰世鲛人空洒千行泪，龙女还输一舞多方顷，刻波齐肃立只缘妙舞有珠娘，朝鲜姬馆赠五十年十二月重介明珠内姪女建康

茅盾 于北京

茅盾录七言旧诗"朝鲜珍珠舞姬"赠内侄女明珠

乌镇西栅"孔另境纪念馆"内孔另境半身塑像

1964年,孔另境回访嘉兴南湖,在"烟雨楼"前留影

纪念馆陈列室,作者站在家属捐赠的旧家具中,宛如回到童年时光

丰子恺、丰一吟父女

2019年，作者去丰一吟寓所探望她

丰一吟赠送由她临摹、敷彩的丰子恺著《护生画集》（选编）书影

木心在上海（陈村摄）

木心在乌镇（陈村摄）

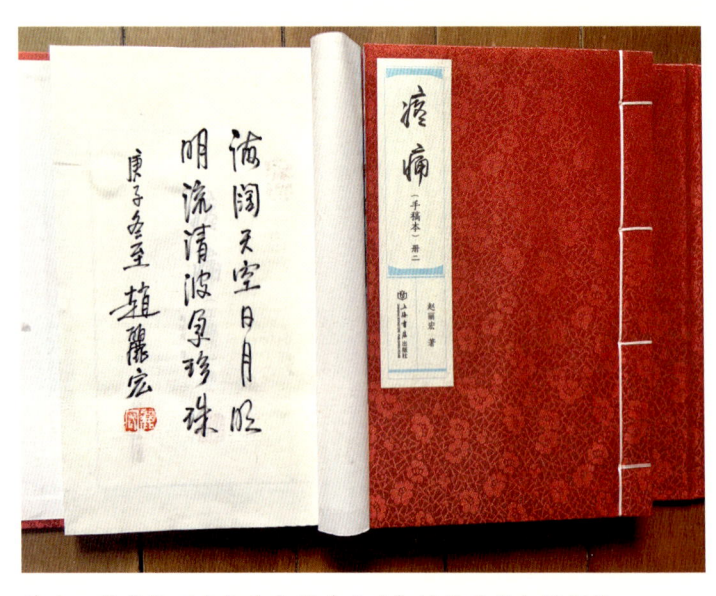

诗人、作家赵丽宏向作者赠《疼痛》精装手稿本并题签

翻译家周克希译《包法利夫人》节录，书写并配画

绍兴路7号上海文艺出版社校对科原址

绍兴路74号上海文艺出版社大堂彩绘玻璃

1982年，作者在绍兴路54号上海人民出版社花园里

文艺出版社的老前辈们。前排左起：钱君匋、姜彬，左4丁景唐，第二排中江曾培，第三排左5陆季明

有书相伴，人生不会寂寞

孔明珠把自己即将出版的散文集命名为《读写光阴》，这是一个很有意思的书名，也是她对自己人生况味的一种描述。这本新书，是一本和读书有关的书，是一本谈读书和写作的随笔，值得一读。

作为一个有丰富生活经历的作家，孔明珠非常清楚，她的写作能有今天的成就，非常重要的一个原因，就是对阅读的坚持，对书的热爱。我读过她不少回忆故人往事的文字，文章的主旨和细节，都和书有关。孔明珠出生于文人世家，父亲孔另境是文人、出版家，也是鲁迅先生的朋友，她姑父是茅盾先生。但孔明珠的童年却遇上艰困的时代，那是书的荒年。孔明珠的读书生活，就起始于这样的时代。我听她说过那时她怎样寻找书，也在她的散文中读到那时的经历，那些不朽的文学名著曾怎样照亮她人生的道路。她在一篇回忆姑父茅盾的文章中这样说："少年时我们遭遇书荒，胡乱读书，'拉到篮里就是菜'是我们的特征。"

然而那时拉到她篮子里的菜，却不是没有价值的闲草野花，而是经过大浪淘沙仍在世间流传的名著。她也会因一篇文章认识一个作家，想方设法去寻找这个作家的书，走向更深的阅读境界。家庭和长辈的教育，环境的影响，以及从小开始的阅读生活，奠定了她人生的基础。寻书、读书，成为她重要的生活方式，从童年一直延续至今。

孔明珠的写作，起步于20世纪90年代初。她曾把最初的习作给我看，写的是她游学日本的生活。开始时她对自己的写作并不自信，觉得自己就是因为喜欢文学，喜欢用文字表达，随便写写试试。我发现，她此前虽然没有写作的经验，但她的文章不仅展示出了驾驭文字的能力，也让人窥见文字背后的见识和涵养。最初那些文字的发表，给了她继续写作的勇气和动力。她的写作，从此一发而不可收。她用朴素灵动的文字，写岁月往事，写生活小品，写风俗人情，在她富有个性的叙述中，读者逐渐熟悉了她的名字。她曾经以"孔娘子厨房"为题，写了一系列关于烹调和美食的小品，这给她带来知名度。这些小品，虽然也是有文化内涵有情趣的文字，是她热爱生活的收获，但也曾让我担心她写作的走向。然而我的担心是多余的，她的视野和关注点并没有因此改变或者缩减，她更用心思考和表达的，是和她的阅读有关的，其中既有对岁月往事的记忆和反思，也有不断在更新增长的阅读经历。她的勤奋和才华，给了她丰厚的回报，她的新著一本本出版，在一些重要的文学评奖的获奖者中，出现了她的名字。在明珠的作品中，我特别关注的是她谈读书的文字。她读名著，也读很多引起她兴趣的文学新作，她的阅读心得，写得生动亲切，没有学究气，展现的是一个读书人的睿智和见识。譬如那篇《叹着气，想念你》，写的是她重读《包法利夫人》的心得，虽是一篇短文，但写出了对这部文学名著的独特见解。年轻时读过的书，因为自己经历的积累和心境的变化，数十年后重读时，有了全然不同的感悟。她是一个勤勉的书评家，读者经常可以读到她对一些新书的中肯评论。我这些年来写的几部儿童文学长篇小说，如《童年河》和《渔童》也都在她的阅读视野中，她为这些书写的读后感，是一个知音的评论，给我不少启迪。

孔明珠请我为她的《读写光阴》作序，作为交往数十年的老朋友，我想起了很多往事。这本书，对明珠有特殊的意义，是她作为一个读书人和写作者的经验之谈，也可以看作是她文学生涯的一次小结，由衷地祝贺她。我相信，读书早已成为明珠的一种生活方式，有书相伴，她的人生不会寂寞。结束这篇短文时，想起了我很多年前写的一首诗，题为《你们不会背叛我》这诗中的"你们"，便是我读过的好书，是那些陶冶过我，感动过我，影响过我的书。我在诗中这样写：

是的，假如有一天
所有的朋友都离我而去
你们不会背叛我
永远不会，永远不会
你们已经铭刻在我的心里
已经沉浸在我的记忆中
在我思想的每一个角落
在我情感的每一根血管
你们无所不在，无时不在
任何力量无法驱赶
你们博大美妙的形象
……
我用目光默默地凝视你们
我用思想轻轻地抚摸你们
我用心灵静静地倾听你们
我的生命因你们的存在而辉煌
我的生活因你们的介入而多姿
岁月的风沙可以掩埋我的身骨
却永远无法泯灭你们辐射在人间的
美丽精神啊……

我想把我的这首诗送给明珠,也送给所有对书怀有深情的人们。

赵丽宏

2022 年 2 月 20 日于四步斋

目录

第一辑 纸相遇

003 读经典就是读作家

006 鲁迅与茅盾留下的文化地标

010 韬奋两篇非虚构译述的连载

020 韬奋拟"求人启事"

024 得父亲初版书《秋窗集》记

030 四鳃鲈鱼,旧时文人交往的雅媒

035 乐读汪曾祺

038 饶平如:只有儿童的心才会上天堂

043 叹着气,想念你——重读《包法利夫人》

046 周克希:翻译太美,普鲁斯特太长

052 村上春树的"林译"世界

057 林少华的真、痴与书生气

062 他们为父辈立传

066 诗情弥漫《童年河》

071 好舌头与艺术——读《日本味道》

075　金阁寺与《金阁寺》

078　读任璧莲短篇小说

081　任璧莲、卢学溥与茅盾

087　裘山山散文的魅力

092　沈嘉禄写《上海老味道》

095　偷师《食鲜录》

098　《野芒坡》的写作密码

102　咪咪噜的忧伤如此美丽

105　慢慢喜欢你，程乃珊

109　想念宁波老味道

113　燕子李娟

116　喜爱阅读的日本人

121　从小津电影看日本人隐忍功夫

124　这生生不息的大地呀

128　写作是一种生理现象——与《上海文化》主编吴亮对谈

141　我的非虚构文学写作

第二辑　梦相见

149　那年，去北京送别姑父茅盾

157　茅盾、孔另境、孔令杰三位少小离家乌镇人的乡愁

163	韬奋先生的婚姻和爱情
167	去乌镇见木心先生
175	"我现在很想念你"
179	正直善良的你
182	丰一吟阿姨
191	躲在信后的母亲
194	施蛰存住了半个世纪的"北山楼"
199	赏花的审美起源于童年
202	本人特长
206	四川北路小文艺
210	爱书人都有开书店的梦想
213	那一场场家宴
223	绍兴路上的青葱岁月
237	左泥老师
241	送别刘绪源
247	日本浴衣的故事
254	衡山路 598 号
258	上海蜜梨
263	摆渡去奉贤
268	"老上海"吃西餐

第三辑　情相系

275　上海一直这么美

281　空间奇妙、光影透叠的花鸟新世界

287　端午之味粽子香

290　来一勺糖桂花，人与花心各自香

294　我爱水蜜桃

297　冰淇淋，苦夏中的神奇之光

301　爵士酒吧这种近在咫尺却又陌生的地方

304　我的家乡乌镇

307　乌镇老茶客

311　烂漫如圣塔莫妮卡

315　在美国开有机餐厅

319　圣安东尼奥——德州最浪漫的地方

324　可丽饼大叔

327　到 LA 去山上住

331　丹麦童话岛

335　九份暮色

339　蚵岈山奇景

342　我从沿街的窗户望出去

345　爱神花园醒了

349　此是春来第一鲜

第一辑 纸相遇

读经典就是读作家

少年时我们遭遇书荒，胡乱读书，"拉到篮里就是菜"是我们的特征。20世纪70年代末潮水一般的经典小说印出来，我们的眼光往往首先投向世界名著，读书最饥渴的时候碗里都是巴尔扎克、托尔斯泰、普希金等等世界大腕，夜以继日读，生吞活剥。

遇到中国现代文学大师鲁迅先生、茅盾先生是我的幸运，我的小学、初中语文课本上都有他们的文章。幼年时我就喜欢鲁迅先生《狂人日记》《阿Q正传》中画人眼睛的犀利，喜欢茅盾先生《林家铺子》《春蚕》哀情柔软的叹息，对旧社会劳动人民苦难的印象大多源出于此。

经典是经过时代淘洗能留下来的著作，中国现代文学经典亦不例外。读书的范围扩大以后，越发感觉到浩瀚书海，找到心性投契的书本、仰慕的作家并不容易，个人偏见亦不可避免。同一位作家，被广泛推崇的作品，并不一定就是经典。我手头有一部《茅盾散文速写集》，是 1979 年的版本。茅盾先生在序言中说："我知道中学教科书中选了《白杨礼赞》和《风景谈》作为教材；我愿推荐（自己的）《雷雨前》和《沙滩上的脚迹》……"

茅盾先生的《子夜》、《蚀》三部曲、《霜叶红似二月花》是他的代表作，固然要读，那是你认识作家，判断他是不是你喜欢类型的基础。读经典就是读作家，我喜欢在读名著之后，再去读作家的散文随笔、书信集、编辑手记等等，从侧面了解作家，那也许就是作家最不设防的，最易流露真性情的地方。

茅盾先生对故乡乌镇一向怀有很深的感情，他在散文《香市》《故乡杂记》《乡村杂景》中津津乐道乡人与乡情。茅盾先生出生在乡镇，但在都市长大，饱尝"人间味"，他"每每感到都市人的气质是一个弱点，总想摆脱，却怎地也摆脱不下"，却原来血液里还保留着"泥土气息"。他说自己"并不是把乡村当作不动不变的'世外桃源'所以我爱。也不是因为都市'丑恶'。都市美和机械美我都赞美的。我爱的，是乡村的浓郁的'泥土气息'、不像都市那样歇斯底里，神经衰弱，乡村是沉着的、执拗的、起步虽慢可是坚定的——而这，我称之为'泥土气息'"。

茅盾先生用孩童般的眼眸欣喜地观察大自然，他常常不作声地藏身在底层人中间，用眼睛拍摄下时代种种。他的笔下有内心戏十足的旁白，常有善意地对故乡人大喇喇地谈话、行事戳一记、戳一记那样特征的慢悠悠的讽刺，让我忍俊不禁。《上海》一文即是如此，文中描绘他来到上海找工作，寻找暂居地，随朋友去看房子时上海小市民的生活百态。那是1934年，茅盾与朋友沿马路读电线木头上的"招租文学"，上门求看所谓的余屋，结果发现上海人的天井里堆满破旧用具，客堂间里旧式家具摆得像八卦阵，简直要迷路。半楼梯有箱形阁楼谓之"假二层"，再上去手一碰板壁上就是"假三层"，慌忙逃出去。路过灶披间时，看见至少摆着五副煤球炉。他又跑到新式楼房，发现住三层楼煤卫独用的人家居然把浴间改造成房间用来分租。就是这些有关乡村有关上海的细节，为他撰写大部头小说准备了一个个记号，他用黑白铅笔画下的速写，便是为绘制色彩斑斓的时代大油画打底。

茅盾先生是我的姑父，我们家至今珍藏着他老年时期写给我母亲的几十封信。姑父的信很家常，谈谈近况，聊聊病痛，叹叹世事，每每翻阅，倍感亲切与温暖。茅盾姑父的书我会一直读下去。

2017年7月

鲁迅与茅盾留下的文化地标

我曾写过一篇《生于四川北路》,好似骑着一辆自行车从南端的四川路桥俯冲下来,一路观光,骑过天潼路、海宁路、武进路、虬江路,爬上横浜桥,再往前通过山阴路、溧阳路、甜爱路,弯至虹口公园。那一带是我最熟悉的虹口区,我喜欢明朗大方的四川北路,它的道路素朴规整,那一路点缀其中的文化地标,在在留有父辈文人的痕迹。

抗战胜利之后,我父亲孔另境参加第三方面军主办,专对日俘日侨进行改造、教育工作的《改造日报》,来上海后即在位于四川北路群众剧场对面的弄堂街面房子住下,那是原《改造日报》办公的地方,窗户矮墙都是日式的,地上铺满了榻榻米,有成卷的白报纸。父亲常常讲起那段时间革命知识分子都在为迎接上海解放奔波忙碌,彼时那种兴奋的心情被他讲述得很具感染力。

父亲此后一直住在四川北路,他对虹口区的感情可以追溯到更远的20世纪20年代至30年代。当时父亲由他的姐夫茅盾先生引领,少年离开家乡去嘉兴读书,后来进入上海大学。茅盾先生在商务印书馆工作时兼课于上海大学,教欧洲文学史,所以也是我父亲的老师。我的姑母孔德沚,因我奶奶早年去世,一直很照顾两个弟弟,父亲读大学时便寄住在她家亭子间,在虹口东横浜路的景云里。

在景云里,茅盾家对门住着鲁迅先生,他们之间文学信仰相近,互相仰慕才识,往来很多,茅盾先生有时候会差我父亲送信送稿子去鲁迅家。1932年我父亲28岁,在河北女子师范学校任出版部主任兼《好报》编辑,他的公开地址作为党与国外联络通讯处,许多苏联寄来的宣传品都由父亲的名字收取,邮件屡屡被没收。1932年夏天,父亲不幸被天津警备司令部逮捕。我姑母得知消息焦急万分,去鲁迅先生处求助。鲁迅先生一向肝胆侠义爱护年轻人,他了解情况后当即出手相助,借助他在北平教育部做事时的老关系,请许寿裳通过汤尔和向张学良求情,经过万般艰难,父亲终于在被关押百日时被释放。

父亲回到上海已是寒冬,他从姐姐家才详细得知鲁迅先生的营救过程,怀着激动的心情,立即登门以谢救命之恩。此时鲁迅先生已经由景云里搬到四川北路2093号拉摩斯公寓(北川公寓),父亲一口气奔上3楼拼命按响4室的电铃,不想来开门的竟是鲁迅先生本人。鲁迅先生请父亲抽烟，他故意回避父亲向他探问营救的复杂经过，总是把话头扯开，而手足无措的父亲到告别时也没有说出"感谢"两字。之后父亲有事没事便去看望鲁迅先生，心中认定这位人格高尚的偶像为老师，熟悉以后，许广平女士常留他吃饭，陪鲁迅先生喝绍兴酒。

1933年鲁迅又搬家了，这次仍然是虹口，山阴路大陆新村9号。鲁迅觉得那里不错，推荐茅盾也搬去。茅盾不想住得太贴邻，以免共同的朋友去了鲁迅家又到自己家来聊天，妨碍写作，他选了鲁迅家后面一排的楼里住下。为答谢大先生的推荐，我姑妈让茅盾上门去请鲁迅来家吃饭，姑妈亲手做了一顿乌镇野火饭招待。

鲁迅先生与茅盾先生两位中国现代文学史上的大文豪在虹口留下的脚印数不胜数。四川北路2050号内山书店离景云里、拉摩斯公寓都只有几百步路而已，据文学研究者计算，鲁迅先生去过内山书店五百多次，买书一千多册，与书店主内山夫妇结为挚友。

内山书店于1945年停业，到现在原址还保存有纪念馆。隔壁四川北路2056号是新华书店，1972年我母亲曾经在那里短暂工作，在文艺组当营业员卖连环画。收款用像布店那样的拉线吊着钱夹子，在人头上空吊得很高，母亲人矮，垫上两块大砖还要踮起脚，用劲将钱甩向中央收费台，跳上跳下。

经过新华书店沿着甜爱路可以通往虹口公园，每年清明节我跟着父亲去祭拜鲁迅先生，那里有鲁迅塑像和他的墓地。父亲收藏有四大册鲁迅先生葬仪完整照片，被当作抄家物资发回后，我们代他捐给了鲁迅纪念馆。

虹口区书店特别多，数数有近70家，其中四川北路靠近武进路有过一家不大的上海旧书店，我大姐在那里工作过很长时间，那个年代不出版新书，旧书却又很少有品种可卖，我去玩，经常看到是卖活页文选，可书店里还是人头攒动，虹口人爱闻书香已经养成了习惯。

2017年5月

韬奋两篇非虚构译述的连载

韬奋先生的写作投稿是从英文翻译开始的。

1912年父亲携韬奋来到上海，17岁的他进入了上海南洋公学（交通大学的前身）读书。南洋公学在注重工科之外，积极提倡研究国文，英文的教学水平除了圣约翰大学，就是这老牌的南洋公学。由是，韬奋的国文和英文在中学里打下了很坚实的基础。

入学几个学期后，韬奋的经济就陷入了绝境，家里没钱资助他交纳学费和生活费了。一天在学校的图书馆他偶然翻看《申报》的《自由谈》栏目，见刊登着请作者领取稿费的通知，不觉惊喜，决定投稿。一个中学生能写什么，写什么才能换来钱呢？聪明的脑瓜子一转，想到自己的特长——英文。

韬奋到学校图书馆，从英文杂志上寻找选题，选译短小精悍有关健康卫生的方法或科学上有趣的发明等内容，投到《申报》。几次石沉大海，他不泄气，继续抽出时间译稿、投稿。终于有一天在《申报》上看到了自己的"大作"和自取的笔名"谷僧"。

现在看韬奋先生当时的投稿选题，不难发现他与生俱来的个性，有主见，很少偏见。那些国外的先进科学技术、实用的健康信息给尚处在封建思想十分浓厚，消息相当闭塞环境中的中国人一种冲击，获得一种打开窗户豁然开阔视野的效果。

在南洋公学读到大二，韬奋转学考入圣约翰大学。圣约翰大学良好的学习环境使韬奋如虎添翼，可是金钱的压力迫使他既要"节流"，又要"开源"。到图书馆打夜工，辅导考高中的学生做家教，写作投稿组成了韬奋自我救穷的三部曲。

韬奋大学毕业后去上海纱布交易所担任英文秘书，同时去《申报》兼职翻译英文信函，并译介了大量英国、德国、美国有关职业教育和指导的著作。直至中华职教社聘请韬奋当编辑股主任，从此以编辑取代投稿者身份，更多地介绍国外文化生活方面的先进方法，走上职业之路。

韬奋于1926年10月接办《生活》周刊，担当主编。

在韬奋先生的著作中，有关编辑思想和出版方针的文字很多，历来为国内出版人所重视。对于《生活》周刊的编辑方针，韬奋担负起主编的责任以后在《本刊与民众》一文中称："至于文字方面，本刊力避'佶屈聱牙'的贵族式文字，采用'明显畅快'的平民式文字。"

1926年的上海风雨飘摇，韬奋"向来并未加入任何党派，我现在还是如此"，但是"我服务于言论界者十几年，当然有我的立场和主张"。由于韬奋大众文化的立场，《生活》周刊上发表了大量平民大众喜闻乐见的文章，韬奋每天要花半天时间看读者来信，答问，及时调整选题。《生活》周刊在他刚接手时的印数是2800份左右，大多属于赠送性质，在韬奋先生的努力下印数不断递增，4万、8万一路上涨，最高峰时印数达到15.5万份！

我发现，在发行量逐渐增多的最初阶段，两部韬奋译作连载起了很大的作用。这两本书是《一位美国人嫁与一位中国人的自述》和《一位英国女士与孙先生的婚姻》。

韬奋在《本刊之又一特色》一文中说到："本刊为便利读者阅读起见，向来所采用的文字都以一期能登完的短篇为原则。不过最近有几位爱读本刊者建议，以为短篇精警的文字固属重要；然最好能有一种按期继续登载的有趣味的长篇著述，使读者对于本刊有一种继续不断的趣味。"韬奋采纳了读者建议，很快在杂志上开辟了一块新天地。

韬奋亲自翻译了《一位美国人嫁与一位中国人的自述》(美，麦葛莱著)，于1927年2月27日在《生活》周刊第2卷第17期开始连载，至1927年12月25日第3卷第8期止。署名邹恩润译。选择理由是："这篇内容极有兴趣，很有小说引人入胜的意味，而又属真确的事实，毫无捏造；且可由此窥见中西生活习惯异同利弊的一斑，又很有价值。"

韬奋受五四新文化的影响很大，思想比较开放，还在于他语言上的优势，对于国外信息特别重视。平常遇见从国外回来的朋友，总是喜欢问外国政治社会近况，"一则可以藉此略悉各国最近情形，也许可以由此稍明世界大势；二则也许可以供我国社会参考或比较。对于个人修养方面，亦可以扩大胸襟，放远眼光"。

《生活》周刊原先是职教社办的，主要传播职业教育消息和一些帮助读者提高职业道德、修养的文章。韬奋接手后，对内容作了很大的改革，但是主题还是紧紧围绕着"生活"两字。韬奋见识广，却不是一个崇洋媚外的人，每每搜集到对国人思想有启发意义的文章，会快乐到好像哥伦布发现了新大陆，马上去粗取精去芜存菁，做成小文章发表，而不搞单纯的拿来主义。对上述这位美国女人嫁给中国男人的故事，韬奋敏锐地发现到他们相恋过程中的思想变化，婚姻过程中中西文化的碰撞，都对当时的中国社会有启发意义，随即快速翻译，立即连载，并热情高涨地撰写"译余闲谈"。

韬奋此选题连载与同期的鸳鸯蝴蝶派报刊《紫罗兰》《良

友》《礼拜六》等相比，视野更开阔，站得更高，印证了他"力避'鸳鸯蝴蝶派'的颓唐作风，而努力于引人向上的精神食粮"的选材宗旨。

在形式上，《生活》周刊是4开小报，翻译小说连载被放在末尾。每篇文字1800字左右，再加上500字左右的"译余闲谈"。在"译余闲谈"中，韬奋充分发挥社会评论专长，针对此段文章中有关爱情、婚姻、家庭的看法作点评，文字十分洒脱、俏皮、尖锐，以中国现状和美国相比较，抨击落后封建制度，呼吁社会文化的进步。

相隔一年，韬奋先生又翻译了《一位英国女士与孙先生的婚姻》（美，露易斯·乔丹·米恩著），附"译余闲谈"，载1928年1月1日《生活》周刊第3卷第9期，连载时间跨度长达一年多，至1929年4月28日第4卷第22期，署名同样是邹恩润译述。

邹恩润是韬奋先生的原名，韬奋说，因为《生活》周刊当时发行量不高，经营比较困难，稿费很低，没钱请当时的名家赐稿，只有自己赤膊上阵，一人分身起了甲乙丙丁六七个笔名来抵挡各个门类的需要。在翻译方面，用的是"邹恩润"。

沈钧儒回忆韬奋的文章中有这样一段话："您译外文最快，一边看一边写，像在抄自己做好的文章一样。您译《苏联的民主》

和《从美国看到世界》两书的时候,我常常坐在您桌旁。我说,韬奋,不要妨碍了您,您总说,不要紧,不要紧,一面就很起劲地讲解给我听,一面仍是笔不停地写。"

《一位美国人嫁与一位中国人的自述》是一部美国女性写的纪实作品。韬奋在附志中说:"这篇纪事里面所说的都是事实。不过两位主人翁梁章卿与麦葛莱女士都是隐名,不是原来的真姓名。这位男主人翁曾经教过我英文文学,是我的一位很敬佩爱重的先生,女主人翁当然是我的师母,不过这位师母作这篇《自述》不用真名,我也不便替他们宣布。好在我们重在事实,姓名倒也无关紧要。"

时隔八十多年,我们这些已经争取到了"适宜的环境",基本达到了婚姻自由境界的人,回过头去看当初封建制度下套在旧式婚姻观中的人,韬奋提供给民众的是怎样的连载故事呢?

故事中的主人公是21岁的海外留学生,非常优秀,他爱上了19岁的美国女孩,利用拜访邻居的机会得到她父母的欢心,继而想方设法接近她,渐渐由友谊发展为恋情。可是中国大家族方面已为男孩在国内家乡结下儿女亲,力阻他们的婚事。经过一番斗争,这对中国男人和美国女人终于结成眷属,然而面临拒讨小老婆、回乡探亲、婆媳相处、适应中国礼仪等种种困难。在爱的感召下,这对异国夫妻一一克服,生下三个混血儿。不幸的是当上美国领事只一个星期,丈夫患伤寒去世。

第一章第一篇,作者讲述与男主人公相识于美国大学校园的故事。开始,美国女孩对中国男孩的印象是"表面上看去还不错",然而说话的语气含着轻蔑之意。之后两人相识成了邻居,相谈比较愉快。但是对中国这个国度心存成见,女孩心里感觉到了痛苦,无意与他继续往来……

韬奋的"译余闲谈"这样点评:

> 民族的仇恨,是世界生活不太平的导火线,真是一件大憾事,尤其是黄白两种。我们在国内大半都是糊里糊涂的,一出国门,这种感触便愈甚。在这段纪事中也很看得出。我敢说一句公道话:这两方面用不着彼此"恭维",也用不着彼此"蔑视";因为人类是"良莠不齐"的,各方有各方的好的,也有各方的坏的。

韬奋秉承马克思主义辩证法原理,站在人类高度看待各民族间的矛盾,建议不卑不亢,具体问题具体分析、处理。具体到婚姻观,他这样说:

> 婚姻的两方当局,要彼此发源于"钦佩羡慕",这是很重要的。我国旧俗的婚姻,是由父母一手包办的……我

觉得这还是过渡时代不得已的办法。将来有了适宜的环境，要全由男女双方自己物色所"钦佩羡慕"的意中人（父母当然可作顾问，或在某年龄内，须得父母同意）。如有"阿憨"没有东西配人钦佩羡慕的，不能物色，或物色不到的，便没有老婆可娶！……在当局两方更能"半斤""八两"，各得其偶；"巧妇常伴拙夫眠"，与"才子"不幸误配"愚妇"的憾事，可以少些。

以下所有的"点评"和这段文字一样，充满了韬奋特有的敏锐和率真幽默的风格，读着常常令人忍俊不禁。

说到婆媳关系，韬奋说：

我想来想去，以为要彻底的解决，或者可于结婚之后，男的随着妻子与岳父母同住……不但男的有职业，能替家庭生利，女的也须有职业……男的无故要担负女的父母生活，要没有人敢娶老婆了！

论到中西风俗习惯不同，韬奋道：

依西俗与友约谈，勿作无益的谈话，要事既毕，亟退，勿耽玩费时，误人他事；我们习惯，一坐了下来，好像屁股就生了根，噜里噜苏的说了许多无关重要的话还不肯走，真是要命！

关于中国大家族混居，韬奋高呼："'打倒'中国的大家族制度，否则大多数人的'生活'，便要永久的'暗无天日'！"还有很多关于旧式婚姻、旧式家庭中盘根错节的关系和陋习，韬奋一一剖析，将小说中美国女人的困惑拿到太阳底下来晒，让读者看清改良中国社会，改良中国家庭的必要性和紧迫性。

这部长篇故事曲折动人，担得起连载的大任。每周一篇1600字到1900字左右正文，加上韬奋小处着手、倾注心血的点评，每篇300到500字左右，牢牢地牵住了读者的视线，为之喜，为之悲，为之争论，为之叹息不已。刊登连载后整整10个月中，《生活》周刊的印数逐期上升，到1927年底，发行量已增加到2万份。以上升比例来计，底数是2800份，年度竟然有7.14%的递增量。下一部《一位英国女士与孙先生的婚姻》刊发后，发行增量更是势如破竹，到1929年已达8万份。到1931年，发行量达到最高峰，15万5千份，创造了旧中国杂志发行量的最高纪录。

韬奋先生学贯中西，兼有古典文学和西洋文学的功底，然而一生兢兢业业从事大众文化推广和研究，读《韬奋全集》仿佛在捧读一颗热辣辣的赤子之心。作为已经从事出版工作二十多年的后人，我常常为之感到羞愧。

胡仲特在回忆韬奋时说：韬奋读书又博又精……常抽时间

读国外出版的新刊新书。自从他出洋回国以后，他对于英美新出版的进步社会科学著作，一直有着先睹为快的热望。在苏州监狱期间，他天天读名著做笔记，开出书单请人各处去借。他不卖弄书本知识，他能把书本知识和社会经验结合起来，靠思想融合加以贯通。"谁能否认多年《生活》周刊的编者是精通这一世代的中国社会现象的专家呢？他是一方面向有国际权威的学者们学习，另一方面又向受苦受难的中国人民学习的。他的基本态度就是谦虚。"

韬奋这位平民主编夜以继日地工作，连床都恨不得搬到办公室去。由于当时稿费几乎为零，最初两三年，编辑出版人手连韬奋在内总共只有两个半人，一些文章是由韬奋在英文刊物中搜索得来，翻译、关联、剪辑出来的，所谓"有趣味有价值"是他最注重的一个办刊宗旨。韬奋的译笔也很讲究，这个讲究不是精细的考究，而是"畅达、简洁、隽永"六个字，是适合市民阶层阅读的文字，容易为更下层劳动大众接受的"有趣味有价值"的文字。

2008 年 7 月

韬奋拟"求人启事"

我在中国韬奋基金会工作了十年，一直以为韬奋先生擅政论，文章挺严肃的，不料这次在为纪念他逝世六十周年新版的著作《事业管理与职业修养》中发现一篇妙文，引我开心了许久。真想穿过六十年时光隧道，和这位可爱的老头儿（如果他活到今天，该是109岁）当面畅聊！

文章的题目是"征求一位同志"，原载1930年8月3日《生活》周刊。文体类似我们常写的"编辑留言板"，内容是如今很多"这山望着那山高"的年轻人引颈长盼的"招聘广告"。也许因为"一、韬奋先生有长话要说。二、那期版面刚刚有空"，这篇《生活周刊》社的"招聘广告"出奇地长，有两千多字。先是讲述"编辑部的工作我有一天不能离开之苦"，"去年有一次生了两三天病，竟不得不在病榻上勉强作文阅稿……征求一位同志相助之心乃愈切"。接着，韬奋先生"吓唬"道，他要将所要招聘的助手条件及办法"老老实实的说出来"了。

真是不看不知道,一看吓一跳,想不到,七十多年前要到生活书店当一名合格的作者兼编辑竟然条件那样苛刻。对照韬奋先生列出的详细要求,从"德智体美劳"任何一个角度看,基本上他要的是个完人。"简括起来是(一)大公无私,(二)思想深入,(三)文笔畅达,(四)至少精通一种外国文。"同时,韬奋先生开下条件,应聘者必须"先投稿三个月",如文章写得可以,当面谈得不错以后,到位试用两个月,说到酬报,是"以菲薄为歉"。

不过,先生绝对是不拘一格降人才,铁面无私的。他不唯文凭论(小学没毕业也没关系),不开后门(熟友保荐没用,写信求情不通),个性、兴趣第一(个人与工作融为一体)……

当年,韬奋先生主持的《生活周刊》以进步、正义、平民视角而著称,发行量很大,而那时的文人穷途末路,想找这样一个"饭碗"的也不在少数,但是当得起那样重任的,具备那样全面素质的人到哪里去找呢?韬奋先生写着写着,自己也意识到了问题的高难度,他有点不自信了,诺诺地说:"我的话已说了不少,但是对于此次征求,心里很少希望——不是不希望,是觉得这个希望恐怕很难达到……"为什么呢?老人家心里真清楚:"有我所要求能力的人大概都要去做他们的大事业——做名人，做伟人——像办《生活》这样的小事情也许不值得他们之一顾，为他们所不屑做；愿意加入者也许没有我所要求的能力。"

也真是的，招聘启事刚刚写完还没上机器印刷，先生就对应聘者不抱啥子希望了，他坦白说"要'能'与'愿'合得起来，实在是一件很难的事情"，写下两千多字，不过是"姑且尝试，未必能获得满意的结果"。

我是在会场里听"三项学习"报告时翻看到韬奋先生这篇《征求一位同志》的，当场很不恭敬地笑了出来。因为它出乎意料，与我常常在报端看到的"求人启事"之类的文字太不同了，字里行间有着浓重的理想主义色彩，感性得如同一篇散文。读一篇招聘启事，读出了一位书店老总的学识水平、道德标准、人才观和他本人的处世为人。七十多年以前的文人心灵多么美好，行为多么天真、单纯如儿童啊，为他所热爱的文学事业，韬奋先生真正是怀着一颗赤子之心。

笑过之后，我有些惭愧，自己做了十几年编辑，职业修养上不仅离韬奋先生的要求离得太远，而且居然下意识地嘲笑他的理想主义。我坐在那里，心情久久不能平静，说实在的，这篇《征求一位同志》已经有点激起了我的"战斗力"。我在想，人与人之间是有缘分的，如果七十多年前我有幸已生在这个世上，如果我像今天一样会写写弄弄，热爱办这种进步、平民的刊物，读到先生的招聘启事，我一定要去试一试笔，我要不自量力地去争取到当他助手的机会。

一个喜欢的工作，一个好的工作氛围，一个令人崇敬的上司是我们修几辈子都修不到的福啊。七十多年前是这样，七十多年后也应该是这样的。

（注：据说，当年《征求一位同志》一文发表后遭来读者批评，说韬奋先生的条件太苛刻了，为此编读之间展开了一轮纸上辩论。同时此文应征到一代名编辑、作家艾寒松先生为先生的得力助手。）

2004 年 8 月

得父亲初版书《秋窗集》记

我没有藏书癖，书橱里几乎没有老旧的初版书。父亲算得上丰富的藏书在"文化大革命"中被造反派扫荡一空，他本人的著作初版本有些保存在乌镇"孔另境纪念馆"中，有些在大姐那里，我手里一本也没有。

前些天，我收到一封《作家文摘》报转来的挂号信，是北京读者宋先生写给我的，他是从《作家文摘》上看到选摘于《上海文学》杂志今年第3期上我的文章《特别的明信片》，"很感动，始知在乌镇的孔另境纪念馆"。宋先生说他存有一本我父亲签名赠与"竹年兄"的《秋窗集》，并附上了封面和版权复印件，问我是否需要，可以去信联系。

《秋窗集》是我父亲1937年6月于泰山出版社出版的第一本杂文集，分两辑，共收有十几篇文章，"论争之部"辑有《秋窗漫感》等7篇以东方曦署名的父亲文章，那是他于1936年发表在《大晚报》"火炬"上的几篇漫话，他的"第一桩愿望就想发泄一下胸中的那些积淤"，可是不意卷入一场文坛公案，惊动了郭沫若、茅盾、阿英、陈子展等等著名作家，一时《大晚报》《立报》等副刊为"文坛领袖"之争，为猜东方曦这个笔名究竟是不是茅盾先生很是热闹了一场。为全面展示那场颇为激愤又幽默的论战，《秋窗集》收了此公案中一些有关文章；另"散失之部"辑有6篇父亲于1936年10月之后写就的零星文章，包括他非常动情地回忆鲁迅先生的那篇散文《我的记忆》。

宋先生手里即是1937年6月泰山出版社的初版本，我看附来的复印件，封面已经残破，毕竟距今快80年的纸本书，令我惊喜的是扉页上面有父亲手书"竹年兄正 孔另境 一九三七，六，二十"字样，虽然我不知道竹年是谁，父亲的笔迹我一看就知道。

我稍许了解一点藏书界的情况，诸如"孔夫子旧书网"那里，有些初版本的价格令人咋舌。几年以前，有位喜欢淘书的小朋友告诉我，看到网上有人转让我父亲在中华人民共和国成立以后被有关部门保存的一些"书面检查"等，我转告大姐，她联系了转让人，结果在一家茶馆见面，大姐花了几千元钱买下这些令人感伤的纸片。实物我至今没看到，说实话看这些东西也是需要有一些勇气的。

现在机会来了，我很想要宋先生手里这本《秋窗集》，想摸一摸，保存在书橱里，也让女儿看看未曾见过面的外公的亲笔字，如果她也觉得那是宝贵的东西，说不定还会保存下去。我不知道这位来信的宋先生是谁，他这是要卖书？会开高价吗？但看他端正老到的钢笔字迹，信纸抬头冶金工业部北京某研究院，我想他会不会是位有点年纪的知识分子。

我根据他留的手机号发了个短信过去，说如果他愿意将此书转让，我万分感激，作为回报，我可以签名送父亲、母亲各一本新版的书给他留念。我还说，如果有什么要求也可以告诉我。那时我有 70% 把握对方是位好人，他不会要我的钱，惭愧的是另 30% 我留了个心眼，准备好讨价还价。

宋先生几个小时后回了短信，他让我告知寄书地址，还说："此书回归更有意义。如能得到您签名的两本书我会十分高兴！"不巧那天我手机短信提醒功能关掉了，我没看到。第二天上午，宋先生追加了一条短信，再次表明他的心意：送给你，没要求，赶紧告知地址！随即他留下自己家详细地址。看到这两条短信，我脸红了，是高兴，也是惭愧自己的小人之心。好玩的是，我马上回的短信亦"石沉大海"，第二天我复制后再发一条，告知他我送给他的书已在快递路上。

我们俩都收到了对方的快递。在为父亲逝世 110 周年编的《孔另境纪念文集》扉页上我题写了对宋先生转赠与我父亲著作初版本的感谢，还签名代送了我妈妈金韵琴新版的《茅盾晚年谈话录》。宋先生收到后很高兴，回说题词是给他最好的纪念。

我小心打开包装得很妥帖的那本"重点书"，很小很黄很破了，扉页上父亲的题字墨迹清晰，老爸握着笔杆潇洒的书写形象活生生跳在我眼前，爸——我的眼泪涌上来，手指抚摸他的字迹，甚至感受到了他的温度。

北京来的快递中夹了一封信，宋先生回忆如何得到这本《秋窗集》："记得大约是1957年左右，我从北京中国旧书店购入本书，那时候还陆续买了我国三十年代文坛论战的一些书籍，后来都散失了。唯独这本《秋窗集》有你父亲的亲笔签名，我觉得很珍贵，特意保存下来，至今近六十年。现在送给您我感到很欣慰，这本书我保存得比较好，由于珍重并未在书中题写，保持了书的原状。"

欣喜之下，我立即拍摄了封面、扉页与宋先生的信上传到微信朋友圈，海珠大姐看到也很高兴。因大姐是现代文学史专家，我急忙问她知道父亲在扉页上题赠对象"竹年兄"是爸爸哪位朋友？姐姐答竹年就是李何林。啊！原来就是著名现代文学研究家李何林老先生，我父亲年轻时便结识的好友。李何林与李霁野、台静农（北平"未名社"主干）同为安徽霍邱人，年龄相仿意气相投，二十年代末我父亲在天津河北女子师院编校刊以及《好报》时认识他们。1932年暑假父亲被天津巡捕房抓去关了100天，李霁野、台静农为营救他百般奔走，后来通过鲁迅先生的关系，两人联合作保，父亲才得以获释。几位书生经历过这样的生死营救，情谊至深，1937年6月父亲的《秋窗集》出版后，当即送给"北国好友"李何林先生指正便是十分自然。

时间来到了1957年，《秋窗集》历经20年纷繁战乱，不知多少文学青年的手翻过它，传递它。也许此书一直被李何林伯伯保留在身边，而这一年，反右斗争以异乎寻常的风浪袭击到他的书房，《秋窗集》随很多宝贵的书籍一同散失。有幸的是这本书遇到了宋先生，竟然将它完好保存了58年，最后通过这番机缘送回作者后代的手中。我越想越激动，拨通了北京宋先生的手机。

电话中传来的声音略显苍老，果不其然，宋先生是一位长辈。他虽然不是学文科出身，但是年轻时就偏爱文学著作，爱跑旧书店淘书，曾经买过很多旧书，时间一长大多都散失了。冥冥中有天意，这本《秋窗集》一直在，仿佛他知道此书会有一个好的归宿。当宋先生听我说到父亲书扉页上"竹年兄"是著名作家，鲁迅研究奠基者，鲁迅博物馆首任馆长李何林先生时，他高兴地连连说知道、知道他，曾经也收藏过他的书。

宋先生在北京钢铁研究所工作，他自豪地说自己是教授级科研工作者。我说那是当然啦，您现在还经常看书读报吧？他说是，自己是《作家文摘》的忠实读者，看到好的文章都要剪贴下来，这不，宋先生随书还送了我一张2005年12月13日的剪报，文章是《孔另境：和毛泽东一起办公》，剪报做得很专业，有发表日期、总期数、版面信息。10年前的剪报，也可以算藏品了。

请教宋先生贵庚，他说今年82，家在北京，曾经来上海宝钢工作过好多年，对上海也是熟悉的。我们在电话里聊得很开心，都有得其所愿的兴奋，我们约好有机会或许在北京，或许在上海见个面，再聊聊。

得书之事太高兴，我去新浪也发了个微博，微博大咖，藏书家、书评家鹦鹉史航看到了，留言："书缘殊胜，情谊成美。"钢琴家宋思衡批："人生，不过情谊二字。"网友评论很多，多说宋先生是成人之美的君子。著名作家陈子善老师也转发了这条微博，只一周的功夫，点击数已超过18万人次。

此时此刻，我感觉父亲在天上看着人间，这是他乐意看到的世界。

2015年6月

四鳃鲈鱼,旧时文人交往的雅媒

旧时文人爱吃的多,从李渔到袁枚,从梁实秋到汪曾祺,留下过多少脍炙人口的美食篇章。再看施蛰存、戴望舒、叶圣陶等二三十岁时,峥嵘岁月中,写作编稿之余也有机会抽空聚餐,吃完抹嘴不算,回家还要记日记,相互写信问候时再约来顿。近来旧时文人尺牍热,我们这些爱"附庸风雅"的后人,乐意通过信札上的蛛丝马迹与他们拉近关系,谓之"共情"。

读吴霖先生赠《学林侧影》,发现他编入旧稿"愚园智者施蛰存"一文后有篇长长的"补记",着重考证了施蛰存先生有关四鳃鲈鱼的传说,颇为有趣。

"补记"是从我父亲孔另境1935年编,鲁迅先生赐序言的《现代作家书简》一书说起的,其中有一封叶圣陶致施蛰存信函,抄录如下:

蛰存先生:

承饷鲈鱼,即晚食之,依来示所指,至觉鲜美。前在松江尝此,系红烧加蒜焉,遂见寻常。俾合家得饫佳味，甚感盛贶。调孚、振铎，亦云如是。今晨得一绝，书博一粲。

红鳃珍品喜三分，持作羹汤佐小醺。滋味清鲜何所拟，《上元灯》里颂君文。

      弟　叶绍钧　十二月二十八日（十八年）

叶圣陶先生信中感谢施蛰存先生赠送的鲈鱼即为松江名产四鳃鲈鱼。

当时，冯雪峰、丁玲、沈从文、刘呐鸥、戴望舒等一帮当年活跃于文坛的青年想必大多单身，居住在上海，激昂的心，年轻的胃，塌瘪的钱袋子，打牙祭的机会不多。1929年10月施蛰存在家乡上海郊区松江新婚，一个招呼便将这些人招呼去乡下参观婚礼。

正是松江名产四鳃鲈鱼上市的时候，为了招待好他们，施伯伯特地盼咐办喜宴的菜馆为这桌上海来的贵客加一个四鳃鲈鱼火锅。效果果然如主人所希望的十分喜人，酒席上这帮才子、才女眼见到苏东坡《赤壁赋》中"巨口细鳞，状如松江之鲈"真身，品尝到美味，不由诗兴大发，谈笑风生，畅饮到夜深，搭火车而归。

那一次，郑振铎先生没有同行，听说了众文友的口福颇为羡慕，以至隔了一年仍耿耿于怀，邀上叶圣陶、徐调孚一同赴松江拜访施蛰存，申请补吃四鳃鲈鱼。正如叶圣陶信中所述，那次没有吃到鲈鱼火锅，吃的是家常加蒜头烹制的红烧鲈鱼。好客的施蛰存怕客人吃得不尽兴，离别时还让好友携生鱼而归，并指导了另一种白汁烹调的方法。叶圣陶回家后如法炮制，与家人一同品尝到一盆"至觉鲜美"的白汁鲈鱼，并乘兴赋七绝诗一首。

据吴霖"补记"中考证，施蛰存写到四鳃鲈鱼的文章除了《云间语小录》中《鲈》那篇随笔，还有《滇云浦雨话从文》。施先生在松江与文友有过的"啖鱼之约"，在其他朋友的日记中也有记载，而上文叶圣陶书信中，三言两语提到那条小小的、有四个腮的鱼，那些打包生鱼，改红烧为白炖等可爱细节，是尺牍读者的意外收获。

吴霖著文严谨，为"已经并不存在的四鳃鲈鱼"，拜访施蛰存时再次问他，答曰"味道好"！鱼呢，"早就没有了"！他又在施蛰存给他的回信中找到证据，"三十年代我住在松江，几次请上海文友到松江吃鲈鱼火锅，叶圣陶、郑振铎都吃得十分高兴"。

至今我仍不确切知道，被这批旧时文人津津乐道的野生松江四鳃鲈鱼是什么时候开始绝迹的。记得2010年上海世博会召开前，报上曾经有报道过上海水产科研人员立志研发养殖四鳊鲈鱼，仿佛即将成功的样子，已有接待国宾的酒店在设计四鳊鲈鱼菜单，我很激动，着意关注，遗憾的是最后在世博会公布的国宴嘉宾菜单上没有找到这条小鱼。

我曾纳闷，为什么在上海一谈起土产就指向松江，就要说到四鳊鲈鱼，一说四鳊鲈鱼就要搭上文化大师施蛰存伯伯。我想大约本地实在是拿不出几样喊得响的土产，文化附加值高的更少，幸亏松江属于上海，幸亏施伯伯身上发生过几件与四鳊鲈鱼有关的文人雅事。

说起来不好意思，我是个实用主义读书人，吴霖的《学林侧影》我拿到已久，只是粗读一遍，留下印象，想起来去查找是因为前一阵电视台《寻味上海》纪录片节目组要拍清明节塘鳢鱼，找到我当嘉宾。我想，塘鳢鱼除了清代袁枚和现代汪曾祺曾经在文章中提到过几笔，还能有什么故事可讲呢？要不拉扯上与它同科，长得很像，味道差不离的松江四鳊鲈鱼来说说事吧，可不还得拉扯上施蛰存伯伯。

后来在纪录片《寻味上海：清明限定美食》成片播放中，我将俗名为"痴虎呆子"的塘鳢鱼以迹近攀附的方式搭车四鳊鲈鱼的意图没有实现，但是因为这条小玩意的缘故，让我详尽了父辈文人间几件美好的事情。如吴霖所言："写信人叶圣陶、收信人施蛰存，信中提及的郑振铎、徐调孚，乃至信里'一绝'

中提到的施著《上元灯》，今天均是史册留名者。所涉的缘起，令叶圣陶'至觉鲜美'的松江鲈鱼——民国文人交往的雅媒，今已为绝响。此札信息之丰富，情怀之温暖，使此信亦终成一绝。"

2021 年 6 月

乐读汪曾祺

读汪曾祺先生谈吃的书,每次都能读出乐子来。我年轻的时候崇拜文章词句华丽的作家,对比自己总是自惭形秽,恨不能多背一些金篇名句,写字时可以信手拈来。我真是开悟很晚的人,活到中年以后才明白过来什么是好文章。其间,汪曾祺谈吃文字的平白、生动、幽默且博学给我带来很多启发。

汪曾祺有一次与冯骥才聊天谈起"文化小说",冯说:"什么叫文化——吃东西也是文化。"汪老深以为是,随即联想到中国的"咸菜文化",天南地北古今中外洋洋洒洒一通侃,说的都是很具体的腌菜方法,印证了所言不虚。他最反对将"文化"两字搞得很玄乎,主张在小说里要表现的文化,"首先是现在的,活着的,其次是昨天的,消逝不久的"。汪老所写有关美食的文字,无不遵循这一原则。

文人雅士大多爱吃。汪老说,有一次几个文人聚餐,规定每个人带菜来现场烹调,京城著名美食家王世襄姗姗来迟，进门时胳膊底下只夹了一捆京葱，屋内带来鸡鸭鱼肉的人都面面相觑，等着看他笑话。谁料轮到王世襄上灶，没隔多一会儿，端出一盆红彤彤香喷喷的焖葱，众人一尝之下都傻了。这盆焖葱就一种原料——京葱，然而经王老妙手烹调，酥软入味，甜香可口，每一丝葱都那么有味，食客们的筷子简直停不下来。

不知我那"美食家"爸爸当年是不是和王世襄混过，他也爱吃焖葱，超爱买那种很粗壮，根部以上一路白生生全是葱白的那种北方运过来的葱，有人叫它大葱，有人唤作京葱，我爸爸不知为何叫胡葱来着。我爸自己从不动手做菜，他坐书房里指挥，这样那样地口头传授一道京葱焖香干的菜，我十来岁就学会了。

先把京葱最外面的老皮剥去，横放在案板上，用菜刀背将葱根部拍扁，再剖开切寸半段，香豆腐干斜片成三角形。锅中油略多烧热，下葱段翻炒几下，改小火盖上锅盖焖，翻面用铲刀压，再焖，直焖到京葱段变软，有的散开。然后放入豆腐干一起翻炒片刻，倒入老抽与生抽各半，因为全老抽颜色太黑，放点生抽比较鲜，加一些白糖与味精。基本上不用放水，此时葱汁变稠，咸鲜甜味都渗透到葱内部，不管是葱皮还是葱叶都变得香浓美味，好吃极了。

我们南方人对小葱也就是俗称香葱、白米葱的比较熟悉，家里菜烧到一半发现缺少了葱不成体统，吩咐家人快去菜场买一把葱回来，家人哪怕烹调白痴，也不会买回来一根大葱，一定是小的香葱。

小葱在菜场还作为小奖品小贿赂专门送买菜多的顾客，家里的葱多到吃不完了，会做一顿葱烤大排，葱烤河鲫鱼，那个小葱沾了鱼鲜与肉汁，味道比主料还好吃。所以，我绝对相信汪老说王世襄焖葱那个"笑话"的真实性。而关于我爸讲的胡葱，有人告诉我说那是江南独有大葱，与京葱不是一回事，汪曾祺先生在就好了，我也不用查百度，直接微信问他。

2014 年

饶平如：只有儿童的心才会上天堂

那本大红色封面，裸书脊穿线装订，喜气洋洋的《平如美棠——我俩的故事》一书到今天已加印到第7次了，94岁高龄的作者饶平如老先生这三四年来像做梦一样，突然在网上与平面媒体先后暴得大名，书畅销，人受访，像大熊猫一样被接到各地演讲，上台吹口琴、弹钢琴。平如在书中画的上百幅"民国式漫画"，色彩浓重，富有传统文化底蕴，他与美棠之间的爱情故事见证了历史，字里行间流露出他与生俱来"既认真又天真"的性格特征。

得坦白，"既认真又天真"这词组是前几天读一篇访谈才看到的，被访者诗人张定浩说"一个人如果能够既认真又天真，能热烈地投入又不钻牛角尖，大概就会比较好玩了吧"。我瞬间回神，刚去拜访过的那么好玩的饶平如先生可不就是个"既认真又天真"的男子，我心目中对男人最高的褒扬大概就是这6个字了吧。

《平如美棠——我俩的故事》属于非虚构写作，平如为了给后辈留下点家史，在2008年爱妻去世之后于寂寞无聊中铺开宣纸，先铅笔勾线，再上彩色颜料，随后用毛笔墨汁写标题，在画中空隙处，密密麻麻插入图片说明。平如考据史实，还原细节，仿佛早就在百度云上做了备份，眼睛一眨，一张照片就飘到他眼前：父亲当年饭碗上的图案是蓝色梅花，母亲为红色桃子；初见美棠那天偷瞥到她在窗前光亮处抹唇膏；旧社会最后一个中秋节，平如与美棠滞留在安顺，两个人横躺在旅馆床上，一边吃月饼一边望窗外的月光。三扇窗，两双鞋，一个热水瓶，两个玻璃杯，他都如数画在纸上，明黄与粉红双拼的底色或许是他记忆最深处的浪漫色彩。

平如写道，"对于我们平凡人而言，生命中许多微细小事，并没有什么特别缘故地就在心深处留下印记，天长日久便成为弥足珍贵的回忆"。平如画画并无整体规划，选题不蕴含高大上的意义，他对我说，年纪愈大记性越好，老早经历的事情清晰得不得了。于是按印象画了8岁发蒙仪式，厅堂张挂、烛台、文房四宝；大家庭12个人围坐在一起吃饭，谁坐谁边上；抗日战争结束他回家乡找到未婚妻，与美棠一家人去小饭店，曾吃到一碗特大碗米粉，上面满满腾腾铺着鸽子蛋大小的肉丸子，那是未来丈人巧遇过去认识的烧饭大师傅；婚后逃难竟也有闲适时光，一次与美棠去跳舞，临走时美棠的背包失而复得，因为里面藏有半斤多救命用的金饰，两人后怕，一言不发，在路边摊买了两只硕大的生梨，路灯下一人一只站着啃掉了。平如叹那梨又嫩又甜，从此再没有吃到过。

平如先生来头不小，他毕业于黄埔军校十八期，去国民党军队当炮兵当到连长，历经枪林弹雨而幸存。抗战结束他不愿面对内战，借机请假回乡娶亲。平如花了很多笔墨来画与美棠的婚礼，画了婚礼现场的俯瞰全景，还画大厅入口处拍的结婚照，描写十分仔细。当90后老爷爷出名后，被请到山东卫视做节目，主持人问他，饶爷爷此生有什么遗憾？平如答，我遗憾的是与美棠的结婚照没有保留下来。话音刚落，舞台上，就在平如身背后，"哗"的一声从天而降落下巨幅画框，里面的黑白老照片就是1948年8月在南昌江西大旅社门厅拍的平如美棠结婚照。

平如惊呆了，揉揉眼睛再仔细看，"这个门口并不十分宽大，呈扇形，四级台阶，两侧各有一根爱奥尼柱，檐亦扇形有纹饰"；"她披一袭洁白婚纱，我着一身淡黄军装，那是当时军人里流行的美式卡其布军便服"。没错，景是这个景，人也是那对人，可还有哪里不对啊。电视台主持人笑了，开腔揭开了谜底，原来眼前这张照片是电视台特地准备的意外惊喜，请了两位年轻人到原江西大旅社现场去拍摄的，完了用平如、美棠的头像 PS 上去，放大印出来带来现场赠送，以了却他的心愿。现在巨幅复古结婚照就挂在平如家客厅沙发上方，不说哪会知道。

其实 2013 年 5 月《平如美棠——我俩的故事》一书刚出版时，我就得到了饶先生的签名本，那是因为平如的孙女小饶曾经在我工作的杂志社当过几年兼职编辑，我关注这件令人既感伤又感动的事，一直想去见饶爷爷。拖延症真可怕，很快两年过去，一天小饶在微信中透露说，我爷爷认识你爸爸！这让我跳起来，啥啥？平如是科技出版社的，我爸爸是文化出版社，这两个人在 1957 年上半年，同时被评为社里的先进生产者，竟然一起去过杭州，同吃同住同游览了一周！

国庆长假见到了一身灰色西装，白衬衫，银发银眉的饶爷爷（还是称平如舒服），平如好帅，腰板挺直，瘦高个，黑框眼镜，笑意盈盈。寒暄几句，平如急忙拿出那著名的二十本照相与彩绘画剪贴本中 1957 年那本，翻到七位五十年代知识分子站在"上海市新闻出版印刷职工杭州休养所"招牌铁门下那张合影，老照片发黄模糊，我认了半天，指出右一者疑似我爸爸孔另境，平如说右二是他，左二是秦瘦鸥。

原来，中华人民共和国成立后平如到上海，进了舅舅杨元吉的大德出版社，在《妇婴卫生》杂志一人身兼会计、编务、校对、文字与美术编辑五职。1956 年公私合营,平如随大德出版社并入科技出版社,第二年即被评为先进生产者。而自我有记忆,爸爸便是大小政治运动的"运动员",竟然在 1957 年上半年那个平如口中短暂的"最好时代"也被光荣地评为文化出版社的先进生产者,送到杭州公费休养,这真让我意外。回忆起近 60 年前那 7 天杭州休养,平如啧啧有味:天天吃酒席,灵隐寺、三潭印月、西湖、九溪十八涧都去玩过,虽然住的是 7 人统房间,但是好开心,那个休养有"包重(体重)2 斤"的承诺呢。你爸神气,谈兴浓……

然"一九五七年,形势发生了巨大变化,一九五八年九月二十八日,我赴安徽劳教,自此开始了与家人二十二年的分别",平如离沪后,美棠这位优渥环境中出生、长大的大小姐不得不独自抚养 5 个孩子,个中辛酸无须多言,书后附录有美棠给平如三十几封书信,读一读便知。平如记忆闸门打开,浩瀚故事细节蜂拥而出,他透露正在写画《平如美棠——我俩的故事》续集,内容仍是他的人生经历,我相信风格会延续前一本,苦难归苦难,平如仍然会插空晒晒他与美棠之间那满满溢出的细微幸福,因为 94 岁高龄的平如始终相信《圣经》里说的那句话:只有儿童的心才会上天堂。

2016 年 1 月

叹着气，想念你——重读《包法利夫人》

不知我理解得对不对，法国作家福楼拜于一百五十多年以前写的《包法利夫人》一直是世界各国少妇道德的教科书。我是在二十多岁的时候读到这本书的，仿佛是李健吾先生的译本。那时我还没进入婚姻，然得益于当年的传统道德教育，活得"一身正气"。对这位水性杨花的爱玛鄙视多于同情：你看看，你看看，女人如此不满足，如此蠢笨，有好下场吗？！我这样想。

放下《包法利夫人》后我结婚了。虽然在上海这个大城市，日常生活却如百多年前法国乡村托斯特、永镇一样平淡如波澜不惊的流水，家庭中各自的思想常常是两股道上跑的车。可那"一身正气"逼得我不敢过多思考婚姻的意义，繁忙的工作和做母亲的责任致使我一路往前奔。略幸运的是，自己有写作的爱好，时不时地，我会借小说中的人物，倒倒苦水，虚拟地出个轨，浪个漫。总算活到再不会有什么想法的年龄，和很多女人一样，我松了一口气。

近日，因着认识了周克希老师，仰慕他的翻译成就，喜欢他儒雅淡泊的为人，我参与筹办"周克希译文集作品朗诵会"。主办方希望我也能上台朗读，分配给我周克希老师翻译的《包法利夫人》选段，我重读了这本书。没有想到，开始断断续续，紧接着一口气读完全书之后，与二十多岁时对包法利夫人的印象，不知怎么有了很大的改变。爱玛不再那么骚，那么傻，她变得天真单纯，变得热情果敢，她的原本奇奇怪怪的思维逻辑似乎也合理起来。今天我对她，不仅仅同情多过了鄙视，甚至有点喜欢她，羡慕她了。我很疑惑，也记起一位女友和我说过类似的感想，那么，是什么原因呢？我想，原因是婚姻这条船已驶得太久，见得太多。

不对，一定还有什么？是的，译本。周老师的译本不同以往！周译《包法利夫人》文字的优美，表达的贴切，小说渲染的法国味，特别是对爱玛这个人物倾注的感情！我对周克希老师说，我觉得比同情更多，有爱了，你爱她！周老师轻轻地叹了一口气，他说，那是福楼拜的意思，福楼拜说过，"我，就是包法利夫人"。

周克希说，《包法利夫人》他翻译了整整两年。他的译本与之前的不同之处有许多，其中对爱玛行为的一些用词，他尽量用更加客观的态度，避免用褒贬太强烈的词语，选用中性的中文表达。深入研读福楼拜的原文之后，例如婊子、荡妇之类的词语，他换了另一种用语。也许正是那样的改变，不以道德层面先入为主的鞭挞，使读者能够在进入故事之后，逐步去了解人物内心，去定义爱玛这个女人。

经典文学之所以被誉为经典，就在于尽管年代久远，故事老套，人性却还是那样的人性，艺术魅力不会消散。就现在，我手边放着两只手机，看书的同时，时不时刷新微博与微信。包法利夫人仿佛就坐在我身边，靠在我肩膀上，香喷喷的。这个懂点琴棋书画，有点小小脑残的漂亮女人，她诉说着对平凡日子的鄙视，她不满足，她有着如海的欲望，要钱要爱要忠诚……

我可以对这个尤物说什么呢？你很勇敢，你想要的东西当然很美，你执意要试，就去试试吧。爱玛你去演出，去燃烧欲望，去辉煌，然后毁灭，让我们这些没用的女人，就躺在沙发上，看着你。去吧，爱玛，我不会像你丈夫那样追随你死去，不会像那个叫絮斯丹的死忠粉那样偷偷到你坟上哭泣，但是，我们会一直记得你，叹着气，想念你。

2014 年 2 月

周克希：翻译太美，普鲁斯特太长

法国20世纪著名小说家马塞尔·普鲁斯特在中国是很幸运的，他的著作汉译本流传很广，影响很大。尤其是，在众多翻译者中，他遇到了周克希老师，一位将生命与文学翻译紧紧绑在一起，视翻译普鲁斯特巨著《追寻逝去的时光》为终生追求，尽善尽美，矢志不移的翻译家。

上海9月，一场以"普鲁斯特下午茶"命名的系列沙龙在外滩举行，首场借用《追寻逝去的时光》第二卷《在少女花影下》书名，为"走进'少女花影下'主题分享沙龙"。翻译家周克希带来新近出版的两本新书《草色遥看集》与《福尔摩斯探案选》，属于华东师范大学出版社"周克希译文选"系列。

法式浪漫下午茶气氛中，沙龙进行着，由周克希主讲，围绕新书聊聊他的译事，到场的朋友有认真研讨的，也有插科打诨的。文质彬彬，谦逊中带点羞涩表情的周克希听着来宾们的贺喜与褒扬，不好意思地想要钻到地洞里去的样子。桌上有葡萄美酒和玛格丽特小蛋糕，没有少女傍身，鲜花也憧憧。

我收藏有周克希的大部分译著，它们排列在我写字台边的书架上，我经常抬头作高山仰止状。那天沙龙聊得很轻松愉快，好几位来宾趁机坦白了自己没有读完《追寻逝去的时光》的惭愧，有嫌体量太大，没有勇气读，有感觉缺少故事情节，读不下去中断了等等，周老师照例用宽容的语气，苦口婆心劝导。他轻声说："你不用勉强去'啃'它，你可以放在床头，像读散文一样，翻到哪页看哪页，普鲁斯特写得很好，他真的很伟大。"

《草色遥看集》中有一篇《人生太短，普鲁斯特太长》的访谈稿，是周克希2003年接受《南方周末》记者王寅的采访后，根据两个人对谈记录整理的，原题为"不是词汇决定了普鲁斯特的难"。周老师详细讲述了翻译普鲁斯特经历，其中的甘苦，那长达数年埋头翻译时付出的，无法用三言两语说清楚的代价。通过那些对话，我仿佛看见在工作中一贯较真的，性格略纠结的周克希在表达这些心情时候的表情，仰慕的同时为之心疼不已。

迄今为止，周克希已完整翻译出版了《追寻逝去的时光》之《去斯万家那边》《在少女花影下》《女囚》三大卷，他的译本以其严谨的态度、清雅的译笔为众多读者称道。周老师在全国各地做的文学讲座，每次都是当地文青的节日，一票难求，签售现场时有读者捧来珍藏的周克希译著，前来向偶像致敬。当周克希宣布此生无望译完《追忆逝去的时光》这部巨作，不再继续翻译第四卷的消息报道出来时，读者中痛惜的、挽留的声音不绝于耳。2016年周老师再将《追忆逝去的时光》全本七卷精心梳理，选译其中的精华片段，略加文字衔接，出版了《追寻逝去的时光·读本》以飨普鲁斯特爱好者，才勉强平息了那声声呼唤。

  我有幸通过作家陈村结识周克希老师，十年来近距离聆听他的教导，用得益匪浅四个字形容还是太普通。普鲁斯特《追寻逝去的时光》前两卷我放在手边，想起来时翻翻，体会周老师说普鲁斯特的好，不仅仅是小说的优美，普鲁斯特的思想十分超前，小说中充满了哲理性。在文本上，普鲁斯特以"玩转"境界的长句子写作，将法兰西语言发挥到了极致。普鲁斯特年轻时交友甚广，后来哮喘病严重到只能待在房间里写作，洋洋七大卷《追忆逝去的时光》既是他意外得来之作，又是这位文学大师一生观察体验生活，集文学、艺术、音乐、心理学等综合素养爆发的必然。周老师仰慕他，研究他，在翻译时用平视的眼光，站在大师的立场去体会他所描述的场景，尽力理解、还原。

2012年我曾经参与策划、操办"追寻逝去的时光——周克希译文集作品朗读会",同时庆祝周老师七十大寿。那天我上台朗诵了《包法利夫人》片段,为此再次通读全书,读出人生两个阶段对包法利夫人的不同理解。

在周克希的建议下,我还读过他的译作《幽灵的生活》《古老的法兰西》《侠盗亚森·罗平》等书,其中女作家、法兰西院士达·萨勒纳弗《幽灵的生活》让我击节赞叹不已。那是一部写婚外恋的长篇小说,图书馆员萝尔是位"剩女",爱上了有妇之夫中学教师皮埃尔,两个人一直在外偷情。这对平常人看上去相处和平,萝尔不逼他离婚,皮埃尔也算个负责的情人,日子过得不温不火,爱的时候激情缠绵,分开的时候渴望地想念,慵懒地,无奈地任时间缓缓流动。

作家平缓叙述我们熟视无睹的庸常日子,而星星点点的欲望、忧郁、忍耐还是让人不安。偷情终于要被戳穿了,那一场转移与掩饰的行动像惊险电影那样惊心动魄,虽是幸免于难却大伤元气。整部小说中作家对于这种地下恋情"幽灵的生活"有些独特思考,比如:婚姻这个形式真的有必要顶礼膜拜吗?婚外恋人有没有真正相爱的?外遇不道德?婚姻必欺骗?爱情的本质究竟是什么?这一些问题,作者以人物与故事文本呈现,留待读者体悟,仁者见仁,智者见智。

据说周克希在法国见了萨勒纳弗一面，萨勒纳弗50多岁模样，气质很好，风韵犹存，对于周克希有关小说中有没有自己的影子的提问试探，萨勒纳弗不置可否。我在想，这种回避也许已是回答，因为小说中令人暗惊暗喜的种种微妙心理活动描写，我感觉非亲身体验不太可得。好玩的是，读了此书后，我立即想推荐给尚在迷途中的女朋友看，后来想想自己又不是妇联干部，也不是《老娘舅》节目里的柏阿姨。

新版《福尔摩斯探案选》比较特别，它是周克希第一个英译本，由一部中篇四部短篇小说组成。我少年时迷恋福尔摩斯，曾经每两周去陆澹安先生家借书看。我觉得小孩子读侦探小说能锻炼观察事物的本领，对写作很有帮助。这次重读周克希译本，更觉柯南道尔并不仅仅是通俗小说作家，他在生活中发现美、识破丑的能力，用精练的语言描绘人的本领，由对话塑造人物性格的功力都被周老师的译本发掘出来，更显其书的永恒经典。

周克希在《草色遥看集》中透露出如今已过上弹弹钢琴，写写毛笔字，翻译翻译的闲适生活状态，其实他还是位对美食颇有研究，审美力很强的人。与周克希交谈让我时时感到被尊重，用上海话来形容就是心里很"适宜"。法国作家法朗士说过"人生太短，普鲁斯特太长"，周老师认可这句话，无疑为窥破生活真谛的智者。

2017 年 10 月

村上春树的"林译"世界

接触到村上春树的作品时,我已并不年轻。读的第一本便是《挪威的森林》中文版,立即与很多60后70后一起迷上小说中弥漫着的青春忧伤感。故事主角无所寄托的精神彷徨,小说中一些奇奇怪怪的场景和举止也吸引我,那是一个我既熟悉又稍感陌生的日本。那时我刚从日本陪读了两年后回国不久,开始爱上日本文化,读了不少日本小说,可这本竟是如此不同。村上春树作品的译者林少华的名字就这样进入我的眼帘。

我以为,20世纪90年代初,国内的文化和价值观发生了很大的变化,村上的书能如此迅速、顺畅地为读者所接受,占尽了天时、地利与人和。而林少华老师优美、流畅、富于音乐感的"唯美"翻译使《挪威的森林》印数达到天量,村上在中国为文学青年所熟知,追读他的一切作品,是这本书的译介成功奠定了基础。

林少华老师和以往的翻译家也不太一样，他热情尽责，在序言里不遗余力地推荐村上的文学思想，利用后记将自己的翻译感想与大家分享，并公开电子信箱和地址，希望和读者交流。我给林老师写第一封信的时候怀着一个"粉丝"激动的心情，我感谢他用这么美的译文来让我们认识一位日本作家，由于自己校对出身又在当着编辑，职业习惯使我顺便指出书中一两处文字失误。我还向他简单介绍了自己留日两年以及正在写作的现状。

没有想到，林少华老师会给我回信，信写在纸上，清秀简洁，末尾俏皮地用了句日文寒暄语，信中他表示愿意一读我出版的处女作《东洋金银梦》。我很快寄去小作，林老师读完给我简单的回信鼓励。那两封信我珍藏着，我不敢多去打搅他，偶有联络，多是默默地注意他一本本新译作的出版，当忠实的读者。

当时，林老师已为村上春树翻译了35部作品，被他自嘲为"林家铺子"的林译风格影响了一代年轻人，他的名字理所当然地与村上春树联在一起。作为一位翻译家，能在读者口碑中，在出版社销售数字中获得这样的成绩，不叫奇迹也可以称为事迹吧。

林少华最近把有关村上春树文学作品的研究文字集中起来，交由中国友谊出版公司出版了题为《为了灵魂的自由——

村上春树的文学世界》集子。林老师以感性和理性并融的方式详细介绍了村上春树的生平、作品和为人处世的特点，分析其文学价值，带领我们赏读村上作品中一些杰出的片段，林老师将这些写作解释为"随笔式文体传达学术性思维"。

文如其人。林少华真诚直率，卖弄自己的时候带点孩子气，正经分析时又是很专业的教授，他的语言生动幽默，使我们读这本评论书时不觉得枯燥，想让你笑想让你哭全在他的掌握之中。译者对于原作者的认同是翻译工作的动力，林少华老师半生倾力于村上翻译，在精神上认同村上是首要的。在"文体的翻译和翻译的文体"讲演中，林少华感谢村上春树天才地创造了"有意义有价值的文本"，感谢读者，感谢"世界上存在翻译这样一种活动形式"。林少华老师这篇演讲稿酣畅淋漓地表达了自己的翻译观，我读的时候，忍不住用笔在上面划拉出一句句令我会意、令我击掌欢呼的话语来。我没进过日本的语言学校进行专门学习，只因在日生活过两年稍稍会一些日语，凭兴趣曾译过一些小文章，很清楚拿到的微薄稿费，远远抵不上翻译过程中找到一句适合或者自觉"绝妙"译文时所得到的精神享受。

林少华翻译村上著作二十年，他说："惟一让我感到欣慰的是，自己翻译的村上作品，二十年来程度不同地影响了以城市青年为主体的一两代人的心灵品味、审美取向和生活情调，同时提供了一种新的文体——既有别于欧美作家又不同于日本其他作家的独特的村上文体。"林老师"大言不惭"的这段话我很欣赏，因为我知道，活在这个世上，年过五十身上还带有棱角的人是那么不合时宜，知道挺直脊梁做人的难度。我欣赏他的坦荡，欣赏他敢于坚持自己的翻译文学观。

林少华将翻译大体分为三种：工匠型翻译、学者型翻译、才子型翻译，分别阐述后他表明，自己文学翻译的追求"主要体现在文体上面"。他认为，成熟的出色的作家总是文体家。正是在充分研究、吃透了村上先生"简洁、节奏感、幽默"以及"英文味儿或翻译腔带来的文体的异质性"特质之后，林少华倾心热爱，精神上非常认同，一鼓作气翻译了35部村上春树的文学作品。

林少华除了翻译家身份之外还是位作家，我看过一些他写故乡忆父母的散文，真情流露之外，通篇呈清爽之气，语言高雅、用词准确，音韵节奏给人以舒适感。林少华笔下透出对人生的善意，对年轻人的关爱，机警、睿智冲击人思想的碎片亦满天飞舞。

这两年，有关村上春树的近作《跑步》和《IQ84》中译本的译者不是他，林少华正面回答记者的疑问，显示出一个知识分子的良心和胸怀。他说逐渐在将重心移到文学创作上去，最近除了出版《为了灵魂的自由——村上春树的文学世界》之外，另有青岛出版社出版的散文集《乡愁与良知》，而一部写教授生态，类似"《围城》第二"的长篇小说，亦在他的创作计划里。

到现在为止，我从没当过歌星和影星的粉丝，但是在作家中，我认林少华老师为我的偶像。前些年我到厦门旅游时特地去了林老师执教的厦门大学校园（后来得知搞错了，林老师当初所在的大学是暨南大学），吃他们的食堂，坐在湖边和朋友聊着村上的小说。后来他去了中国海洋大学，我也常常向那里的小朋友打听林老师的踪迹，我结识了他在上海译文出版社的责任编辑后，更多地了解到他的近况。我常去他的新浪博客，为他的喜而乐，为他的哀而伤。

不用见面的，好书就是作家和读者的媒介，期待林少华老师新作不断。

2010 年 7 月

林少华的真、痴与书生气

林少华先生的最美好时光也许该再往前推到20世纪90年代，那时候，他翻译的村上春树小说《挪威的森林》风靡整个文青群体，印数持续"高烧不退"。我买来一本，看完很激动，那时的人饭后还聊文学，书被一个跑来我家白吃白喝的半陌生人借去了，死活不还我。

透过书页，我猜想林少华先生那儒雅的面容，那柔软的心肠，那广博的见识，那洒脱的举止……竟然在书的后记上看见他留给读者的地址，赶紧铺开稿纸写了封读者来信，因为刚从日本回国，又是校对出身，顺便挑了个文字错误以显示自己比普通读者略高一筹。

没有想到林少华先生竟然给我回信了，话没几句，却平易近人，略显幽默。我狂喜之下加一码，寄去我写的书再套近乎，随后将偶像纳入作者圈，请他为我供职的青年杂志写稿。

林少华先生的形象在我眼中渐渐丰满立体起来，他在大学任教，去日本做交换学者，花大量的时间翻译村上春树。作为外国语学院教授，林少华以"随笔式文体传达学术性思维"，写下很多文章，详细介绍村上春树的生平、作品和为人处世的特点，分析文学价值，带领学生和一般读者赏读，是村上作品能在中国大规模流行最关键的一个人。

林少华出生于东北小山村，常常自称"乡下人"，自小锻炼出来的吃苦耐劳精神支持着他一路顽强学习，下乡后被抽调去当了工农兵大学生，恢复高考后一举考取研究生。1982年他被分配去暨南大学当老师，在那里创办了日语系。当时青年教师捉襟见肘的经济状况迫使他接翻译活儿，谁料他出手不凡，第一次翻译剧本就是万人空巷追看的，由山口百惠主演的日本电视连续剧《命运》，第一本村上春树小说就是格外畅销的《挪威的森林》。

林少华心气很高，原本一心要当学者的，可就是这些原本不在他追求范围内的流行文化与他的命运率先绑到一起，使他得以轻松进入日文翻译的世界，继而投入、陶醉在翻译事业中，钻研提升，形成了独特的"林家铺子"中译文风格。作为林少华的粉丝，我关注他的行踪，时而网上问个好，约个稿，寄本书，通风报信则个，却一直没有见过面。

直到2011年，旅居海外多年的青年钢琴家宋思衡回国，首创推出多媒体钢琴音乐会，以放映多媒体画面结合古典音乐曲目弹奏的新颖形式，让古典音乐走进当代人的心灵。新作《寻找村上春树》上演前夕，钢琴家萌生了请村上春树"御用翻译家"林少华老师作为特邀嘉宾来上海的念头，他的好友找到我，让我说动林老师来沪。那是我第一次给林少华打电话，我不太有把握，好在寒暄几句后，豪爽的林老师调皮地说，那么，我们俩趁机见见面吧！

是我和宋思衡一起去机场接林老师的。虹桥机场2号楼我们都是第一次去，亏得我停完车还用手机拍了停车位地上的号码，可是终于见到偶像之后，我们都昏了头，坐电梯上上下下搜寻那辆我们开来的车子，却无论如何找不到。林少华温文尔雅地跟在后面，听两个文明的上海人一遍遍抱歉，后来终于忍不住损了一句，还都是作家和音乐家呢！

林少华出来活动，一向穿着体面整洁，头发梳得顺溜，中等偏高个子，身板挺直。林老师说话速度比较慢，常常会一偏头用有点惊讶的神态看着你，受到这样的礼遇，你会觉得自己真是高明，不由自主打开话匣子，其实呢，高人就在你对面。

那天陪着林老师去复旦大学外文学院做讲座，一路闲聊。我这个当母亲的不免为培养出好女儿沾沾自喜，见林老师颇感兴趣，我便大谈女儿必须富养，女孩子只有见识广、眼界高，自然有气质，将来才能成功的道理。这些资产阶级言论如雷般击中林老师纯洁的心灵，他家里正有小女初长成，故而惊道：你说教育女孩不能节约成癖？可是我小女儿用餐巾纸的时候，我常常教育她，你嘴巴那么小，只需用半张就可以了，难道是我错了？！

林老师已逾耳顺之年，然而他身上集淳朴、天真、书生气于一体，他热爱美丽的花草，每天只发一条微博，种种率性举止由心而发，贯通于他的血液之中。我想，读者之所以喜欢他翻译的村上春树小说，在某种程度上并不是对彼岸那位性格有点怪癖的作家有兴趣，而是为翻译家笔下的华美中文所倾倒，我们迷恋的是林老师二度营造的村上春树的文学世界。

钢琴家宋思衡如期在上海音乐厅举办了《寻找村上春树》多媒体钢琴音乐会，优美的钢琴曲停止，屏幕上映像转暗后，宋思衡从钢琴前站起身鞠躬致谢观众，并开口邀请村上春树的译者林少华老师上台。保密工作做得太好，这位神秘嘉宾简直太令观众意外，林老师走上台去，引起了全场雷鸣般的掌声。

林少华从衣袋里掏出一张小纸片，开口第一句话就让大家笑喷了，他说，"人总是出现在他不该出现的场所"，接着他谦虚道："我的应邀出现，当然不是因为我懂音乐和钢琴，更不是因为我一如我的名字那样年轻和风华正茂。恰恰相反，我开始老了。可是人们竟那么宽容和友好，每当举办同日本作家村上春树有关的活动，总喜欢把我从青岛那座地方小城找来——较之其他原因，大家情愿把村上的影响、他的文学魅力的某一部分归功于我……"

这就是林老师，林少华！

2012 年 1 月

他们为父辈立传

日前陪海珠姐赴桐乡参加《桐乡历史文化丛书》第四辑首发座谈会。图书馆新建开放不久,姑父茅盾先生手迹"桐乡市图书馆"镌刻在进门处。字显然是集的,姑父在世时,桐乡还只是一个县,如今这张名片因工业经济腾飞,文化传承优秀,旅游业发展超前而在全国闪闪发亮。

我喜欢家乡,尤令我感动的是一向以来,桐乡以茅盾、丰子恺、严独鹤、钱君匋、孔另境等一代桐乡籍先贤为荣,珍惜文化遗产,着力编辑出版了众多历史、文化著作,为后人留下文脉。眼前这套《桐乡历史文化丛书》已出到第四辑,此"名人传记系列"中有钟桂松著《张琴秋传》、孔海珠著《孔另境传》、严建平著《严独鹤传》等五本,其中孔海珠、严建平亲自为父辈立传,颇为亮眼。

生在浙江桐乡的严独鹤天生聪颖过人，少年（14岁）便中得秀才，15岁来到上海学习、闯荡。1913年进入上海中华书局任英文部编译员，开启他一生编、译、写的文字生涯。20世纪20年代到40年代，严独鹤先生活跃于上海新闻界，主理中国发行量最大的民营报纸《新闻报》，创办脍炙人口的副刊《快活林》。他还是小说家和翻译家，是当时上海通俗文化的代表性人物。

《严独鹤传》作者严建平是传主的长孙，孙承祖业在《新民晚报》工作了三十多年，主编明星副刊《夜光杯》，是韬奋新闻奖、中国新闻奖获得者。在研讨会上我听说他这次为祖父写传完全是被家乡人"逼"出来的。严建平小时候曾与祖父共同生活了14年，动乱年代中爷孙自然无法交流钟爱的事业的延续与继承，直到严独鹤先生获平反昭雪，严建平自己走上新闻道路后，才痛感失去向祖父贴身请益的机会。这次写传记，虽然寻找资料、梳理线索、考据寻访以至于开笔写，都很难，然而写作过程中祖父"不求显达，淡泊自甘，默默耕耘"的高洁人格深深打动着他的心。严独鹤先生在他的眼中比以往任何时候更加具体与亲切，严建平体会到这位真正中国老报人身上种种珍贵之处，祖父"清、慎、勤、苦"的报人守则永不过时。写完最后一笔，建平如释重负，说道：向敬爱的祖父致敬！

《孔另境传》由传主的长女孔海珠撰写，海珠大姐为父亲立传可说是准备积累了大半辈子。她学出版专业，对图书编目，档案整理，史料搜集、研究非常熟悉，年轻时经常在上海书店内部资料室负责接待中央高层领导胡乔木等。父亲在世时，父女经常探讨文坛旧事。改革开放后，海珠姐在上海为茅盾姑父写回忆录寻找资料，后进入社科院文学研究所工作。她的认真与勤奋、执着使她很快成长为现代文学资料研究的专家学者。父辈文人中受她协助工作过的于伶、施蛰存伯伯等都对她的专业性赞不绝口。但是真的要动手写父亲的传记，大姐还是感到了很大的压力，用《桐乡历史文化丛书》副主编褚万根老师的话说，只要海珠老师松口答应写，我就知道事情成功了。

海珠姐笔下的父亲孔另境比她写的其他文坛豪杰更多了人情与人性上的描写与挖掘。1922年，18岁的父亲跟随姐夫茅盾奔向中国共产党的红色起点上海大学读书，1925年入了党。他为革命文化事业一生颠沛流离，四次入狱，经受时代风雨考验，然而父亲刚正不阿、正直义气、严峻直率、天真倔强的禀性难移。海珠姐用翔实的资料，生动地描绘刻画出父亲的特性。以"孔姓乌镇家史"开篇，以历史资料、原著引文、历史事实为据，讲述父亲对新文化运动的贡献，他的文学创作，在孤岛上海办学，编书做出版，他研究"五卅运动"史，父亲的传奇故事太多。正如书中后记言："父亲的一生，经历了从反封建王朝到新中国建立的每一个社会发展的过程，作为以推翻旧世界为己任的进步知识分子，他的典型意义在于在历史的进程中，他的命运、得失与时代息息相关，祖国遭受劫难之时，也是他不复自由之时。"是的，我和我的兄弟姐妹始终坚信父亲孔另境是真正的爱国主义者，读完全书，我们都衷心地向大姐表达了感谢，《孔另境传》可告慰父亲的亡灵。

也许是前辈的形象太高大，所谓"珠玉在前，瓦石难当"，为父辈立传，严建平与孔海珠不约而同"深感力有不逮""小辈的学养远远跟不上父辈"。但是，建平老师说，写祖父传"既是一种责任，又是一个考验"，海珠姐说，就当是"一次寻根之旅"，读完全书，我以为，他们俩都做了一件大好事，不仅仅是为了自己的长辈。

2020 年 8 月

诗情弥漫《童年河》

阅读赵丽宏著《童年河》是一个温馨美好的享受过程。那天上海室外严重雾霾，我闭紧窗户打开小灯整整看了一天，沉浸其中，越读越感到惊喜和羡慕，越读越想知道，优秀作家的创作潜力究竟有多大。

《童年河》是一部小说，赵丽宏在后记中说："小说是虚构的，但虚构的故事和人物中，有我童年生活的影子……真实和虚构，在小说中融为一体。"赵丽宏写细节的时候，文笔展现出他散文叙事时情真意挚的特点，比如其中的父亲形象。赵丽宏的父亲是一个特别温和宽厚的人，我读过赵丽宏写父亲的散文，生活中也见过老人家，留有很深的印象。

"迷路"这章中写雪弟（小主角）刚到上海，害怕陌生人，出门乱跑，急于找到父亲说过的家附近的一条河以慰乡思，没想到迷了路。一个多小时后，阿爹（父亲）气喘吁吁找到他，"那样的表情，雪弟以前还没见过"，围观的小朋友都以为雪弟要被"吃生活"了，不料阿爹不仅没打他，只是红了眼圈，连声责备都没有。还有一次，雪弟用彩色蜡笔在家里一堵刚刚刷白的墙上画满了图画，母亲愠然作色，要阿爹第二天就去买石灰来重新粉刷，而阿爹却温和地指引母亲看画，夸儿子画得好。"阿爹俯下身子，在雪弟耳边轻声说了一句：'儿子，你画得很好，就让这些画在墙上留着吧。'"阿爹的举止与话语活脱就是赵丽宏的父亲，可以看出，在《童年河》父亲形象上，作者寄托了他对父亲的无限思念。

小说中，雪弟是个内心敏感而外表木讷的男孩，他身上带着乡下孩子特别热爱自然、单纯又有些自卑的特点。25个章节中故事并无很大的跌宕起伏，有些篇章甚至就是诗化的散文，意境非常美。全书舒缓、明净、略带忧伤的节奏与书名《童年河》相契相合，除此三个字，几乎无可替代。

小说中另一个作者赋予深情的是亲婆（奶奶）这个人物，她就像儿童的保护神，不要说小读者会喜爱她，大读者读到亲婆的故事，脑海里也会回放出类似亲婆的长辈的面容。"喜鹊、苹果和饼干"那一章写到三年自然灾害期间，雪弟忍不住偷吃了母亲藏在床底下的一只苹果，被发现后，母亲严厉追查，亲婆挺身担当，说是自己老了，嘴巴馋偷吃的。雪弟羞愧得面红耳赤，回到房间里，雪弟把手里苹果还给亲婆，亲婆反而宽慰他："小孩子，肚皮饿了，想吃苹果没什么不对。吃吧。"很普通的一句话，却让我看得流出了眼泪。因为此地，作者不仅没有乘机来几句道德批判，哪怕是"以后想吃苹果的话，对亲婆说啊"之类轻轻的批评，丝毫没有，只有透过亲婆这个形象传达出对孩子成长的痛切关爱。

赵丽宏在《童年河》的写作中，熟练地运用了小说手法，虚中有实，实中有虚，浑然一体，呈现出高于生活的美。比如上小学的头一天，雪弟发现屋顶有个音乐教室，他这样描绘20世纪50年代少年心中的艺术殿堂："晒台上有一间教室，教室里放了一台脚踏风琴，这是学校的音乐教室。站在晒台上往下看，可以看见苏州河，在阳光的映照下，苏州河像一条闪闪发亮的宽阔的金黄色绸带，从学校的身边飘飘悠悠地经过。河里的木船，就像是绸带上印着的彩色图画，慢慢地浮动着变幻着。"

写到在苏州河桥上看见一个年轻小伙子跳水入河的一系列动作，简直艺术般完美："只见他膝盖弯曲，稍微蹲了一下，两只脚用力一踏，双手展开，头抬起，就像一只鸟，展开翅膀飞到了空中。他的身体在空中似乎停留了片刻，保持着那个优美的姿势，然后慢慢地往下飘，飘，身体渐渐倒过来，头朝下，脚对天，轻轻地垂直插进水中，竟然没有溅起什么水花。""……涟漪中忽地冒出个人头，就像从水里突然绽开一朵黑色的花朵。"

赵丽宏是位文学、艺术修养都很高的作家,他熟悉音乐、绘画等很多门类的艺术,在中国书法与国画上更是浸淫甚深,时有涉猎。所以在写雪弟墙上画画和一年级时参与学校出黑板报这些事时,得心应手,神采飞扬,让我们仿佛看到他夜深人静伏案写作时脸上的笑容。我想,这样的快乐写作应该是写儿童文学最好的状态吧。

在理解、掌握少儿心理上,赵丽宏的分寸感掌握特别好,《童年河》的情节与对话自然晓畅,文字的背后站着一个宽厚体贴、真诚善良、知识面与理论水平高超的大作家。与某些矫情然而畅销的童书比,赵丽宏的《童年河》境界要高得多,小说洋溢的人性温暖足以跨越年龄,跨越种族,跨越国界。

《童年河》这本书字数不多,然而细节密密麻麻,就像绣花一样,既美丽又妥帖。赵丽宏是一位温柔体贴的上海男人,他平素习惯以沉稳的方式处理繁杂的琐事,位居高位举重若轻,仔细照顾身边的同事与亲友。这样的性格也展现在他的作品里,使整部书稿读起来非常舒服,心里特别宁静。很多人一直在怪罪这个焦躁的社会,怪罪道德日益沦丧的现今,他们是否想过应该从自己做起,从微小的点滴做起呢。在这个方面,赵丽宏无疑是榜样,是当之无愧的偶像。他能够参与到儿童文学写作领域，是孩子们的幸福。

这部晓畅通达的书也适合成人读者，而且完全不必因为作者赵丽宏已是著名诗人、散文家而对他的小说处女作放低要求。在上海第一届国际童书展举行的《童年河》发布会上，著名儿童文学作家金波发言说，读《童年河》时有读萧红《呼兰河传》与林海音《城南旧事》的感觉，这个说法绝无一点夸张与溢美，我读完全书心生共鸣。三部不同时代诞生的儿童文学佳作，有异曲同工之妙，《童年河》必定会以独特的赵氏格调传代。

最后想说为此书插图的画家万芾对《童年河》的贡献。万芾是上海著名工笔画女画家，专攻花鸟，画风静谧、细腻，光影现代，十分大气，她平时很少给书籍画插图。《童年河》的插图曾几经波折都不符合赵丽宏心目中想要的样子，当他向万芾提出邀请并发去小说原稿后，万芾当晚一口气读完，很惊喜。她说，小说中小主人公经历的年代与故事，她熟悉并相当有共鸣，创作欲望瞬间被点燃。她根据《童年河》情节精心创作了14幅工笔画，画风写实，功底扎实，朴素中洋溢着暖暖的情意，与赵丽宏的文字配合默契，相得益彰。

2013 年 11 月

好舌头与艺术——读《日本味道》

《日本味道》是本绿皮布面小精装书，打开后书脊平坦，阅读十分舒适。作者北大路鲁山人不是一个我们熟悉的名字，老爷爷活着的话今年131岁。书的译者在序言中介绍了作者的人生传奇，北大路鲁山人是位遗腹子，家里很穷，只得将出生不到7天的他送人当养子，不料送去的也是穷人家，再被转手。最后一位养父是版画师，虽然也不是什么富人但是生活态度洒脱，非常爱吃，手里有了一点钱就要吃好东西。他9岁时开始帮养母做饭，由习惯成自然，锻炼出识别美食的能力。小朋友命运多舛，却天生一条好舌头，吃什么都能评论几句味好或味差，被养母斥之为嘴贱。

鲁山人后来的励志路径和大多数青年一样，闯关东，独自跑到东京去混。这位脑袋特别好使的小伙子首先的理想是吃饱，然后是吃好，达到"认准一个地方，那就一定要吃到自己的舌头彻底佩服为止"的境界。鲁山人20岁时立志要当书法家，第二年就得到日本美术展览会一等奖。之后小天才被有钱人招去做食客，帮着写写字刻刻章什么的，接触到高级的美食与食器，审美品位渐渐提高。

在日本，北大路鲁山人最终成为受人崇敬的真正美食家、陶艺家、书法家和篆刻家。按他的成功路径总结下来，成为美食家首先靠天赋，味觉灵敏，动手能力强；其次是学习钻研各种艺术门类，触类旁通，形成自我独特的美食哲学。

《日本味道》这本书文字比较口语化，有点像回忆录、访谈录，编辑逻辑不是很严格。第一辑有关美食的杂谈拉拉杂杂，端着日本先辈驾到的架子，仿佛老法师出来训话了，你们这不懂，那不懂，怎么做得出好吃的东西！因为还没叙述到他最拿手的料理具体内容，这摆老资格的言论不免让读者生厌，我几次躺下翻翻就睡着了，书差点就扔开放弃了。

可是从第二辑"河鲜"开始，老爷爷的内行劲显神威了，直到"海鲜"篇之后，越来越令人兴奋。我年轻时在日本待过两年，打工的地方是最本土的"居酒屋"，对日本人嗜鱼的本性非常了解。他一条香鱼写了5篇，怎样识别新鲜，几寸长的最好，哪部分最肥美，鱼头、内脏绝对不能放弃，如何烤鱼等等。那些精确的描绘，恨人不识货的恼怒，简直就是我见过的居酒屋里最懂行最顽固的老头儿，也是最勤劳最善良的老板兼厨师。

我一面读一面回忆起在日本打工的岁月，曾经每晚在局促的、洋溢暖光的居酒屋给客人端上一盘盘现烤的香鱼。我看着那些劳累了一天的男人，抓起一条鱼，鱼头对着自己，仰起头，闭上眼睛，将满含鱼子的香鱼塞入嘴巴，然后嚼动牙床，极其幸福满足的样子。我很惊讶地发现，日本人吃鱼既不吐骨头也不吐肚肠，根本没有如我在上海家里洗小黄鱼那样，又是剖肚皮又是挖腮又是刮鱼鳞的。这样的囫囵吞鱼，说难听茹毛饮血，说好听太尊重小香鱼的完整性了，鱼就这样搁火上烤一下，撒几粒盐，盘子里放一块柠檬就算料理过了，简直匪夷所思。结果呢，我在日本待久以后，也爱上那些原味吃法，懂得了欣赏传统美食的精妙之处。

我算个美食作者，出版过三本美食随笔集，我写的每篇文章里必定有写到菜肴的烹调方法，但是比之北大路鲁山人老师简直小巫见大巫。老爷爷教味噌腌鱼，先用盐腌鱼五六小时，另用白味噌，加大量砂糖用清酒调研成糊，涂在鱼身上。之后规定只能烤来吃，烤的时候还必须插铁钎等等，铁律似的，威严得不得了。做高汤那篇，他先讲木鱼花的制作，干鲣鱼刨木鱼花，非要用很锋利的刨刀，才能将木鱼花刨出削薄透明状，而木鱼花熬汤只能一蹴而就，决不能久煮。鲁山人说的那些烹调原理，不是对日本料理很熟悉的人，味觉平凡，每日稀里糊涂过日子的读者不可能理解得了其精髓。

老人家的文章大多数是三十年代记录下来的短文，我没想到自己会读得那么津津有味，好像遇到了知己一样。想起多年前一本美国厨师安东尼·波登写的《厨室机密》曾风靡世界，那位著名主厨行走江湖，书中绘声绘色地揭穿很多餐厅后厨的机密，从采购到烹调，也很好看。但是因为我的饮食习惯东方化，对西餐不熟悉，波登所述的有些窍槛不能完全领会，而鲁山人的《日本味道》则狠狠撞我一个满怀。

最后录一句北大路鲁山人师父语录励志："懂得美的人，不论做什么生意（事情），总有与凡人不同的地方。"

2014 年 9 月

金阁寺与《金阁寺》

众所周知，三岛由纪夫有着杰出的文学才能，他的作品在日本作家中极富辨识度。他那本著名小说《金阁寺》中老实木讷的结巴小和尚竟放火烧毁寺院的故事，给我留下神秘难解的印象。在日本住了两年，归国前我去京都、奈良、名古屋旅游，专程在京都朝拜了那所传说中的圣殿——金阁寺。

金阁寺又叫鹿苑寺，建于1397年，是临济宗相国寺派的禅寺，由日本足利三代将军义满出资建造。因为传说舍利殿祭奠着佛祖释迦牟尼的骨头，所以金阁寺特别有名。这座典型的日式三层楼阁闻名世界的另一个原因，是楼阁上面两层的内外部漆上都贴有纯金的金箔。在平静清澈的镜泊池畔，金阁寺以它那金碧辉煌的身姿，富贵而又沉静地端坐，接受600年以来各国游客的朝拜。

我去的时候，金阁寺刚刚斥资7.4亿日元修复完不久，它在下午四五点钟的夕阳下，显得那么文静典雅。薄薄的阳光洒在寺身表面的金箔上，发出炫目的光泽，金黄色像一团巨大的谜云，笼罩了每个游客的面容。我们都眯细了眼睛，凝神观望，发出"久闻不如一见"的感慨。更使我意想不到的是，循目远望，金阁寺的顶上婷立的居然是我们中国的吉祥鸟——凤凰。那只昂贵的凤凰金光灿灿，拖着长而茂密的尾巴，俯瞰着脚下的芸芸众生。

围着金阁寺转了一圈，无论从哪个角度看，金阁寺都焕发出神圣的光辉，以金阁为中心建造的庭院显得特别安详、静谧，仿佛脚步声都会惊醒那里沉睡的精灵。这个庭院建筑被称为"极乐净土"在现世的展现。信仰佛教的人一生苦苦修炼，憧憬告别人世后可以进入"西方极乐世界"，而谁也没有见过所谓的极乐世界。现在，金阁寺及周围的镜泊湖、苇原岛、银河泉以及夕佳亭等池泉，回游式庭院组成的"极乐净土"袒露在你的眼前，如幻想中真正的圣地，激发人在有生之年好好修炼的决心。

金阁寺由于它的传说而闻名，它曾在昭和25年（1950年）被大火烧毁。三岛由纪夫根据这一事件，创作了《金阁寺》这部小说，将他那怪诞的想象和神秘的金阁寺失火联系起来，小说对主人公精神上的苦闷，人性压抑的描写，表现了一代年轻人对光明憧憬与对现实失望的激烈碰撞，作品充满破碎的美感。

《金阁寺》是三岛最有名的小说，不乏真正金阁寺的魅力相衬，而京都的金阁寺也由于三岛的小说更加扬名天下。这样的例子在一些著名的建筑和著名的作家身上不乏其例，比如《巴黎圣母院》与维克多·雨果。

日本在昭和30年（1955年）修复了被烧毁的金阁寺，以后，金箔逐渐脱落，昭和62年（1987年）寺方用了20万枚10.8平方厘米的金箔换上去，花了7.4亿日元。不料，阪神大地震和近年来太阳紫外线因臭氧层破坏而越来越强烈的照射，导致原本期望维持50年的金箔贴层又出现了脱落破损的现象。据最新消息，金阁寺寺方已着手进行紧急维修工作。

那天，我在金阁寺庭院里留下很多录像和照片作纪念。离开时我特地"请"了一张长条纸样的"金阁舍利殿御守护"，上面写着"开运招福家内安全"。

1995年

读任璧莲短篇小说

美国著名华裔女作家任璧莲的长篇小说《典型的美国佬》获得过"纽约时报年度图书奖"并入围"全美书评人协会奖",我更喜欢她的短篇小说集《谁是爱尔兰人?》。我是初次读到任璧莲,她的小说思想锋利,语言幽默,写作性别意识不强,很有国际范。

任璧莲是位出生在美国的华裔,不太会说中文,哈佛大学毕业,用英语写作。开始读她的小说时,我以为是译文的原因,故事与人物都有点不可捉摸的样子,语言很吸引人。如同译者在后记中写的感受一样,我也是在读到三分之一处才"突然明白故事开头那些描述的含义所在",原来那就是任璧莲写作的风格,也是她的小说魅力之所在。

《谁是爱尔兰人?》中那位强势的中国老太太,她看不惯定居在美国、在银行当副总、行为逻辑已很美国化的女儿,瞧不起长期失业却还被女儿当作宝的爱尔兰洋女婿,尤其搞不定小疯子一样的混血儿外孙女索菲。老太太以中国妈妈的思维看待美国的一切，整天抱怨个不停，活得又累又不开心。最后因为小疯子外孙女控诉外婆打她，女儿不得不领着她另找公寓居住，结果还是独居的美国亲家母收留了她，真凄惨。

这还不算，任璧莲在小说结尾处幽默地写道，那寄人篱下的中国老太太一直听到女婿的兄弟——那些爱尔兰人不断重复问，她什么时候回国去？亲家母贝思则反复以戏谑的口吻回答他们说：她是这个地方的永久居民，她哪儿也不去……

这个结尾非常意味深长，至少我读完呆愣了半天。从任璧莲写作此篇小说的20世纪90年代到如今，其实中国人的生活状态改变很多，但是到今天，移民这个话题对有些比较闭塞的美国人（包括早期移民）来讲，仍然有很多理解上的差距。通过很多努力留下来的异邦人有得非所愿的失望，而本地人却常常投去你们占了便宜那样的眼光，有视外来者为入侵式的抵触情绪。这种"围城"感给移民的心绪造成很大的困扰与伤害，就像老太太耳边不断传来的那些刺耳的声音，挥之不去。

《邓肯在中国教英语》这篇比较长，风格更加夸张。单身男美籍华人邓肯，37岁一事无成，来到中国山东一煤矿学院英语系当外国专家。那是20世纪80年代，中国家庭没有空调机，很多人连浴缸都没有见过。性格软弱、天性单纯的邓肯遭遇了上司的刁难，女学生的暧昧，男学生的告密，穷亲戚托他将孩子送出国等等无数的难题。任璧莲笔下改革开放初期中国的乱象，看起来就像滑稽剧一样。结果那个与邓肯老师在旅途中百般暧昧，"来自一个长袖善舞家庭"的美貌女大学生还是给邓肯"吃了药"，竟不是自己有意于他，而是送来她的妙龄女儿求邓肯资助带去美国。这些与美国人习惯规则大不同的纠缠让邓肯很晕，但他自觉是有信仰的美国人，他"习惯于相信（幸福）这种可能性的存在"，他接受了"命运"的安排……读到这里，我忍俊不禁，难道美国真的是批量出产阿甘那种傻瓜的地方吗。

我很喜欢任璧莲谈创作的那段话："归根结底，我们描述事物。这是故事，我只是在讲故事。希望我讲的故事中能反映出一些张力，至于它们能不能被发现完全取决于读者。对于作者来说，它可能是一种姿态、一种建议，但这都是在故事的框架内传达的。如果这种张力是真实的，故事自己会表现出来。"我为自己读懂了任璧莲小说中想要表达的一些东西而高兴，毕竟邂逅一位好作家不容易。

2015年10月

任璧莲、卢学溥与茅盾

最近整理校订自己旧文,翻到《读任璧莲短篇小说》那篇。任璧莲是华裔第二代美国作家,1955年出生在纽约长岛,大学读的是哈佛英语文学,接着去斯坦福商学院进修。参加了爱荷华大学写作班,获得小说艺术硕士学位后,1991年开始文学创作。

我读完出版社朋友送的任璧莲的长篇小说《典型的美国佬》和短篇小说集《谁是爱尔兰人?》后,正巧任璧莲来上海,我兴奋地报名参加在上海图书馆举办的"相遇在地球村——任璧莲对话徐坤"名家名作系列对谈会。台上的任璧莲看上去五十多岁,素颜,穿着打扮比较中性,坐姿也是蛮洒脱那种,她用英语与读者打招呼,解释说自己中文很不好,只能通过翻译来聊聊自己怎么会走上写作之路的。她说小时候一直听母亲说茅盾茅盾的,是家乡出名的大作家。她外公姓陆,是乌镇小学校长,当年是他发现茅盾的作文才能,鼓励他写作的。这可让我大吃一惊,任璧莲的母亲是乌镇人！而任璧莲因为从小头上顶着大作家茅盾的压力，是为了不辜负妈妈的期望而写作的。

至今我还记得那场有趣的读书会。任璧莲的小说幽默，细节写得栩栩如生，特别是她小说中对在美华人即新移民的身份认知与归属感的透视，让人惊叹她从"全新角度审视文化冲突"。但当任璧莲回答读者提问时，我感觉到她对中国近几年来的变化认识还是有限的，似乎还停留在 20 世纪 90 年代。比如她语带讥诮地说我们的"中国梦"就是钱多生活好，美国梦可不是这样的。她说你们想当艺术家、音乐家来美国是对的。与她对谈的中国女作家徐坤表达不同意见，委婉解释说如今中国人生活都与 20 年前大不同。任璧莲似乎有点不相信，反复追问：那你们的中国梦到底是什么？

此时一个衣着整洁、中气十足的 78 岁上海老爷叔举手站起来发言，先问任女士有没有学中文的计划，然后说自己 70 岁开始学英语，退休后独自背包游已经去过五十多个国家。因为要不断学习，所以来图书馆听你的读书讲座等等，真是太给中国人争气了，全场乐不可支。任璧莲听完翻译也笑得不行，当场认输，说老爷爷你一定会实现这样的中国梦。全场掌声雷动。

对谈会结束后，我赶紧上台去见任璧莲，请翻译帮我告诉任璧莲，我和她妈妈是同乡，而茅盾是我的亲戚。她哈哈大笑与我握手说见到我很高兴，我问她外公叫什么名字，可是她连母亲的中文名字也讲不全，说大概陆什么星，外公名字更不知道。她说外公的照片在茅盾故居有的，戴着圆框眼镜。此时很多读者买来她的书请她签名，有的要与她合影，现场太乱，无法继续与她沟通，工作人员大概急着下班，已把冷气关掉，还有些记者等着采访任璧莲，我只好求了合影后退出了人群。我心有不甘，便向出版社陪同来的年轻人打听，要一个任璧莲的邮件地址，想之后写个英文邮件将她的外公究竟是谁解个谜，没有如愿。

没想到相隔 5 年，整理到这篇小文时，我还在为此纠结，想查证任璧莲的外公究竟是乌镇哪位姓陆的先贤。我取出母亲写的《茅盾晚年谈话录》，在有关茅盾求学故事中似乎只有一位卢学溥（鉴泉）有点像。此时我脑袋灵光一现，任璧莲会不会说的就是他，"陆"与"卢"的汉语发音只是声调不同，翻译很有可能根据任璧莲不标准的汉语发音误译了。任璧莲的外公会是乌镇立志初级小学的校长，著名乡绅卢学溥老先生吗？

这一发现令我心跳不已。我马上通过微信联系茅盾研究专家、作家钟桂松老师，请教他。桂松老师正在甘肃张掖河西学院作讲座，他立即回答我说，有可能，因为茅盾认识的老辈中，在美国的很多，卢学溥的儿子卢奉璋当年是去美国留学的。可是因为出差在外地，桂松老师不方便查资料，便转请茅盾故居去核查。只隔了一天，钟桂松老师的回音就来了，证实任璧莲的妈妈确实是卢学溥的大女儿。

据桐乡人物志记载，卢学溥（1877—1956）字鉴泉，又字涧泉，桐乡乌镇人。家道殷富，为当地望族。他的祖父卢景昌当年为顺应潮流，改立志书院为国民初等男学堂，并以堂长职务交学溥。学溥年轻气盛，锐意改革，聘名师、增设备，学校生气勃勃。沈雁冰（茅盾）为学溥表侄，就读该校，承精心培育。卢学溥先生在乌镇深受后人赞扬的另一件事是1933年领衔总纂并出资续修《乌青镇志》。卢学溥最终成为银行家，1956年病逝于上海，他的小女儿卢树华一直居住在上海，大女儿1949年之前从上海迁往美国居住。

每个作家的养成都有他的故事，譬如幼年时一位语文老师的引导，或者受"文青"家长的影响，又或在街角哪家书店多看了几本书，去哪个亲戚工作的电影院蹭过不少电影等等。甚至写字台玻璃板底下一句作家的格言，旅行中邂逅的旅人一番谈吐，就不经意打开了视野，培养了爱好。

我母亲在《茅盾的童年》一文中说卢学溥是茅盾成长真正的"伯乐"和引路人。茅盾还在读小学的时候，参加卢学溥主办，题为"试论富国强兵之道"的乌青镇"童生会考"，他的400字论文结语是"大丈夫当以天下为己任"，得到卢学溥大加赞赏，在卷子上用朱笔密圈批注："十二岁小儿，能作此语，莫谓祖国无人也。"之后茅盾外出湖州等地读中学，考大学时，母亲让他报考北京大学预科，因为卢学溥当时在北京任北洋政府财政部公债司司长，而茅盾家与他沾亲带故，茅盾从小唤他做卢表叔，确切关系据钟桂松老师介绍，是茅盾的姑祖母嫁给卢学溥的父亲作了填房。

茅盾如愿考上北大读预科，三年里勤奋学习，每逢星期日就到卢公馆去看书，受到卢表叔很多照顾。寒假他也不回家，向卢表叔借了竹简斋本二十四史苦读。茅盾成人后的第一份工作也是因卢学溥引荐，由张元济面试后被安排进上海商务印书馆编译所英文部工作，由此走上文学之路。

卢学溥是茅盾的贵人，茅盾是卢学溥的骄傲。我相信五年前任璧莲在上海图书馆告诉读者的不是玩笑话，写作的种子确实是母亲在她很小的时候就播种在她心里，家乡有茅盾这样的大作家，那就是籍贯基因，是遗传密码。"你的作文不是应该比别人写得更好吗"，卢学溥的女儿如是说，实在是很讲得通。

作为出生在美国的华裔，任璧莲虽然用英语写作，然她作品的关注点相当大一部分与本人的族裔有关，而她身上的文脉，无可置疑有来自外公卢学溥的传承与影响。听说她曾经回到过外公的家乡乌镇，去东栅参观了茅盾故居，指认了故居墙面上那位戴着圆框眼镜的先生。她知道，外公的照片出现在那里，是因为大文豪茅盾先生是外公一生最得意的学生。

2020 年 11 月

裘山山散文的魅力

烟花三月和裘山山同行下扬州，山山送我新书《从往事门前走过》，淡雅的装帧一见就很有面缘。而书的开本大，字儿小，我见出了编辑者舍不得割爱，尽量要将好文章与人多多分享的意思。

山山是写小说的，她的小说既好看又有内涵，长篇小说《我在天堂等你》《春草》等都得奖并被改成影视剧广泛传播，她因写作而立功，成为享受国务院特殊津贴的人，简直是年纪轻轻德高望重。山山写散文好似兼职，说是用写小说的边角料，写大作品中间的空隙时间去写的，居然也已集成6本散文集。看她在《从往事门前走过》后记中说："写散文对我来说不是创作，而是一种心绪的表达，如此，写起来便轻松随意，产量较高。"

山山那么谦虚，那么我们真的能忽视她的散文创作吗？当然不能！我读过不少山山的散文，以前买过她的书，报上、网上都读过，山山散文写得好，好在真性情，自然、婉约、舒缓，有魅力。

认识山山是在网上，在"小众菜园"当菜农的时候。一天有网友在论坛上数落政协还是人大的女委员提案太"三八"，实话说，那提案确实相当无厘头，跟帖起哄看笑话的很多，越骂越难听。网络论坛"踩"人，说话不负责任是常态，大家习以为常，但此时裘山山上线，立即正色对发帖的安徽男律师说，请你尊重妇女，有不同意见可以，我也不认为是个好提案，但骂女人"三八"你不对，请自重。

我和山山同感，有见义勇为者跳出来，赶忙上去声援她，似乎还是三八妇女节之际，我们的振振有词把律师吓得"瀑布汗"，他惊回首说，啊呀呀，我平素也不是那样口出脏言的人哪，两位女菜农好厉害，我检讨。打那次同一战壕作战后，我喜欢上了这位女军官的性格。

我本以为裘山山是军人，任《西南军事文学》主编，而军事题材的小说我不会有兴趣读，可是一深入了解发现我错了，山山的作品不全是军事题材，内容涵盖面很大，她的文字素养不仅合我口味，且她爱憎分明的道德观深得我心。

裘山山很大一部分散文是"小说性散文"，小说家写散文，在讲好故事，刻画好人物形象方面占很大优势。山山的散文一般都有人物，描摹人的功力毋庸置言，而她写景写物都不空抒感情，一定寄托在人身上，讲个故事，夹叙夹议，使景物都活了起来，令人印象深刻。

譬如《山之上有国殇》那篇，讲述去腾冲参观"国殇墓园"的经过，那样沉重的话题，那么多战争史实，多难写。在山山的巧笔下，她融入自己，莫名的悲伤感，无知，羞惭，娓娓道来，写得感性而激情。当我不由自主被她牵引，读到她问墓碑在哪里？突然发现在自己脚下，如此一大片整整一座山无名烈士墓碑，简朴、冷清、密密麻麻！读到此处，我感受到了巨大的悲凉，一句话也说不出来，默默地，眼泪滚滚而下。

山山散文的另一个特点是以第一人称叙述。《从往事门前走过》分7辑，写青春、个性、家人、女友、男人、军旅和花草，几乎每篇都有一个"我"。文章中有了"我"之后，文字更加感性，从容不迫穿越时光，以自己的经历穿线，用心去体验，浓墨淡彩，收放自如。

《艳遇》写一个年轻姑娘与西藏军人旅途偶遇，互存好感，女大男小的差距，后不通音讯三年，居然神奇联络上最终结婚的故事。用的是第三人称，可写到最后，山山这个"我"还是出现了。故事源自一位小城女读者，她坚忍不拔，兜转三年亲自赴裘山山办公室讲述。山山转述那些动人的细节，感叹美好的爱情，用的都是很普通的词语，只有"艳遇"两字用得突兀，然而点"在世界最高处,最寒冷处,最寂寞处,有了一次温暖的美丽的刻骨铭心的相遇"这富有内涵的题,却是那样的契合,可谓匠心独运。

山山散文娓娓道来,整体上透出清雅端庄和大气。散文是最见作者性情的样式,山山性格上的至纯至真至善充分体现在她的文笔中。山山是位军人没错,但绝不是干巴巴的女将军,家传的幽默感与生俱来,叽叽咕咕随时有小宇宙爆发,品读时非常愉悦。

受到读者好评的《子非鱼》写的是她搞规模化养鱼的表哥,有见识有魄力,干活时是一老农民,决断事物时又像一个将军,散文列举一件件事,生动地刻画出一个当代英雄来。《我一直叫你家海》那篇我是在山山的博客中读到的,记参加完汶川地震救援归来后罹患癌症很快去世的同事,看得出山山是一边流泪一边写下的,饱含深情的书信体散文将一位脾气倔强、好胜,干劲十足,将自己置之度外的军人知识分子形象表现得十分可信,让读者扼腕痛惜。在文章中,山山又提到了她的第六感,她敏感细腻,相信人与人之间的感应,是一个有敬畏心的人。

至于山山最亲近的人,山山写得更是得心应手,妈妈的调皮幽默,爸爸的书生气,先生的大男子主义,儿子的志气和孝顺,姐姐的爽朗以及百岁老人祖祖的圣洁让我过目不忘。山山写故乡"在故乡思念故乡"时也很从容，移步换景，缓缓道来，她很勤勉，愿意去经历，仔细去体验，发现一些平常事物中的特别，山山的捕捉能力很强，像侦探又像一个好画家，两三笔一涂抹画面便栩栩如生。

山山喜欢自然，壮阔的、静谧的自然风光都能引发出对生命的思考。体现在审美情趣上，她不止一次提到东山魁夷的画，欣赏线条简洁、素雅，震撼心灵的静美之作。她也常作小女儿状，爱拍花花草草，贴上博客显摆，仿佛让人看到她挤着两个小酒窝伏在电脑前看博友们反馈。

扬州一路，很多作家初见裘山山，惊叹她的美丽娴静，赞美的话不绝于耳。我自觉腾座，让男铁粉挨着她献殷勤，让她享受晕滔滔的感觉。山山是幸福的女人，她具备获得幸福的各种要素，简单、天然，阳光心态。山山喜欢读书，她说，如果到一个无人处只允许带3本书，她除了宋词、植物辞典，第3本是自己的散文集。

2010年5月

沈嘉禄写《上海老味道》

我的书架上有一长溜美食书籍,沈嘉禄《上海老味道》那本是他的第一版,由著名画家戴敦邦先生插画,这本书如今已出到第三版。嘉禄老师每一版都有修改、删减添加,各版又添印过很多次,足以证明《上海老味道》在读者中的口碑之佳。书摆在店里不会说话,书的魅力靠读者拿起来翻阅,捧在手里,与其他想要的书几番比较,终于拿去账台结账来证明。书的魅力还由读者口口相传,书不好看,没价值,任由作者、出版社声嘶力竭宣传,站台演讲,来来来给你签名,广告刷屏朋友圈也是没有用的,读书人都精着呢。

沈嘉禄写美食很早,90年代初我还没发表过一篇美食文章时,他就已经成名,主打小说、非虚构大特写、专题艺术评论,干新闻工作非常忙,有一段时间他几乎放弃写美食。初版于2007年2月的《上海老味道》中很多是他早期的美食随笔,那一味味对于很多上海人来说仿佛久远的老味道在纸上出现,引起读者阵阵惊喜，是吗有吗上海有那么多好吃的，怎么我听都没听说过，现在哪里有吃，谁会做啊？上海人急啊，遗憾、失落以至于愤怒起来，为什么真正上海老味道会失落于市井作坊、饭店宾馆？这里有很多因素，不是一两句话可以总结的。幸好国家改革开放后，经济文化快速发展，陆文夫的小说《美食家》为"食文化"正了名。

沈嘉禄已出版美食著作不下七八本，最新的是《上海老味道续集》，其中内容承续了前一本"上海""老味道"的重点，诚如嘉禄所说："一个地方的老味道，总有说不完的故事，它不仅与传说、食物、风土、习俗、秘方、手艺、时间、作坊主、老师傅、老板娘有关，更与地域历史、人文积淀有关，与我们的家庭有关，与个人成长史有关。"嘉禄的美食随笔是坦诚自然的，他不忌讳谈年幼时家里食物匮乏，自己猴急吃相，弄堂口简陋的点心摊，然而我们却从他描绘的粗茶淡饭中看到慈母的爱，兄弟的情，邻里隔壁热气腾腾的民俗民风，令人怀念的草根葱油饼、汤卷煎糟秃肺、大食堂红烧大排那么多诱人的美食。

时光流转，上海人餐桌上的变化可谓翻天覆地，城内城外各式餐厅争奇斗艳，打造国际化大都市需要刺激消费，面对外来威胁必须提振内需，沈嘉禄站在美食界潮头，义无反顾要为此做贡献。在《老上海味道续集》中有不少近年来由他亲自踩点餐厅、采访大厨品评菜肴的文章。美食家沈嘉禄有立场有眼光，从他舌尖走过的味道厨师不要抱捣糨糊的想法，虽然他是个厚道人但心里飒飒清，一些名厨在他面前绝对不敢胡乱夸口，只有谦虚低调才能换来嘉禄老师诚心诚意的指教。

在美食江湖，嘉禄老师见多识广，但是他仍然保持爱学习勤记录的习惯，我与他共同赴宴多次，每次佳肴当前我都忘记初衷，埋头扮演食客吃个不停。而嘉禄一面倾听主厨讲解，一面品尝，间或咔嚓咔嚓拍菜，经常掏出小纸条记要点。隔日一篇美食随笔就已面世，大局细节无一遗漏，还能随口调侃自己，使围观群众无法嫉妒他的吃福。

厚重两大本《上海老味道》写尽上海人的心头好，它是沈嘉禄对上海这座城市的热血表达，是对上海人民群众都过上好日子的无限期待。

2020 年 8 月

偷师《食鲜录》

自打翻开苏州著名美食家华永根的新著《食鲜录》,读到那一段段令人馋涎欲滴,又让我心领神会的字句后,我就一直在犹豫,要不要将这本书介绍给读者。说真的,我心里是不情愿的。因为华老师的书名上虽没有"厨室机密"几个字,但是每一篇文章内都藏着厨房大机密,那些选材秘诀、烹调要点、品尝体验都是至宝,都是他几十年在美食界跌打滚爬积累起来的经验,可以传代的压箱底货色,如此这般坦诚写来,我替华老师心疼啊。

见过华永根老师多次,是春秋之季去苏州、吴江参加美食节与运河宴,在风雅之地听他讲故事,品尝当令佳肴。饭桌上华老师吃得很少,无论哪道菜他都能讲出道道来,由古论今,源远流长。华老师喜爱传统美食,但他不是食古不化。我喜欢他对待美食的态度,如《食鲜录》后记中所写"传统美食餐饮与时尚美食必须统一""了解过去美食是为了创造未来美味,续延苏州人的精致生活"。

华永根老师的书副题是"老苏州的味道",在书中,他讲高档的秃黄油,讲苏州三大"黄焖菜"即黄焖河鳗、黄焖栗子鸡、黄焖䖳甲(鲟鱼)等,更多的是讲萝卜、笋、黄豆芽、河鲫鱼等普通食材。字里行间流露出他心直口快的草根气质,有时让人忍俊不禁。例如他"吐槽"去参加五星级酒店的婚礼宴席,婚礼场面豪华,仪式繁复,而菜肴却质差味寡,以至忍无可忍中途逃走。回到家吃了块剩大饼喝了热茶才缓过来,被娘子嘲笑后华永根无法辩驳,他悟道:"世上有些事得忍,不忍就会像我,只能吃冷大饼。"

对于美食爱好者《食鲜录》极有用,我忍不住偷师几道菜。《陆文夫与苏州菜》一文中华老师解密著名文学家、美食家陆文夫最喜欢的两道菜:美味酱方与咸泡饭。

只寥寥数语:苏州的酱方用五花肉,汆水后用老卤烧煮,加香料,调味焖烧几个小时,成酱红色。这些很普通,但我注意到那个肉先要"腌汁数日",什么叫腌汁?浸酱油那不是变成酱肉了,酱方不会是酱肉啊,百思不得其解,在微信上求教吴江美食推进会长蒋洪老师。蒋老师提点我,腌汁只用细盐,略压重物一两日即可。我猛醒,怪不得苏州酱方外面酱红色,咬开肉质雪白粉嫩,肉却不像普通人做的淡而无味,而是汁水饱满咸与鲜并存,原来腌汁起的作用是预先入味,实在太妙了。我赶紧表示学到了,过两天做乳腐肉立刻尝试。

另一样"陆式"咸泡饭更家常,也是我在家里经常想吃的。看看苏州美食界毕建民大师是如何为陆文夫配料的:"米饭加青菜丁、香菇丁、笋丁,另外加入咸肉丁、虾仁等烧煮而成,出锅时加几滴麻油及少量胡椒粉。"除此,陆文夫对咸泡饭的私人爱好还有几点,一是汤汁不可过多,二是米粒要软糯,三是配料不宜过多,其中青菜丁可以略多一些。复述到这里,我仿佛看见传说中仙风道骨的陆老师,面对那碗热腾腾心仪的咸泡饭,放下酒杯,笑眯眯地拈着那把看不见的雪白胡须感叹,老夫今日乐胃,在苏州度日真乃神仙哪。

2016 年 2 月

《野芒坡》的写作密码

殷健灵长篇小说新作《野芒坡》出版后在读者与评论家中好评如潮，首印5万仍然洛阳纸贵，究竟是什么原因使这位已获奖无数的著名儿童文学作家，再次得到众人交口称赞，殷健灵此次的写作密码又是什么？我带着这些疑问读了此书。

《野芒坡》写作的背景是作者6年前一次偶然参观上海徐家汇土山湾旧址，见到一百多年前那里的孤儿院、育婴堂的图片与实物，基督教教会以及外国修士这些原本并不熟悉的事物以一种比较直观的方式，给她以强烈震动，激发了她的好奇心。特殊题材像一道闪电，点亮了她。可是接下来搜集素材，梳理历史脉络，确立小说结构不单是工作量很大，而最重要的是作家这次究竟要在小说中写出什么不同以往的东西。几经思考几度推翻，殷健灵终于定了"我更想写一个一百多年前的男孩生命中的'日'与'夜'，'光明'与'黑暗'，是他内心世界可感可触的变化与发展，而促成这一切的,是人性、人道、信仰、艺术、美与善的力量"(《野芒坡》后记)。

不是我倚老卖老,是真的,早在殷健灵大学尚未毕业时我就认识她,那是在当年很红火的《少女》杂志笔会上,这位纯净、端庄的美少女三言两语就征服了我,她理性、成熟,各方面很优秀,立即成为我教育女儿的样板。后来我成为她《现代家庭》的作者,她也为我的《交际与口才》杂志写文章。她干活干净利落,交的作业无可挑剔。我当时对于儿童文学的理解是狭隘的,以为儿童文学"小儿科",写得再好也没大出息,经常挑唆她进军成人文学圈。殷健灵有时也会犹豫,会动摇,但更多时候她是坚定的,执着的。我眼看她妥善规划自己,一部部著作出版,一次次获奖,一步步成长起来,成了著名儿童文学作家。

《野芒坡》很容易读进去,语言简素,条理清晰,牢牢抓住读者的视线,每一章结尾留了悬念。殷健灵底气十分足,将少年幼安的身世命运放在历史大背景之下观照,细微处以灵动细腻的笔触,写出他的苦难,他幼稚、孤独的灵魂,他一直叩问苍天自己遭遇这一切是为什么?为什么!读《野芒坡》时,我脑海中一直浮现我非常喜欢的一本书《在轮下》,是德国伟大作家赫尔曼·黑塞的自传体经典小长篇,其中百多年前德国少男汉斯的命运曾让我为他心痛之至。如今我读到殷健灵笔下的若安，同样使我感受到主人公灵魂深处的震颤。不同的是殷健灵这部书的风格，不像黑塞那样凄切与抑郁，总体上《野芒坡》散发着轻微而固执的暖意，惆怅中总有一股神的光芒穿越过来，照亮这孩子的灵魂。殷健灵有她自己对人性、人道、光明、黑暗、爱与恶的理解，这本独特的讲述百年前中国男孩命运的书中，融合了中西方教育理念。

在写法上，殷健灵仍然以她最擅长的"心理描写"开路，故事一个接一个，环环紧扣，幼安自不必说，无时无刻不深入他心里来描写，后妈的自私无情，外婆的善良无奈，卓米豆的纯真灵气，安神父的博大慈悲都绘得细密准确。记得之前殷健灵的儿童小说主角大多是女孩子，这次如此深地探索男孩子心灵一定是次比较大的挑战。在写幼安的成长中，我感觉到殷健灵有观照现实的想法，也就是通过案例来解决如今孩子的实际问题。比如面对类似校园霸凌，即徐阿小对幼安的要挟，幼安压抑了很久，最后是通过向同伴倾诉，解决了"秘密本不存在"等等。最令人佩服的是这部长篇小说体现了殷健灵这位成熟作家的国际化视野，体现了文化自信。作家的知识储备，个人修为在长篇小说中最易显露，《野芒坡》中有关欧洲艺术史、中国传统绘画史，甚至一些手工技艺的专业知识都十分令人信服，作品自然、大气、优雅、淡定。

《野芒坡》不仅仅是一部优秀的儿童文学著作,它值得每个人读。

2015 年 7 月

咪咪噜的忧伤如此美丽

"你的忧伤如此美丽"仿佛是蔡琴的一句歌词，吟诵它的时候，我家宝贝咪咪噜四蹄端正地踏在卫生间窗口的瓷砖上，小脑袋向着不知名的远方，久久地，久久地凝望着，它悄无声息，留给我背影。那披着雪白被毛的，弯弓似的咪咪噜背部，散发着小生灵与生俱来的忧伤气息，让人一瞥便心颤不已。

"我的世界你不懂"，咪咪噜看见我走过去，动静很大地扒着窗沿。我顺着咪咪噜目光望向外面的马路和屋顶，不屑道"一直看一直看，有什么好看的，看什么呀你"，她不出声地叹息了一声，偏开脑袋，灰玛瑙色眸子中涌上一层薄薄的雾，让我顿时觉得自己面目可憎，矮了下去。

我活在人的世界中已久，生活经历使我像一个战士，一仗一仗往前打。可是我读书时人会放松下来变得优雅，我喜欢有忧伤气质的作家，喜欢读书中途把书搁在胸口回味，沿着作者的思绪将自己放逐到远方，我常常为自己写作中缺少忧伤气质而羞愧。

画家黄石以咪咪噜为原型,创作了一本《咪咪噜外滩迷失记》彩色绘本,最后一页,秋季光秃秃的梧桐树中,有一幢红砖老洋房,屋顶上隐约可见咪咪噜的背影,画外音这样写着"咪咪噜也和往常一样,只是它经常会爬上屋顶朝外滩方向张望,什么时候再帮叔叔把外滩的灯打亮"。这幅画弥漫着忧伤的气息,略显萧瑟的大自然,古旧然而高贵的花园洋房,废弃的烟囱,全景中有小小一只白猫侧着身子,望向远处,它伸长脖子,渴望却又无奈。

绘本真不是儿童的专利,《咪咪噜外滩迷失记》画面中蕴含了很多怀旧的、人性的东西。令我们上海人倍感骄傲的外滩建筑群,记载了十里洋场曾经的经济领先。如今喧闹的街头,恍惚的人流,失落的感觉,画家在很多画面中都有表现。比如能看见汇丰银行和海关的屋顶咖啡吧中若有所思的男客;抱着咪咪噜的外滩灯光管理员,看天空漫卷浮云,眺望天文台,也是流露出那样的孤独和忧伤。至于咪咪噜回到家中后,身子歪倒在华丽的钢铸凉椅上,处于繁花中,眼神中透露出对自由的向往,对过往善良人们的记挂等等,无不深深地打动着读者。

谁说忧伤只属于小资,属于搔首弄姿的伪时尚。忧伤是一首可以反复咀嚼的老歌,低吟浅唱,不断往复。忧伤还是哲学,令你沉静，反思，警醒。

　　咪咪噜带着与生俱来的忧伤，在我的身边长大。她是一只家猫，经历过两次出逃，体验到外面世界的残酷，领会到娇生惯养大的自己不可以承受，被我找回家后，咪咪噜去医院做了节育手术，被改造成无欲无求的淑女，除了猫粮，偶尔染指鲜虾和玉米，它变得被毛溜滑，眉清目秀，除了睡觉就是不断自我梳洗。可是咪咪噜基因中残存的野性提醒她此生还是有所遗憾。

　　人也一样啊，成长其实就是一个不断妥协的过程，碍于年龄、体力、人际关系、职场规则，必然有所得，有所不得。喏，和咪咪噜一样，你就在寂静的黑夜里，凝望远方，寄去自己的忧伤，即可。

2011 年 6 月

慢慢喜欢你,程乃珊

我写作出道很晚,之前一直是"文青",喜欢读小说。20世纪80年代一开始读到程乃珊小说时,我的反应很奇怪,包含了想看、妒忌和轻微的不满。她小说中透露出来"高人一等"的气味,对于我来说很陌生。

我与程乃珊一样,籍贯桐乡,出生于上海,可家庭背景、人生道路有很大的不同。她祖父16岁走出家乡到上海滩闯荡,后成为国内著名银行家。他们家住洋房吃西餐,在我小时候,那个阶层被称为工商业主或资产家。我父亲的祖上在桐乡乌镇经商,父亲13岁离乡读书,继而跟随姐夫茅盾参加左翼文化运动,加入共产党,写作编书做出版,中华人民共和国成立后当职员,住石库门弄堂的街面房子。

自童年起,我的价值观与道德观一直与学校受的革命化教育同步,当班长、当中队长,上课时两只手放在背后端正坐着。但凡老师指出我身上还有"娇骄"

二气时，我便羞愧难当，定要改正它，誓与资产阶级习气一刀两断。20多岁时我从农场返城，读到程乃珊作品，惊讶地发现她在写到悠闲享受的生活方式时，没有批判反而充满了欣赏与留恋，我看到她描绘的种种称不上奢靡，却是我从没有享受过的西洋化生活细节，本能地把这些调调视为"资产阶级挽歌"。

虽表面对此不屑，我有意无意地却记住了程乃珊小说中里的很多细节，比如有一对档次高的姐妹给追求她们的男青年取绰号叫"天勿亮"，意思是不睁开眼睛看看自己的身份配不配，奚落、傲慢跃然纸上。一群资本家遗老遗少在家里拖开家具开派对跳舞，布鲁斯、吉特巴、华尔兹等等；银质英式下午茶架子有三层，要先吃底盘咸的再吃上面甜的，一层一层吃上去；滚烫的烘山芋买回来，中间夹一块奶油吃。现在回想起来，记住这些的时候，我的心理活动很复杂。

对程乃珊作品认识上发生转变是从读她的非虚构文学专栏《上海词典》开始的。乃珊以熟稔的口吻转述民国以来上海人吃穿住行的种种门槛，如数家珍般回忆旧上海一些显赫人家的旧事。有一次我被她描述的一个人物打动了，那是"文化大革命"时期，程乃珊在淮海路一家著名熟菜店门口排列的队伍中发现一个大资本家的女儿，她穿着破旧，灰白乱发，捏着只能买一点点卤汁豆腐干的零钱。乃珊怕对方窘迫，没有上去打招呼，感叹说她虽外貌潦倒还是追求生活品质，吃惯了好的绝不苟且云云。顿时我被触动，过去的狂风恶雨曾殃及多少无辜，对民族资本家"剥削剩余价值""每一个毛孔中都充满了肮脏"的抹黑有多少是真实的？我读过书受过教育后自己思考过没有？

面对面结识程乃珊已经是中年以后，走近才了解到她生性热情、开朗大气、直言不讳的性格。乃珊的祖辈以知识与勤奋换来优渥生活，应该理直气壮。改革开放后，文学作品中出现一些虚构冒充写实迎合伪小资趣味的旧上海轶事，让她坐不住，她觉得自己有责任要将父辈的人生写下来。辛亥革命后，中国实业家是怎么一步步推动经济社会发展的，资本金融业怎么学习西方，父辈们的艰难探索与奋斗。那个阶层真正的生活究竟是怎样的，她要正本清源告诉读者。

程乃珊当上上海作协的专业作家，后来去香港当记者，写作出版了一系列以上海为题材的中长篇小说，《蓝屋》《穷街》《女儿经》《金融家》等书都受到读者欢迎，而老上海写作也因了乃珊老师的领头，日益红火发展成一个门类。多年后，程乃珊由写小说转到纪实文学，《上海探戈》《上海Lady》《上海Fashion》《上海罗曼史》等书集结了她的非虚构文学作品，她不负热爱她的读者众望，令人信服地越写越好。

在我，几十年来经历、阅历增加，物质丰富生活变好，过去被视为虚荣做作的生活享受已变为日常。在上海，每次坐进老式花园洋房餐馆中用餐，我会想起程乃珊，想起她的"陈老师菜单"，她很福相的脸盘笑盈盈地出现在我眼前，告诫说要珍惜好日子。

2013 年 12 月

想念宁波老味道

宁波老味道，是我舌尖上最思念的味道。柴隆先生新著《宁波老味道》中以生花妙笔集中呈现的77道美味佳肴，是我脑海中寻找已久的珍宝。

我熟悉宁波菜，因为我妈妈是宁波人，虽然妈妈不太会烧菜，但是我外婆有一手高超的烹调技艺。小时候我特别爱去外婆家，很大的原因是想吃外婆做的菜，而外婆的宁波家常菜，就是柴隆先生笔下的宁波老味道。

《宁波老味道》分6辑，篇名直白。光读篇名，就让我口舌生津，不能自已。因为里面写到的那些除了我经常吃的，我会做的宁波菜之外，还有那么多传说中的宁波美味，那么多我小时候曾经在外婆家吃过，之后一直没有机会再次吃到的菜肴与点心。

我疯狂热爱宁波菜，只是半个宁波人。柴隆不仅狂爱宁波菜，还研究、撰写了那么多有关宁波美食的文章，却只是"新宁波人"。柴隆原籍山东青岛，他出生在山东,9岁后随着父母南下宁波,在宁波读书、工作至今。几十年生活下来,柴隆的宁波话说得很溜,宁波菜烧得顺手,除了长相与性格还带有点山东男人的豪爽、仗义之外,已经与宁波这地方浑然一体,怪不得他在书中能将宁波老味道呈现得如此全面、丰富与立体。

柴隆的文字生动,善于讲故事。他在《笋脯花生》中形容我们熟知的"笋脯黄豆"升级版"笋脯花生"的好吃,他小时候怎样在走过、路过妈妈晒花生的匾时,偷偷对笋脯花生动脚,以致"那几天,肚子总是鼓鼓的"。他说自己炮制笋脯花生,先泡花生米,再"将笋丝加油、红糖、酱油和茴香桂皮,翻炒后添水,慢慢煨至锅干,转成大火收汁,最后淋入一汤匙麻油",寥寥几笔,过程要害都在里面,没有实践过的人不可能写出来。而烧制完后怎样又是晒又是晾,直到"花生变得干瘪发皱,笋丝变成小条状,散发出浓郁的花生清香,忒有嚼头,笋干的韧劲不断激励牙齿的咀嚼频率,越嚼越香"。读得我想把手伸入电脑,也去他家篮子里抓一把出来吃。

《红膏呛蟹》一文中,宁波人"从小吃红膏呛蟹长大,生来一副好脾胃,泥螺、海蜇、蚶子、蟹糊、醉虾……在宁波人的食单中,这些永远都是'咸鲜'当头,亦是冷菜中的花魁,那咸鲜的本味,不管走多远,天南地北间闯荡的宁波人都会深深怀念"。没错，就说上海的宁波饭店，红膏呛蟹那令人窒息的鲜美总是惹人心醉，我常会为了此物去赴一场很远的饭局。我家冰箱冷冻柜中如果还存有一两只红膏呛蟹，心里会泛出富足感，整个人都好了。

柴隆工作之外热衷于研究宁波地方史志，对地方民俗与饮食文化的研究也津津乐道。写宁波古镇前童的"三宝"时，讲史论经，带出石磨豆腐、油炸空心腐和古镇香干，详述"三宝"的宝在于黄豆粒小，水源洁净，工艺精致。当他不由自主交代出拿手菜——配以高山羊尾笋和自制咸肉炖制而成的"浓汤三宝"时，仿佛有一股鲜香味弥散在空间中。

也许是清新柔美的浙东山水改造了山东籍的柴隆，他在写到食物与人情的关系时，深情款款。有一样我从没有听说过的"炒毛麸"是这样写的："大人用白棉布缝做一个巴掌大小的袋子，里面装有炒毛麸，再插上一节竹管。袋口用线绳扎住，挂在脖子上。想吃时，就吸一口竹管。有时还要被呛住，一起玩耍的小伙伴，这袋炒米粉就成了大家的公共食品，也顾不得哒哒滴的口水，你吸一口，他吸一口的……"什么玩意儿？看下去才明白是炒米粉，然而又不是像我小时候在上海，是买来面粉，铁锅炒，加点白糖和芝麻，而是先炒米再磨粉。那些久远的传统手工制作过程通过柴隆的笔端娓娓道来，忙碌的老人，馋嘴的"小花猫"，细细密密织就的场景让读者忍不住浮想联翩，润湿了眼眶。

有幸应邀为《宁波老味道》写这篇小序，读着书稿让我想起三位我亲近的宁波女人，顺便记载下来：一位是我那终日劳碌在煤球炉子前，微驼着背的外婆，每每变戏法样端上一桌宁波"下饭"；另一位是我大姐的婆婆，"文化大革命"期间我家里经济拮据，少女时的我整天饥肠辘辘，善良的"阿娘"在"灶披间"塞给我吃过很多美味；还有一位是我先生的妈妈，我嫁给先生，婆婆有很大的功劳，是她不惜工本"喂"了我多少佳肴！她又帮我喂大我的女儿，教会我很多买菜、烧菜的窍门。这三位宁波女人的共同优点一是疼爱孩子，二是烹调手艺精湛，三是任劳任怨，勤俭持家。

官方评定的中国四大菜系中宁波菜并没有一席之地，那又怎样，根本无损宁波本地人的自尊心，也无损我们这些宁波菜铁杆粉丝一丝一毫。打开世界去看，关起门来我们吃。下次去宁波，《宁波老味道》中石浦鱼滋面、敲骨浆、前童三宝等等你知我知他不知的美味，柴隆先生你一定得领我去吃啊……

2015 年 8 月

燕子李娟

我在"小众菜园"网络论坛上第一次遇见燕子（李娟）的文字是那篇《洗澡》（《我的阿勒泰》书中题为"我们这里的澡堂"），还记得我被电到的瞬间，"啪"地一下非常惊艳，那个帖子比较寂寞，我上去赞美，可她也不理睬（现在知道她当时上网困难）。燕子这篇文章上没有显示出新疆阿勒泰的背景和人名，她怎么会有像在工厂、农场大澡堂里的经历，会不会与我同龄？燕子的文字清白透彻，童真而幽默，拙朴得就像出土的陶俑。直到了解了燕子的背景之后，我才明白过来，她的文字不是成熟作家的"做拙"，而是浑然天成的自然之作，她那么年轻，才二十多岁。

接着我得到一本燕子的书《九篇雪》，很薄很简，是"菜农"寄居蟹邮给我的。品读那些文字，我有读俄罗斯小说和散文的感觉，茫茫雪原，密密白桦林，寒风呼啸，野兔出没。新疆阿勒泰的异域风情和特别的姓氏人名使我们产生陌生感，奇异的生活场景是我们的常识中没有的。燕子执意传达的是爱和美，于是我们在她的散文当中读到那些出乎意料的人与意境，不是寒冷带来的忧郁与自怜，不是贫困带来的争吵和刻薄，而是作者因着好奇，去尝试、探索、融入之后所转述给我们的一个新鲜的世界，善良的世界，团团取暖的人生。

我喜欢燕子，燕子通过"小众菜园"上读我的小说和随笔居然也喜欢我，她到上海来，告诉"村长"想见到我。燕子觉得我很神奇，会写字还会做菜。也许她看我写做菜就像我看她写妈妈在游牧地开杂货店，我会一面看一面想，进货怎么办哪，欠账怎么办哪，这可麻烦死了呀。燕子会觉得那好吃的东西远在天边，烹调方法像天书一样难懂。阿勒泰是那样的广袤寂寥，物质贫乏到不可思议，可燕子她快活地在那里欣赏窘迫的一切，像催眠一样，我们渐渐被她说服，我甚至也想遇上一个只捏着5分钱，独自走几里地，摇摇晃晃赶过来买糖吃的脏分分的小孩，也想自己偷偷跑到堆放木材的派出所后面，顺一根上好的木头回来修补家里的破房子……

当面见到的燕子看上去娇小白嫩，口头语是"好玩""搞砸"，她有些羞涩内向，自称"做不好其他事情"只能写作。她身上好像没有什么地域特色，特别没有来自新疆那种边远地区的特色。我带她逛街，和她聊天，完全忘记她来自哪里。那天我告诉她我超喜欢吃新疆的馕，上海也有新疆人开的铺子，我买回来第二天用烤箱烤一下，撕一块就咖啡吃，香极了。燕子听了大叫，这算啥，热乎乎刚烤出来的馕那才叫好吃，可刚烤出来的不让吃啊！为什么啊？我瞪大眼睛瞅着她。燕子沮丧地说，因为热的馕太好吃了，一下子吃几个下肚都有可能，所以新疆人规定要等馕冷了以后才吃，干硬后口味差，会少吃一点儿。听罢，我愣在城隍庙的当路口，一时说不出话来，天哪！

有关阿勒泰，燕子已经写了很多，有些人在担心她如何再写下去，仿佛题材会写完那样，我不担心，像燕子那种能从日常生活的边边角角发现写作题材的人，根本不需要担心。前年燕子从公家单位离职走出新疆到南方来体验不一样的生活，她告诉我，快30岁了，再不出来怕之后再没有机会。那时候她已经打定主意是要回阿勒泰去的，她心里很清楚自己，清楚将来的道路，燕子不是个脆弱的女子，她很有定力。

燕子说，她很喜欢现在的自己，我想她指的是心灵的安静和环境的单纯，是精神上真正的自由，我羡慕她，我们都应该羡慕她。

2010年7月

喜爱阅读的日本人

每次有朋友从日本来，都要给我带一两本书或者杂志，一是为了让我借鉴、吸收最新鲜的外来文化，二是知道我不在乎其他礼物，见到喜欢的书比什么都高兴。

日本报刊、书籍的发行量相对于人口来说，恐怕是世界上数一数二的国家了。他们的大街小巷、车站机场、商店超市随处可见卖书卖报的地方，地铁和巴士上，咖啡店和居酒屋里，多见阅读者。有人说，那是他们谨慎、小心，为避免和陌生人打交道而使用的道具，这话有些道理，但是喜欢阅读终究是这个民族的特点之一。

日本还是个很听话的民族，喜欢按部就班做事情。拿阅读来说，你是哪个年龄就看那个年龄该看的报刊，你是哪个阶层就读那个阶层该读的书籍。他们的书刊市场把这一些都规划得十分详细，妇人、儿童、男人都有自己专门的刊物，18岁决不看25岁的杂志，中年妇女得看一些布置房间、提高厨艺的杂志；男人手里拿一张刊登赛马消息的报纸，或者一本介绍棒球明星的刊物是最合适的；女大学生当然手持时装流行情报、影视名人新闻；而公司职员则需读一些商业知识，掌握一些跳槽的本领……

当然，也不是每个人在阅读上都这样功利，喜欢纯文学艺术的大有人在，即使是已经穷得不知道明天太阳是否还会升起的人，钻到地铁车站走廊纸盒里睡觉以前或许也会打开一本川端康成或者大江健三郎的小说看看。

报刊杂志是日本人很普通的消费品，大多数人随看随扔不保存。常常可以在车站候客的椅子上，或者旁边的废物桶顶上、地铁行李架上发现刚刚出版的报刊，一个人利用旅途快速浏览过了，觉得它还有利用价值，便好心地留它在那里等待需要它的人。而想要看的人也没有什么可难为情的，拿来即是。我在日本的时候，就常常以这种方式阅读。

有些居住区特别设了"回收馆"，专门为居民自家不用的东西找出路。在那里也有书籍、报刊，你如果需要，可以老实不客气地拿走。刚到日本的时候，有一天我走过一条居民街，发现一家住户门口放着一个柳条筐，里面放着一大堆半新旧的书，上面用毛笔写着：请自由选取。环顾四周没有人停下脚步注意到它，我的心"咚咚"地狂跳起来，做出闲散的样子，站下来翻看。我发现里面除了专业书外，有一些小小的"口袋丛书"，我的日语连蒙带猜可以读懂个四分之一。我心虚，感觉头顶上好像有个日本老爷爷趴在窗口往下看谁会接受他的馈赠。我不敢抬头，压抑住惊喜，快速取了五六本赶紧离开，似乎那样可以保住面子。过了两条街我才镇定下来，拣着大便宜一般笑得嘴巴闭不拢。在这些书里，有松本清张的推理小说《迷走地图》和星新一的微型小说集《恶魔的天国》，还有一本酒井美意子的《洒脱地说话》。

由于我没有受过正规日语教育，与日本人只能进行浅层次的交流，很多感觉表达不出来。日本妇女是很注意说话的语气、语调及措辞的，我被迫成为"中国女人很生硬"的代表，估计源于说话不讲艺术。为了变温柔，我把《洒脱地说话》带在身边，有空就拿出来看。一次被日本女青年看见了，夸张地叫起来："啊呀！孔桑了不起，研究日本语言学了。"我唰地红了脸，忙谦虚地向她请教。《洒脱地说话》分8节，非常具体和实用，教人做"说话的美人"。我按照书上的方法对人说话，果然取得了不同凡响的效果，到后来，大家都与我渐渐地和睦相处，夸我"日本化"了。其实日语里不少客套话，说是礼貌也可以说是城府，不过入乡随俗是必要的。

回国以后我参与创办《交际与口才》杂志，以"一凡"的笔名翻译了好几篇《洒脱地说话》里的文章在《教你能说会道》栏目里，得到了好评。我不说，谁会知道这本原著是在街头捡来的。

在日本，专职当作家得作品很畅销才行。出版社为了争取到销量高的作品，低头哈腰请作者吃饭、喝酒、唱卡拉OK，就和其他商业活动没什么两样。如果业余写作，作家的生活还是挺悠闲的，就像边开酒吧边写《挪威的森林》的村上春树。还有一些家里有钱的主妇作家，打扮得漂漂亮亮，写写美文，打打高尔夫球。

在国内时觉得当作家很神圣，所以当我身上系着围裙，在打工的餐馆里向日本人宣布，回到国内要写一本书出版的时候，为竟然没有激起轰动效应而十分奇怪，我以为同伴会"哦"地用很崇敬的眼光看待我，抢着干活不让我累着。一个托儿所阿姨幽幽地在旁边说，她女友的老公刚刚花了几十万日币印了自己的小说，送也送不掉，明天带一本给我。虽然如此，几年后当我真的在国内出版了计划中的小说，并被日方买去版权翻译出版后，我还是情不自禁想寄一本到原先打工的餐馆，与其说是送给喜欢阅读的日本人，还不如说为了扬眉吐气。

这些年来，我国的文学功能式微，和日本一样，报刊杂志成为人民大众的普通消费品，这让我感到既伤感又高兴。写作的人不再自大，阅读的人持平和心态，这是经济发展，传媒方式变化的规律。无论怎样，人还能够保持阅读习惯是一件好事。

2000 年 5 月

从小津电影看日本人隐忍功夫

小津安二郎是日本著名导演，一直听说台湾导演侯孝贤和小津之间的渊源关系，侯孝贤的电影我倒是看过几部，小津的电影居然被我错过又错过，直至那天朋友听说后为我跌脚不已，借给我一张《东京物语》碟片来扫盲。

正好我生病卧床在家，把笔记本电脑放到肚皮上看《东京物语》，听火车隆隆地在肚皮上滚过。画面是黑白的影像，古老的日本建筑，两位慈祥老人，我开始了一场比缓慢还要缓慢的电影阅读。

日本人大多性格内向，喜怒不轻易溢于言表。电影中印象最深的是听两位夕阳夫妻互相说自己"幸福"的话，想想人老了是要识相，不要麻烦别人，要一直自己骗自己，一直对自己说我多么幸福呀，我多么幸福呀。把自己的脑子洗到极乐世界的境界。真的，人生的幸福和悲哀是可以转换的，就看你从怎样的角度去思考。

小津电影的拍摄手法很特别，机位不动，放得很低，长镜头一镜到底，影片呈现时光如细流潺潺，雅致而温和，于平静底下蕴含着淡淡的失落。小津安二郎主张的大善，是佛教的境界，即便是鞭挞伪善和丑恶，他也不用尖锐的手段。

《东京物语》故事很简单，一对老夫妻到东京去看望儿子和女儿，融入城市生活的儿女身上表现出来的自私和计较是乡下来的父母所不曾料到的，老人谦让着，隐忍着，装糊涂着，但是失望终究是失望，隐忍毕竟是隐忍，而不能如橡皮似的轻易在脑袋中擦去不快。他们吃了点玩了点就要归乡，由于心情抑郁，途中母亲病了，回乡后即去世。

片子拍得很生活流，深刻地体现了日本民族那种含蓄、客套、真挚等混合的复杂特性。其实我是很讨厌日本人的虚伪的，猜人心思是累死人的事情。如果说中国人是人心隔肚皮，日本人是隔什么呀，至少是隔堵墙吧？但也正因为那样传统化的性格，大多数日本人当面都是温文有礼的，平素交际中不会让你直接很难堪，倒是宁可吃点眼前亏，以后不和你打交道就是了。《东京物语》中如果换了中国老人，对于怠慢长辈的不肖子孙可不早就骂上了，君君臣臣父父子子，辈分排定，天经地义，老人要动手打、闹翻都可能。可日本人不，他们忍，承受，没有怨言，靠你自己觉悟。

这是小津安二郎 1956 年拍的电影，当时他已经很清楚地看到所谓城市化的进程就是人际、亲情淡漠的进程。经济发展要付代价，每个人有自己的理由，非常无奈。他们家小儿子早逝，守寡的媳妇善良，虽然她过得也很艰难，但是对于远道来的公婆还是尽了孝心，对照出他们自己儿女的自私。然而电影最后，媳妇一番话非常实在，其实她没有再婚并不是守节，而是没有找到合适的人。而公公婆婆好意揣测她是为了不忘自己儿子，弄得她非常羞愧，哭了起来。这一笔非常的妙，历史车轮缓缓向前，再也不能拉回到以前了，传统道德看上去还很美，其实已经日薄西山，千疮百孔。我们在此时听到了小津先生沉重的叹息声。

影片结束前，小津添了光明的一小笔。返东京的火车上媳妇拿出婆婆的遗物，一只老式挂表，演员原节子若有所思，仿佛在暗暗下定决心，要继承婆婆遗志，将真善美发扬光大继续下去。大师真可爱。

我的朋友中，有很多人喜欢小津的电影，并为之不遗余力地推荐。除了电影中的人文精神之外，他们喜欢小津的另一个理由是电影拍摄的美感。日本式的纯净，简洁，犹如淡淡的水墨画，虽然是几十年前很小很破的房间，也能拍出日式尊严。人在酷热之中纹丝不动打坐，不焦不躁地摇扇子，喝一口茶一口酒都带着感恩的心态。喔，多么美好。

2009 年 9 月

这生生不息的大地呀

赵丽宏新作《树孩》由长江文艺出版社出版了。这部儿童文学小说起笔于2020年初,赵丽宏历时一年零两个月,捧出这部讲述一个有生命的树根雕塑历经自然与人间的种种磨难,临死而复生的小说,显示出作家内心对世界的深深眷恋,对人类的深刻悲悯,同时对大地万物生生不息怀着坚定的信念。

这是赵丽宏第四部儿童文学题材的著作,为什么年届退休年龄开始写儿童文学,赵丽宏不正面回答,他面带略微神秘的笑容说:"这件事很自然地发生了,我这几本书的视角都是少年人,而我动笔写作时,仿佛回到了少年时期,笔下主人公的目光所及、思维方式、对话语言都变成十一二岁的少年。非常奇怪,我也有点不明白,但是我很享受这样的穿越,太愉悦了,连写四本童书,我一点也不感觉累。"

小说中,树孩是一件有生命的艺术品,他不会说话但是有思想,能用独特的腹语与大自然中的植物、动物对话。树孩的前身是棵百年黄杨树,它长年所在的森林绿荫如盖,风和日丽,黄鹂在歌唱,松鼠、梅花鹿、大青蛇在玩耍,黄杨树和大松树聊聊天,谈谈心,过得很惬意,生活氛围一片祥和。

赵丽宏以朴素晓畅的文字,诗歌般的语言生动地细数天地平静时的美好。突然间,森林遭遇山火,美好在一瞬间被摧毁。作家笔法一转,直面灾害时的惨相,烈火沸腾,树木都烧毁了,动物生命被夺去,幸存的生灵四处窜逃,幸而一场大雨浇灌,留住了黄杨树的残根,而这段尺把长的树之精灵有幸落到了雕刻家手里。此时,仿佛有缓慢而欣喜的音乐奏起,随着"生生不息,生生不息"的吟唱,小草们窸窸窣窣地顶破泥土钻出来,浴火的大地开始复苏。

来到人间的黄杨精灵被雕刻家精雕细琢为一件精品,取名"树孩"。树孩是个好奇宝宝,他对自己所看到的一切都想要知道个究竟,他感受着自身的蜕变,每一步都要问一个为什么。艺术雕刻的过程,雕刻家精湛的手工技艺之美令树孩大开眼界,而雕刻家的父与子之爱也是树孩探究的目标,树孩的重生不仅是身体上的变化,他的思想也在一步步成长一步步成熟。随着雕刻家患了重病,树孩见识到很多事情,了解到世界并不是永远那么纯洁、美好,"世界上的人,原来有这么多不一样",

而大人在金钱、病痛等窘迫的现实面前也会作出不得已的选择。赵丽宏以和缓的叙述,感性细致地刻画人物,参透人性,当他形容一个木雕商人时,写下"一看就是精明的角色,但也是一个和善的人"。

树孩的命运一波三折,当他被关在黑暗中感觉到无助时,有一只萤火虫告诫他:"你想着那些亮光,黑暗就会躲起来。"当他在展柜中日复一日,孤独难忍时,有个美丽女孩来关怀,他学会了观察陌生人的眼睛,辨别哪种人的目光是有温度的。这些在学校也许学不到的人间哲学,赵丽宏润物细无声地通过故事来告诉小读者。

树孩是个敏感男孩,懂得爱,也得到爱,来到白发奶奶家后,他用智慧去与不待见他的狗狗金绒毛相处,解除它的妒忌,劝它向善。奇迹出现,大难临头时,金绒毛不仅帮助了树孩,还在洪水中奋不顾身地牺牲了自己。对于世间善恶的转化,因果的承袭翻转,赵丽宏一点也不以导师的身份来说教,反而淡然道,"世界上很多事情都是碰巧,碰到了,以后的一切都会跟着改变"。在树孩与老槐树交谈,看青虫奋力攀爬的过程时,赵丽宏借树孩的思考,用看似浅显实质富含哲理的话语来解释所谓机缘、成功、失败、自由。

赵丽宏是著名诗人,成就斐然的散文作家,在儿童文学界耕耘几年，他深深体会到儿童文学并不"小"，并不浅，它可以承载的东西其实非常宏大，文学艺术、天文地理、历史哲学那些最本质的道理、素养、趣味，要播种到小朋友心灵中，越早越好。他的儿童文学写作举重若轻，倾几十年人生积累，用书写的方式来爱孩子们。

树孩最后于洪水中脱险，遇到了嗓子变哑的老朋友，美丽乐观的黄鹂鸟一次次别离，一次次换新，湖滩上的芦苇群一次次枯萎，一次次重生，平凡的芦花一天居然会有金、银、红三色变幻，芦苇的合唱"生生不息，生生不息，生生不息"始终萦绕在耳边。树孩呀，"你应该是一棵树"啊，这是生命的权利，是天生不会改变的基因。"树孩感觉自己有了从未有过的充实感，一股神奇的力量，正从地底下流过来，慢慢流进他的身体，弥漫了他的整个身心……"

生命、大地、万物生灵啊，你如此坚强却又如此脆弱，你如此美好却又如此历经沧桑。此时此刻，"美啊，请为我停留"，歌德在《浮士德》中的名句如弹窗一般跳到我电脑屏幕上，两眼一热，泪水顺着脸颊流了下来。

2021 年 9 月

写作是一种生理现象——与《上海文化》主编吴亮对谈

地点：上海市作家协会《上海文化》编辑部

时间：2009年3月

参与者：张定浩（《上海文化》编辑）

吴亮：明珠现在出的书很多了。随着年纪增长，我越来越喜欢看明珠写的东西。以前不大能体会其中的好处，以前虽然不说"文以载道"，但总希望文学里能讲出些大道理，男人嘛，总会关心些大事情；那些婆婆妈妈啊，少男少女啊，就总觉得不重要，可能跟当时我们关心的问题和我们的年龄有关。我最初看到明珠的文字是在网上。

孔明珠：是在"小众菜园"论坛上。

吴亮：网上的感觉呢，就是像闲聊，很日常，很轻松。所以在网上看明珠的随笔、小说、回忆，感觉特别亲切。说实话，很多人在作文章、作小说的过程中，已经不大会说人话了，不大会说日常的话。我看了很多。也许像明珠这样写作的大有人在，我不知道。对我来讲，看明珠的东西的时候，我完全不会想到我是个批评家，也不考虑她的写作在中国文学上占有什么地位有些什么贡献，这些都不重要，就是你很想看，成为日常中很有趣的一件事情，非常愉悦。

特别是那个时候有个《孔娘子厨房》，她除了列出菜单之外，还会写到哪天买的菜，在什么地方，怎么做，而且她把整个选材、烹饪的过程都写出来，跟一般的菜谱很不一样，特别是她也从来不借做菜讲什么文化。那些把美食说成文化的，我最讨厌，吃就是吃嘛，何必搞那么多文化呢，比较讨厌。而明珠写吃的文章，总是能让我流口水，总是想什么时候要去尝尝看。

我还看过明珠一篇写爸爸的，写到爸爸、姐姐，写到她的童年，还有她爸爸"文化大革命"中的遭遇，从牛棚出来，经过一些变故，加上也是年纪比较大了才生了明珠，两人的关系就很特殊。文章里就是讲了很多这样的往事。我觉得明珠很多写作都是出于纪念的目的，怀念一个人，纪念一些事。她还写她在日本的生活，写自己以前的小姐妹，写弄堂里的邻居，写亲戚，七大姑八大姨。她有本书就叫《七大姑八大姨》。

孔明珠：《七大姑八大姨》书收入的都是人物特写。

吴亮：我的感觉是，我不大考虑这是不是文学，是不是我们以前定义的那种文学。假如我妈妈我姐姐也能像明珠这样把生活中的事随时记下来，我想一定会很有意思，可是好多人不写，他们会想我又不是搞写作的，怎么写？我觉得很可惜。

明珠自己也是一个很直接、很自然的人。但是我觉得你把自己说得太低，总说自己就是很日常啦，就是很俗。我觉得不那么简单。

孔明珠：一直被教导"谦则益，满则损"嘛。应该讲，我还是有文化积累的。小时候作家爸爸对我有影响，20多岁起在出版社工作，读了很多文学经典和理论著作。出国开了眼界，回来创办《交际与口才》杂志，从编辑到主编，一共15年，应该还是有一点文化的。（笑）

吴亮：我觉得你很清楚你想做什么、能做什么，你不会去做那些你做不到的事情。

孔明珠：这好像也是写作当中总结出来的，有些类型我就是不能写，比如理论文章，又比如杂文，我就是写不好，讲理讲理，讲一会儿就讲不出了，讲到没有理了。所以有个蛮熟悉我的朋友贺小钢，是《新民晚报》的编辑，她就说你不要写别的东西了，就写人和事。吴亮你上次不也这么说过吗？所以一定要扬长避短。

吴亮：还有就是看你的东西，你直接就来了，没有学这个学那个的痕迹，很直接，非常自然，有点自发性的感觉。

孔明珠：是自发写作，我说过"写作是一种生理现象"。

吴亮：对，看不出模仿谁，受谁的影响，好像没这个痕迹。

孔明珠：我开始投稿的时候，我记得是投给《上海文学》，结果编辑说这个人怎么胆子这么大啊？根本没有上路，乱写的嘛。我吓到了。（笑）但是我也不会别的，结构布局设置埋伏什么的，我做不好，可能是性格的关系，总想一吐为快。你让我费心费神做作，我很别扭。我觉得我泡论坛后有进步，因为发现我随手写出来的东西你们都说好，比如很多人称赞的《蟹蝴蝶》那篇回忆我爸爸的文章。那天中午我喝酒吃螃蟹，突然就想起爸爸，不可抑制，坐到电脑前在线敲下来，一面哭一面写，后来实在倦了，也没修改，发上"小众菜园"去睡了。醒来一看那么多跟帖啊，我想我这是随手写的啊，不是我以前写的那样，怎么你们都说好？我也一直在反省。

吴亮：可能因为你在上网，写一点就可以马上发出去，所以你不假思索。你要是在案头上写，改来改去就不对了。可能有这个情况。

张定浩：网上写作的好处正好跟你擅长的东西恰好碰撞在一起。

吴亮：我们都有一个经验，就是写个东西写个观点，要投稿，总是字斟句酌，不然感觉拿不出去的。但是在网上不管的，因为还可以补充，你就是发发言嘛，说点感想，结果反而说得很自然。有些在网上写得好的人，让他写文章，他们不写的，都要逃开，我碰到过不少。我说你在网上很活跃嘛，给我写点文章。他就拖，一直拖。

孔明珠：也许是觉得文章就是要有结构，就是有开头有结尾，中间要有点什么的。

张定浩：网上是见真性情的。我觉得这些年网络上的写作已经慢慢激发出很多好的写作者，也出了很多书，大家也都慢慢能接受，在文本上也出现了跟原来不一样的东西。

吴亮：明珠你的作品，包括你的人，没有什么不健康的东西，都很阳光很健康，没有什么反常的、异常的，就是我们讲文学艺术当中比较重要的一类，疯狂的、变态的，可能这是一种比较有意思的写作，但是在你身上是没有这些东西的。你都是很正常的。

孔明珠：就是良家妇女的。

吴亮：对对对。很有家教的。比如对生活的赞美啊，说一个人啊，都是很正常很健康的。当然我们可以反过来讲，很多不健康的人在艺术上达到的境界是很高的，但是不能说凡是不健康的就是好的，因为那些好的可能是有着非凡的才华。但作为一个正常健康的人来说，你的东西是好的，品质是好的，你的生活态度、是非观念，你对身边人物的评判，都是非常正常的。

孔明珠：那会不会太平淡？

吴亮：平淡也许就是你的一个优点嘛。该哭的时候就哭了，该笑的时候就笑了。

张定浩：有可能这个时代大家都追求不平淡的东西，很多人觉得平淡好，但又觉得跟潮流不合，看到你的东西，就会产生共鸣；也许大家要的就是这种市井人家的东西，要的就是这种凡俗。

吴亮：明珠写东西还有一个好处，凡是对好的东西有了感受，她很愿意拿出来和大家分享。包括吃啊什么的，点点滴滴的日常体会。我还是在网上看得多。就像过节啊、放爆竹啊、家里请客吃饭啊，都会写写。

孔明珠：你看到的是我的厨房流水（"厨房乱弹"帖）。那时候我看博客的书出得很好，就想做一本有关美食的博客书，慢慢积累素材。后来发现博客书市场反应不好，还是做成一篇一篇文章的形式，结果编成那本《煮物之味》，由上海文化出版社出版。那里面就是在菜的做法之外稍微多讲一点，就是生活态度啊什么的。人家都觉得我的生活过得很幸福，其实我觉得写厨房带给我变化，我刚开始写《孔娘子厨房》专栏的时候，还没有那么喜欢做菜，因为要每周交一篇文章，这才一个一个菜去实验，结果我先生和女儿都乐坏了，夸我说找到最好的写作途径，当然可能是糊弄我的。

张定浩：写作不是把自己已有的想法写出来，而是通过写作不断地了解自己，不断地认识世界。比如美食，可能你开始只是喜欢，但不很熟，正是通过写作，才越来越熟悉，这是很好的事情。

孔明珠：还有周围的人，会捧我说"你是个贤妻良母"，我没办法，就只好做贤妻良母了。

吴亮：我明白。你本来只有十道菜拿手，到后来出一本书都不够了。

孔明珠：就是这样的。

吴亮：我们小时候也是这样的。要学雷锋，要写日记，当时还不会虚构，所以非要去帮邻居大妈做点事情，为了写一本真实的日记，就必须去做好事。

孔明珠：这样就做成好孩子了呀。

张定浩：去年有个量子力学大师叫惠勒的去世了，《南方周末》有一版文章纪念他，其中引了他说的一句话，我印象很深——"为了了解一个新的领域，就去写一本关于那个领域的书"。不是说他知道什么就去写一本书，而是在那种大师的好奇心的驱使下，去了解一个新的领域。

孔明珠：就是因为跟大家互动以后，我想做好，要你们赞扬我。在这个过程中，我发现这样的写作是你们喜欢的，就是自然的东西。因果关系例子很多，有些作家因为总是写怪异的东西，他本人的生活道路也会变成那样。比如他喜欢张爱玲，结果就走上了和她一样的生活道路。有很多人是这样的。

我写小说还要再早一点，新书《上海妹妹》中所收入的几个中篇有些写于新世纪初，不过我的世界观一直都是这样的。

吴亮：比较积极的。这本集子多少字？

孔明珠：十四五万字。都是围绕上海的女人。我的写作特点就是结构不太讲究，大框架是虚构的，人物大多有线索可寻，细节比较真实。我那本《七大姑八大姨》更加典型了，日本人那一辑，人名都是真的，我想反正他们也看不懂，看不到（笑）。

吴亮：不过你这本新书看上去还是小说集，都有人物，都有完整的故事，好多都是第三人称。

孔明珠：嗯，虚构和纪实结合，我的东西文体不是很明确。

吴亮：认识你的人可能认为这些是纪实，但不认识的人看了，肯定觉得还是小说。

孔明珠：是。

吴亮：你小说里的人物都很质朴。

孔明珠：我喜欢这样的人。

吴亮：你不怎么写很复杂的人物，都很单纯。

孔明珠：我也没总结过，我觉得自己的小说主角常常是灰色的，中间状态。

吴亮：你也比较容易把握。你有没有写很复杂的故事？

孔明珠：我以前写过所谓的推理小说，杀人什么的，别人说你还是不要写了，这不是你所长。我这人大概不够自信，反正一有人说什么我都会听进去。人家表扬我之后，我就会偷偷把自己文章拿出来再看一遍，蛮惊喜，嗳，是我写的吗？如果受到批评我会一直反省。记得我讲苦恼给潘向黎听，她说："扬长避短嘛，不善理性就感性，干吗不会写非写。"是的，没有那个本事就不写。

吴亮：这些文章都是什么时候写的？

孔明珠：有几篇长的是2004、2005年写的，里面的内容涉及20世纪八九十年代和新世纪。我觉得现在发表小说的地方越来越少，而且我个人阅读趣味也对小说有点烦。后来索性不再费神做小说，我写作没有那些文学理论的框框，也没有受过很学院派的教育。少年时期我爸爸让我看《水浒》，鲁迅的书，苏联文学，我偷看《十日谈》《坎特伯雷故事集》《叶甫盖尼·奥涅金》之类"禁书"。成年以后大量阅读，我喜欢外国翻译小说，喜欢契诃夫的短篇，尤其是鲁迅先生和契诃夫小说中的人物刻画我很喜欢。年轻时一直练习人物白描，写在笔记本上。

张定浩：契诃夫对人物的刻画还是很文学性的，能够抓住人物的特点。

孔明珠：还有就是吴亮给我推荐雷蒙德·卡佛。我很喜欢。

张定浩：对，你这个路子跟卡佛比较近的。因为我读卡佛的书就有读纪录片的感觉，只不过这个纪录片是有删节的，是在最后被剪了一下的。

孔明珠：卡佛的东西里面那种生活场景感非常强。有一篇写到一个男人失业了，整天窝在家坐沙发上看电视，很没出息，这个印象实在太深了。有一阵子我回家看到老公坐在沙发上看电视半天不动，马上就想到卡佛的小说，我吓死了。卡佛营造的窘迫感和紧张感令人窒息。

张定浩：你和卡佛在记录风格上相近，不同的是你们看到的东西不一样。他看到的是相对恐怖不安的，你看到的是相对安定的东西。

孔明珠：他笔触更加简练，我差太多了。吴亮你上次建议我写些小说式回忆，而且你建议我一段一段地写，想到哪里写到哪里，我觉得很好，因为我本来也不擅长一开始就把一个长篇的架子搭出来。

吴亮：你的东西并不是所有人都喜欢，但是某些人会喜欢，或者说，某些人在某些时候会喜欢。肯定不是我吴亮最喜欢的，但是吴亮在某些时候很喜欢。这是很实在的话。特别是那个时候在网上，看到孔明珠有新东西了，就马上去看一看。

张定浩：追读。

吴亮：对。

孔明珠：（笑）把文学品味弄低了。现在到处都在批评浅阅读什么的。

张定浩：这个不能这么说，这是很浮泛的说法。深者得其深。古诗十九首都是大白话，一点也不深，怎么没人说浅呢？

吴亮：我觉得说这个观点的人也很浅嘛，我打过交道，觉得很浅。浅有浅的好，搞那么深干吗？深海很深，很好；一个泥坑很深，有什么好？不如你这样，一池清水，多好啊。

孔明珠：我从前当文学青年的时候，别人说发表就是胜利。有机会发表有机会出书就是好事情，有人买，就是成功。

张定浩：深浅不是褒贬标准，我觉得诚与真，这个才重要，如果一个东西写得不诚实不真挚，这个东西就不好。深浅不应该是标准。

吴亮：明珠你总说自己不深什么的，这完全没必要。

孔明珠：我还是蛮知道自己的。我老公一直讲，你已经发

挥到最好了,你只有这点能力,已经发挥到极致了。(笑)

吴亮:应该让你老公写序。(笑)

写作这个事情应该能用它做一切事情,并不是只是写作。不仅是文学概念。写日记、写信、写感想,写到网上更方便,说个话,表达个意思,都可以的。然后你就把这个话说得多一点,说得完整一点。对你自己的生活是个纪念,这个比什么都重要。最后这个东西还是你自己看。真的,最喜欢自己东西的人肯定是自己。所有的人都是这样。

孔明珠:我有时候经常会不自信。

张定浩:这个是好事情呀,不自信的时候才会反省自己,才会不断往上走。

吴亮:明珠不需要反省,反省对她是有害的。

孔明珠:就这样走。

吴亮:对。你就应该陶醉在里面,要喜悦要开心,要大家说她好,要大家都很愉悦,她就觉得很幸福,就应该这样,不要去反省。

孔明珠:我写的东西有上海特点。

吴亮:这也不太重要。

孔明珠:反正是女人写的,这一点是可以肯定的吧。

吴亮:反正我一看就知道是孔明珠的东西,然后就想象你在讲这个故事。你有你的风格,但是我不知道怎么去概括。

孔明珠:可能比较生动吧。

吴亮:而且比较温和。你的生活态度就很温和。

孔明珠:我的人物素描和对话还好,比较生动。我以前写电视剧剧本,人家很喜欢我写的对话。我写吵架,他们说怎么把夫妻吵架写得这么好?大概是我心里一直模拟的情景投射。(笑)这本新集子的编排设计,包括插图还蛮小资的,蛮女性化。

张定浩:你现在就是两副笔墨,一副写美食,一副写人物。

孔明珠:对。我感觉美食还是小品,不是文学。我还是想搞文学(笑),所以要写写人物。

吴亮:明珠是自身循环。稿费拿了去买菜,买了菜做饭吃掉,再写一篇,又有了稿费。可以永远循环下去。

(众笑,散场。)

2009年3月

(此文为散文集《上海妹妹》代跋,上海辞书出版社2009年6月版)

我的非虚构文学写作

写作非虚构文学在我来说开始得很早,可以说是学习写作的初创时期,纯粹属于歪打正着。那是在1992年,我刚从日本回国不久。由于客观的原因,我1990年离开上海文艺出版社出国陪读,两年后回国没能重返出版社工作,而且找不到合适的工作。此时我待在家里学习写作,写下处女作小说《东洋金银梦》,找到老东家,掏了自己打工的血汗钱补贴出版了。

没料到,过了大半年我接到通知,日本东京的近代文艺社从出版社买去了国际版权,已由他们请了人翻译出版了。我拿到日本方面付版税的百分之五十,虽然还抵不上我补贴出版付出去的钱,但是我还是十分激动,毕竟自己是无名小卒,又是处女作。日本出版的书腰封上印着很大的字,说是"一本绝好的,研究中国留学生在东京"的好书。可见我的《东洋金银梦》被翻译的原因,大部分是小说中相当真实的素材,我觉得,这些是非虚构文学的价值核心。

接着我用自己在日本小酒店居酒屋打工的经历,写了几个日本人的故事。因为当时我想,反正日本人看不懂中文,不会看到我写的文章,我就放开写真实的他们,姓名是真实的,故事也是真实的,细节描绘我大胆地形容,挖得比较深。成文后,我交给《小说界》主编,他们觉得故事好看,发表了,那是1994年左右。

幸运的是,不久后中国社科院文学研究所李兆忠老师主持编选《中国留学生大系》日本大洋洲卷之日本部分,将刊登在《小说界》上我的那组不知叫小说还是叫散文的"鹤竹居酒屋系列"收到里面(感谢《小说界》主编郏宗培的宽容)。素未谋面(至今没见到)的李老师还托人辗转告诉我,孔明珠写的日本是当时写日本的作品中写得最好的,非常真实地反映了日本底层人民的生活。听说李老师在日本待过很长时期,熟悉日本,我非常高兴遇到了伯乐,也觉得自己采用如此框架与文体,写的时候舒服流畅,作品也能受到读者欢迎,很幸运。

之后我写了青春长篇小说,很多城市女性题材的中短篇小说和散文创作。就在我一直抱怨自己不善于编故事,写不好小说,大概是天生笨的时候,有师长赵丽宏老师、吴亮老师鼓励我,说我的经历比较多,少年时期与父亲等父辈相处的回忆那么多,可以写出来,不一定写小说,你怎么舒服怎么写,慢慢写,不要着急。吴亮老师理直气壮地反问我，为什么回忆录得到老年人了才能写？！

所以，写所谓非虚构文学的开始，我是无意识的，当时文学界也没有形成风潮，这样的文体受到一定的争议，从传统文学分类看，归类确实难。但是无知者无畏，不太懂文艺理论的我就这样写起来，逐渐形成自己的风格。

我的父亲是著名作家、出版家、文史学家孔另境，我是他最小的小女儿，年龄相差很大。茅盾先生是我的姑父。我在上海从事出版工作二十多年，家传与工作的便利，接触到一些文化名人。受父亲等先辈文化人的亲炙，欣赏崇拜老一代文化人，我乐意回忆、采访、记录下他们生前的音容笑貌，故事，以及这些文化名人的文学成就。于我来说，了解老一代文化人在进步文化事业上的足迹，是一件既有意义又令人愉快的事情。

2012年我逐渐形成了写一批回忆性散文，组成一本书出版的想法。也有文学杂志请我开非虚构文学专栏，我与年轻的文学批评家张定浩聊起，他建议专栏名可以叫《月明珠还》，取之于老一代著名散文家黄裳先生的一本散文名作《珠还记幸》，"珠还"意思是过去的好东西一点一点还回来，"月明"就有夜半思念故人，过去的意思。我觉得非常好。后来专栏由于种种原因没有开成，这个当初拟下的专栏名我想将它作为书名。

有"月明珠还"定下的调子，我慢慢写一些回忆性散文。

我写非虚构文学，以写人物写故事为主，不同于研究性、考据型的回忆文字，不是用数据、证据来说话的论文，而是以文学语言来描绘记忆中的过去。科学家认为，人的记忆其实是有选择性的，人往往愿意记住想记住的事情，而忘却不想记住的，尤其时间久远的事情在回忆当中不免走样，会发生过度美化与夸张的情况。这是非虚构文学的特征之一，它不是纯史料，可以作为参考资料，不可以作为法律依据。

我把自己的写作定位在文学类，而不是社科类。

我写作起步较晚，90年代开始写，写的类型比较杂，小说、散文、随笔、报告文学、剧本都写，心思也一直活里活络不够用功。我想一个作家形成自己的鲜明特色需要时间与量的积累，很惶恐的是，不知道自己已经做到了没有。

家庭文化背景给我的滋养是与生俱来的，尽管我50年代出生，身处的年代动荡不安居多，父辈的言传身教仍然力量很大。我想父母亲，尤其是父亲不会料到女儿会成为写作者，会在他身后四十多年仍能回忆出那么多他人生的片段，将他受的那么多苦难用一种比较松弛的方法描写出来。

父亲这个人当然不是完美的，但他是我最亲爱的父亲。在我的少女时期，我曾经那么无知，不能理解一个很早参加革命，之后一直追随革命文化，为之献出一切的人，在晚年陷入心情抑郁的处境，我曾经每天和他对着干，没有好好与父亲交流，体贴、照顾好他。尤其没有从父亲身上学到更多的文化知识，写作技巧，告诉他我会继承他未竟的事业。

几十年来我对父亲深深怀念，却写不出一点东西，因为我一想起来就心痛，就后悔，回忆父亲变成不能触碰的禁区。后来终于可以写了，记忆的闸门打开，有时候写到泪流满面。我想，那是一种好的创作状态，有写作激情，才会写出动人的文字。

我出生在上海石库门房子里，在虹口区的弄堂里长大，家里说上海话，热爱鲜活的民间沪语，写作时会有意无意运用上海方言来讲述一些我们心领神会的东西。这样的沪语在文章中的加入不是生涩难懂的，而是经过选择与加工，相信全国读者都能理解。

《一笔尘封旧账》在2013年底颁发的第十届《上海文学》奖上获得了散文奖。我很惭愧自己写得不多也不够好，要感谢在文学写作道路上一路支持、扶植的前辈师长，感谢读者朋友们。

2015年5月

（此文为散文集《月明珠还》后记，上海书店出版社2015年12月版）

第二辑 梦相见

那年，去北京送别姑父茅盾

茅盾姑父是1981年3月27日清晨去世的，得知这一消息，我们全家都非常悲痛。我母亲金韵琴与大姐孔海珠商量，先向北京发了电报吊唁，接着与茅盾姑父的儿子，也就是我的表哥韦韬提出我们要到北京去参加追悼会，见对我们全家恩重情长的姑父最后一面。韦韬哥说好的，他向治丧委员会汇报，统一听他们的安排。

母亲对我们说，我们家子女太多，不能都去，选几个代表。大姐那些年一直在帮助姑父写回忆录搜集资料，她与母亲肯定要去。二哥与我没有见过姑父，作为第二代家属代表去参加追悼会。其实早在1955年姑父与姑妈曾来过上海，住在锦江饭店。我还是一个刚会走路的小姑娘，曾经去那里见过姑父姑妈。虽是才1岁多点，却还记得那天我嘴里有糖果，被抱上儿童椅吃饭前，姑父关照我把糖吐出来放盘子里，吃完饭再吃这回事。

1981年我已经27岁，之前一直没有机会去北京，两年前进入上海文艺出版社，在校对科工作，也算与文学界有点关系，我很高兴被妈妈选中进京。而出版社领导听说我要去北京参加茅盾先生追悼会，毫不犹豫放行并算我公假。

我们母子一行三人，加上海珠姐在武汉参加会议直接飞去北京。到北京机场下来，就有人来把我们接到国务院第二招待所住下。国务院二招在西城区西直门南大街6号，西直门立交桥东南角，从外观看不像高级宾馆，但是里面的设施与服务在当时算很好的。我们住下后，有姑父家的红旗牌轿车来接我们去交道口13号茅盾家向表哥表示哀悼。我母亲是韦韬的亲舅妈，听他讲了茅盾姑父去世的经过。姑父是在2月18日那天病倒的，第二天开始发烧，到20日去医院住院治疗。

海珠姐三四个月前才见过姑父，2月在韦韬信中得知姑父又住院，信中简单说了一句姑父"病情麻烦"，没有料到这么快就去世了。姑父此次入院前一直在抓紧时间写回忆录，一定是太累了。3月14日，茅盾姑父深知自己病将不起，口授了两封信，一封给中共中央，表达了一生心向共产主义理想，请求追认为中共党员的心愿。另一封写给中国作家协会书记处，提出将储蓄的25万元稿费捐献给作协，作为繁荣中国长篇小说文艺奖奖金的基金，每年奖励最优秀的长篇小说。之后，姑父像是使完了最后全部的力气，于3月27日晨5时55分合上了双眼，安详离去。

幸而我们一行赶上去北京医院向姑父遗体告别的日子。姑父的追悼会级别特别高，在人民大会堂举行，而遗体告别仪式与追悼会分开举行，当中隔开约一周多时间。第二天要去北京医院，当天晚上上海文艺出版社在北京出差的两位同事，同龄人编辑与摄影师来国务院二招看望我。他们表示很想去向尊敬的文学先驱茅盾先生遗体告别，但是打听下来告别仪式不向媒体开放，他们来求我带进去。我们觉得北京有关方面纪律严格，我们都各自有身份卡识别，此事太难办到。同事就说，那你帮我们拍些照片回来。那一年我家没有照相机，也不会拍，摄影师就把他那台沉重的工作相机挂我脖子上，临时教我摄影，可是我怎么也学不会手动对焦，眼前一片模糊，心慌气短，他就换了一个小的傻瓜相机给我。

北京医院遗体告别处庄严肃穆，参加告别的有很多大人物，看上去都有点面熟，我认出当年红透大江南北的歌唱家李谷一，她看上去比电视上更年轻漂亮。告别的贵宾一拨一拨上前看望茅盾先生，鞠躬献花。轮到我们全家四人，一起上前，看到姑父的遗容，母亲与大姐忍不住抹眼泪，我很紧张，脑子嗡嗡响，手脚都在抖。一是室内哀乐低徊，我见到姑父身上覆盖着红色党旗，紧闭双目的样子感到很悲伤，第二就是直后悔昨晚为什么会答应帮助拍照，现在这种严肃场面，我怎么掏出照相机，怎么来按上几张呢。

其实那天遗体告别是有专人摄影的，后来隔了很久我们也收到了表哥寄来的照片，可当时就想不要错过这唯一的机会，起码要留下我家人与姑父告别的影像。记得我灵机一动，向姑父鞠躬之后快步走到对面，掏出相机拍摄了几张我母亲、大姐向姑父鞠躬告别的照片，也拍了列队在旁的表哥、表嫂与三个子女全家的样子。可那时我的心那么慌，技术上完全是生手，结果可想而知，照片洗出来全部是糊的。

过了几天，1981年4月11日，"深切悼念我国伟大的革命文学家、卓越的无产阶级文化战士沈雁冰同志追悼会"在北京人民大会堂隆重举行。中共中央、全国人大常委会、国务院、全国政协送了花圈。

人民大会堂我第一次进去，安保非常严密，组织安排井井有条。我们先是被安排在台湾厅还是哪个厅候场，厅很端庄、雅致，围着一圈大沙发，大家安静地坐下，没有人说话。待到我们列队进场，前面已经暗沉沉好多排人，我踮起脚也看不到会场中心的布置。等了很久，一会儿有领导列队进来，一会又有年纪很大的重要人物陆陆续续进来。记得有人在前面看见列队走出来的时候，邓小平做了一个手势，谦让胡耀邦走在前头。因为有很多工作人员挡着，我只看到他们一晃而过，接着追悼会就开始了。

追悼会由邓小平同志主持。追悼会开始，奏哀乐，全体肃立默哀。胡耀邦同志致悼词。悼词说："沈雁冰同志是在国内外享有崇高声望的革命作家、文化活动家和社会活动家。他同鲁迅、郭沫若一起，为我国革命文艺和文化运动奠定了基础。"

回来后看电视与报纸，得悉参加姑父追悼会的全部名单，出席的党和国家领导人之外，文学界巴金、曹禺、夏衍、叶圣陶等姑父生前好友都出席了。也才看清楚庄严肃穆的追悼会会场里，悬挂着茅盾姑父遗像，安放着他的骨灰盒，骨灰盒上覆盖着中国共产党党旗。

而站在亲属队伍里领头的是表哥韦韬，接着是表嫂陈小曼与他们三个孩子小钢、小宁与丹丹。列在队尾的还有两个女孩与一个男孩我从未见过，是姑父的弟弟沈泽民（1902—1933年，浙江桐乡人，中共早期的重要领导人，鄂豫皖边区的创立者）与妻子张琴秋（1904—1968年，中国红军唯一的女将领，新中国成立后任纺织工业部党组副书记、副部长）的女儿玛雅的三个孩子，也就是泽民叔叔的外孙与外孙女。

追悼会议程最后，党和国家领导人以及前去吊唁的人都一一前去与家属握手表示慰问。我们跟在母亲后面也走过去，看见大厅里放满了花圈，层层叠叠，我们的花圈自然被湮没其中，后来在新闻里看到送花圈的单位名单里有浙江省领导机关、桐乡县领导机关。

人民大会堂追悼会后，我们跟随去八宝山革命公墓安放姑父的骨灰。因为种种规定，我姑妈的骨灰当时没有能与姑父一起安葬。记得八宝山公墓并不大，也不怎么豪华，大概就像上海干部骨灰能进入龙华烈士陵园一样，是一种荣誉。我记得在我们送葬的队伍中，有一个蛮漂亮的姑娘特别活络，她不是摄影记者却单手拿个照相机跑前奔后拍照，她就是如今名气很响的留德摄影家王小慧。王小慧与表嫂陈小曼是亲戚关系，她的妈妈是陈小曼的表妹，他们生活在天津。王小慧很小就常常去北京小曼阿姨家玩，因年龄相仿，与茅盾姑父的孙女、孙子都很熟悉。1977年恢复高考的时候，我姑父为孙女小钢请了辅导老师，王小慧也获得一同参加复习的机会，她聪明伶俐又乖巧，一举考入上海同济大学建筑系，1981年应该是在读生。

我是第一次去北京，一待近半个月，在等待举行仪式的时间里，我们去了交道口姑父家。敬爱的姑父接待客人的书房在外间，一排朴素的书橱，两把简易的沙发。在姑父生活过的房间里，看到他睡的是单人铁架床，才3尺宽的样子，我很不解床头的杆子上垂挂着很多长短不一的绳子，母亲说，那是一些别人寄来的书刊外面绑的绳子，姑父不舍得扔掉，吊在那里废物利用。姑父一生惜物，旧信封也要反过来利用，姑母的旧棉袄他不舍得扔掉，穿在身上御寒，感觉很舒服。我还看到姑父卧室五斗橱上安放着姑妈的骨灰盒。姑妈去世十多年了，姑父还是要每天在姑妈面前站站，在心里与她说说话。令我惊讶的还有，茅盾姑父平时写作的书桌并不大，文具也很简单，就像我在巴金故居、柯灵故居看到的一样，文学大师不讲究写作硬件如何，伟大的思想源于他们的大脑。

在京期间，我与母亲同居一室，天天听她讲姑父的故事，母亲1975年6月曾经受姑父之邀，在交道口姑父家住过6个月之久，她天天写日记，记录与茅盾姐夫交谈的内容与生活的点滴印象。母亲带着这本日记来到北京，北大中文系孙玉石教授来看望我们时，母亲拿出来给他看，孙教授觉得非常珍贵，鼓励她整理出来写一本书，那就是后来母亲撰写的《茅盾谈话录》，此书是她的处女作，也是唯一的著作。前两年我们又在那本小书的基础上，增添了篇目，编入茅盾姑父写给母亲的信中的25封，改书名为《茅盾晚年谈话录》出版，受到好评，重印了一次。

追悼会结束就要回上海，我们匆匆游览了颐和园与八达岭。四月的天气已经很热，耀眼的太阳当头照，回首告别亲爱的姑妈与姑父生活了半辈子的北京城,想到在北京我再也没有长辈亲戚,以后没有借口可以来,18 岁就失去父亲的我,泪水夺眶而出。

2017 年 7 月

茅盾、孔另境、孔令杰三位少小离家乌镇人的乡愁

我父亲孔另境是浙江乌镇人,他的曾祖父在当地经营酿酒业,祖父营办造烛业,却都颇爱风雅,研习琴棋书画,在乌镇东栅建了一座颇具规模的"庸园",亭台楼阁草木花香。按理说长房长孙的父亲家境优渥,在家株守家业即可,然而20世纪20年代初,父亲受时代的感召,离开小镇到嘉兴读中学,接收到新文化运动的讯息。

此时,父亲的姐夫茅盾先生于北京大学预科毕业后,已进了上海商务印书馆工作,接触了更多的世界历史、外国文学,翻译了很多外文著作。茅盾曾回忆那时道:"那是一个学术思想非常活跃的时代,受新思潮影响的知识分子如饥似渴地吞咽外国传来的各种新东西,纷纷介绍外国的各种主义、思想和学说。"他与弟弟沈泽民等发起成立"桐乡青年社",宣传新思想,抨击恶势力,并出版进步杂志。

父亲受姐夫影响,向往新文化,在嘉兴二中带头

闹学潮，被迫停学。于是茅盾帮助他向祖父求情，经反复写信据理力争，父亲得到学费赴上海考入当时的革命学府上海大学，在中文系读书，旁听哲学系的课，与戴望舒、施蛰存为同窗好友。

在上海，父亲寄居在姐姐家，因我祖母（乌镇人叫"娘娘"）中年早逝，姑妈孔德沚长姐为母，一直以照顾和教育两个弟弟为己任，茅盾姑父也对两个内弟很关照。

上海大学素有"武黄埔，文上大"之誉，父亲在这个革命摇篮中飞速成长，参加"五卅运动"，从事工人教育，1925年加入中国共产党。随后赴广州，去北伐，转战鄂豫，穿梭整个中国，三次被捕入狱，始终追随共产党，写作编书，办学办报，抗击日寇，弘扬革命文化。

父亲一生颠沛流离，结婚很晚，1941年底太平洋战争爆发，上海租界不复存在，他受命赴新四军苏北地区筹办垦区中学，拖着一堆行李，牵着3岁的儿子，母亲肚子里怀着我大姐。父亲在散文《海滨掇拾》一文中用颇幽默、乐观的笔法描述了苏北海滨乡下的艰苦生活。头一天饭菜无着落，寄住的保长家太太请他们共餐，是难以下咽的"麦屑饭"，饭桌上仅有一个菜碗，小孩子们吃几口饭，筷子伸到里面蘸一蘸。因为饭桌上只点了一根草芯的油灯，只看得见黑乎乎的好像是酱，闻上去很腥，母亲干吃了几口麦屑饭，忍不住也把筷子伸进酱中蘸了蘸往嘴里送，没料到立即喷射性呕吐。原来那是海边渔民自制的咸得要命又腥臭无比的蟛蜞酱，上海小家碧玉的母亲赶紧逃开桌，去漱口吞仁丹。

父亲未及安慰怀孕的母亲，连日出门拜访农户，走访破败的小学，调研在开垦出来的荒凉海滩上办学的可能性，斗志昂扬。可惜即使在偏僻的苏北，付出很多艰辛，最后还是因为敌军计划扫荡那里，办学计划夭折，被上级召回上海。妈妈则留在苏北农村诞下了第二个孩子，我大姐。

我的叔叔孔令杰比父亲小5岁，祖母去世时才9岁，姑妈同样对他施以母爱，征得姑父同意，将他从乌镇接到上海，进了商务印书馆附设的尚公小学念高小，毕业后考入湖州第三中学，学杂费都由茅盾姑父负担，后来又介绍他进上海大学附中读书。在姑父的鼓励下，叔叔在报纸副刊和《文艺阵地》上发表文章，笔名司徒宗。我父亲和叔叔两位青少年开始学习写作，投稿前稿子都会经过茅盾姑父的审查修改，真可谓煞费苦心。

叔叔的性格与父亲不一样，他有点腼腆内向，一辈子当教师兢兢业业，语文教育经验丰富，是复旦附中首任教导主任。据说他有一个本事，每年语文高考，对试卷押题极准，使复旦附中的高考成绩一直在全市名列前茅。

姑父、我父亲、叔叔三位少小离家的乌镇人，离开家乡几十年，说话的口音都带着脱不去的家乡味。上海本是个五方杂处的城市，说话带家乡口音本也算不上奇怪，后来茅盾姑父当上了文化部长，他站在台上发言时说的所谓"官话"也就是普通话，带着浓重的乌镇当地语音，不禁让我父亲忍俊不禁，私下里笑话他，还当自己说的是普通话！其实我父亲的口音也是如此顽固不化，带着浓浓的乌镇味。他因为普通话太差，加上五音不全，新歌只会唱一首《社会主义好》。记得我们小时候经常激父亲，叫他唱歌，有时候父亲喝了酒兴致高，便尖起嗓子用洋泾浜普通话唱《社会主义好》，荒腔走板得使我们兄妹笑成一团。

孔令杰是叔叔的原名，后改名为孔彦英，据他的学生回忆，叔叔很受学生尊敬，他是语文老师，上课讲一口带方言口音的普通话，曾在课堂上痛斥国民党政府的腐败，他冬天穿一件长大衣，是姐夫茅盾送他的。叔叔一辈子单身，过年过节总来哥哥家一起过，兄弟俩说话乡音满屋，有些单词的特殊发音相当搞笑，在我的耳里好听极了。父辈们去世以后，我经常怀念那些带着家乡味的亲情。

人的一生口音难改，舌尖味蕾上也留着故乡的记忆。姑父先在上海，后来在北京长居，父亲和叔叔在上海生活，经常想念的是乌镇菜，家里的帮佣不是家乡人就是浙江籍，做的家常菜都是熟悉的口味。

"文化大革命"后,我家里不再用保姆,父亲教儿女做家乡菜。我除了学会做乌镇酱鸭,还会用青壳鸭蛋和开洋炖老蛋,那是以前乌镇乡下用大锅柴灶煮米饭时搁在上面用热气焐的菜。炖老蛋颜色深红,蛋的气孔紧密,非常鲜美,百吃不厌。还有鸡笃豆腐,将老豆腐戳碎,拌入黑木耳、金针菜、冬笋、开洋碎,打两只鸡蛋搅匀后上锅蒸透,这些乌镇菜让父亲吃得眉开眼笑。春节前备年菜,父亲指导我们做喜蛋,在半只白煮蛋上面糊上调制好的肉糜,油煎后红烧。他还指挥开大油锅炸豆腐素圆子,食料与鸡笃豆腐差不多,调入面粉团起来入油锅,炸得圆子金黄,满屋飘香,过年时一家人团团围住吃三鲜暖锅,里面缺不了父亲最爱的家乡豆腐圆子。

孔家在乌镇原是个大家族,世事动荡,子女离家,人情变迁使家族慢慢衰败。父亲于1940年写下《庸园劫灰录》《一副放恣的面影——为父亲的周年祭作》两篇沉痛悲愤的散文,悼念被日寇烧毁的孔家花园和我突然去世的祖父。1939年8月祖父孔祥生因战事动荡,离开乌镇避难在双林镇上,不意急病去世。父亲接到祖父死讯时已是一周之后,我大哥刚刚出生第七天,叔叔恰逢病中,姑妈与姑父远在新疆,那时乌镇正处在日敌的奴役下,父亲曾发誓绝不踏日敌占领的土地,因而姐弟三人都没有回故乡送终，只能托族人代为措置埋葬了。

隔了一年，孔家花园又遭厄运。"敌人（日本军队）以无情的火焰，焚烧全镇。计自十三日起至十四日晚，共烧两日一夜，把一条青镇精华的东街完全焚毁。我家适处东街，不获幸免，房屋全部焚去，庸园亦波及摧毁。大部分的难民都逃集于本园内之几间破屋山洞中……"孔家花园被毁，园子被难民占据，花木家具都将被当作柴烧，父亲听闻后悲愤交加却无可奈何。失去了童年最爱的庸园，此后，故乡与游子间的维系，竟只有夜半梦回时光，仿佛看见"从家乡里发出无数不可见的游丝，要把我这个流浪的心束缚回去，我想顷刻飞回去一亲我的生长之地，抚摸一下游玩过的山石楼台"的思念了。

如今中国的发展已然屹立在世界的潮头，回首往事，我们看到无数革命前辈年少就走出山区，走出小镇，为求得一个光明的祖国付出了一辈子的努力，那些牺牲，血与汗，亲情与泪水实实在在。

2021 年 6 月

韬奋先生的婚姻和爱情

邹韬奋先生是伟大的爱国者，杰出的民主战士，中国革命知识分子卓越代表。抗日期间闻名中外的"救国会案件"中，他是被捕入狱的"七君子"之一。中华人民共和国成立后以他的名字命名的"韬奋新闻奖"系全国新闻出版界最高奖项，他的一系列政论和著作至今仍是中国新闻学教材。

如以为韬奋先生是一个刻板无趣的人，那就错了。假期中，为了工作，我比较全面地读了他的传记和著作，很多篇章与段落让我忍不住笑出声来。他的婚姻和爱情充满了知识分子特有的浪漫情调。

韬奋先生的第一次婚姻几乎是指腹为婚的。韬奋先生说："我的父亲和我的岳父在前清末季同在福建省的政界里混着，他们因自己的友谊深厚，便把儿女结成了'秦晋之好'，那时我虽在学校时代，五四运动的前奏还没有开幕，对于这件事只有着糊里糊涂的态度。后来经过'五四'的洗礼后，对这件事才提出异议。"

但是，韬奋先生的抗议没用，双方家长都不同意，尤其是未婚妻叶女士秉着"诗礼之家"的训诲，表示情愿为韬奋而终身不嫁，于是僵持不下。这样坚持了几年，韬奋先生感到于心不忍，只好回乡完婚。

韬奋先生真是个有趣的人。他在自传中回忆当初的婚礼时讲笑话说，因为他是维新人物，岳丈家对他十分看重，都顺着他的意思办。韬奋作为新郎发表演说是顺理成章，他认为一个新式男人当众讲几句话总是会的，可当时硬是要勉强新娘演说，弄得她担了好几天的心事，结果敷衍过去。可是居然还不算，要让岳父也演说，可怜一老实人，整整几天手里拿着一张白纸，踱来踱去背诵，结果到了当天，站在几百个客人面前时，竟全部忘记了。后来他想想真是太难为人了。不幸的是，结婚只有两年，这位以韬奋为最重，待他十分温厚的女子患了伤寒症去世了。韬奋一度很悲伤。

1926年元旦，韬奋先生与沈粹缜女士在上海永安公司的大东酒家设宴结婚，以后生了三个孩子，两男一女。

那么，韬奋先生和沈粹缜是怎样认识的呢？邹韬奋的女儿邹嘉骊老师回忆起此事，脸上露出了笑意。她说，爸爸在上海，妈妈在苏州，他们是通过中华职教社的同事介绍认识的。记得爸爸是坐火车去苏州相亲的，在苏州留园和妈妈见面，真可以说是一见钟情。沈粹缜比邹韬奋小6岁，出身名门世家，聪慧温良，在北京读的书。她的姑姑沈寿是我国近代著名的刺绣大师，在姑姑的言传身教下，沈粹缜专攻美术和刺绣，她手十分巧，长大后考入"女红传习所"当小先生，还是美术科主任。沈粹缜琴棋书画都会，配色很在行，世面见得多，接受近代思想，谈吐也十分新式，韬奋先生一见之下非常满意。相亲结束回到上海后，韬奋先生立即发挥他的专长，将一封封滚烫的情书寄到苏州，开始了鸿雁传书。

韬奋先生是个很幽默风趣的人，他沉浸在爱情中，花样百出，一会儿用上海话，一会儿用苏州话写信，沈粹缜没有精神准备，拿到信一下子竟然看不懂。看到产生戏剧效果后，韬奋再调皮地坦白他的小心机。热恋期间，韬奋先生写文章时常常不由自主地将女朋友的名字署上去，再将文章拿去给沈粹缜看。邹老师说，妈妈欣赏爸爸的才华，支持他的事业，一生非常爱爸爸，自始至终。韬奋先生找到了他的真爱，但是他当时还很穷，结婚时花费的钱还是借来的。

婚礼以后，韬奋先生和妻子借住在上海辣斐德路成裕里（现复兴中路221弄18号）一间石库门房子里。婚后两年，他们搬到劳神父路玉振里，也就是现在的合肥路458弄5号。1926年，长子邹家华（嘉骅）出生，1929年次子邹竞蒙（嘉骝）出生，1930年女儿邹嘉骊来到人间。女儿出生时，他们在上海的住处是吕班路万宜坊，也就是如今的韬奋纪念馆。

邹嘉骊老师和母亲沈粹缜在上海还住过淮海中路的上海新村和康平路100弄大院。

韬奋先生和夫人一生恩爱，他逝世以后，周恩来致沈粹缜的信中说："由于您的协助和鼓励，才使他能够无所顾虑地为他的事业而努力。"是的，沈粹缜与韬奋先生风雨同舟，经历了那么多的磨难，含泪送走先生，她独自挑起了家庭的重担，抚养孩子，培育出邹家华（原国务院副总理）、邹竞蒙（原国家气象局局长）两个优秀儿子，培养出邹嘉骊这样的好女儿。沈粹缜后在中国福利会工作，1997年1月12日在上海因病去世，享年96岁。

2007年5月

去乌镇见木心先生

前天（2011年12月21日）一早在新浪微博上看见木心先生于凌晨在乌镇去世的消息，心里一惊，证实了不久前几次在乌镇旅游公司总裁陈向宏的微博上见到他透露"老爷子病重，不知能否挺过"确系指木心先生。老人家今年84岁，按目前老人的平均寿数，他并不很老，然而对于一个平日摄入很少、体格清瘦的老人来说，肺部感染可谓致命打击，他安静地去了，在他深爱和深爱他的故乡乌镇。

在2005年之前，我没听说过木心先生的大名，不知道他是很有成就的中国诗人、作家和画家，更不知道他是我的同乡乌镇人。等得知木心先生老屋就在我祖上老屋"孔家花园"贴隔壁的时候，已经是2006年1月，我和大姐孔海珠应乌镇方面邀请去已经基本建成的乌镇西栅旅游开发区为我父亲孔另境的纪念馆选址时。

2005年的时候，我混迹99读书网"小众菜园"

论坛发一些小文字，突然看见版主陈村大张旗鼓贴一个人的文章，不仅由他亲自将纸上文字录入电脑，还在作者署名木心的《上海赋》文后，宣称"依我私见，读过木心先生的上海，其他人写的上海都是伪作"。夸张的赞美引起了我的注意，木心先生写上海的"赋一赋二赋三"中华丽文字像凶猛的潮水袭来，那些有关旧上海陌生又似曾相识的细节令我晕眩不已，富有音乐感的节奏，一些独特的汉字，摇曳生姿的画面感震住了很多读者，包括我。村长（陈村）更是在《关于木心》一文中叹说："读罢如遭雷击……"

2005年4月，木心先生在学生陈丹青的陪同下，从旅居二十多年之久的纽约经上海踏上乌镇老家的土地，来看正在修复建设的祖居，准备接受乌镇方面的盛邀，回国定居。这个消息在我心中激起涟漪，乌镇素有"茅盾的故乡"之称，改革开放以来，以打文化牌著称，成功地借助文学大家茅盾先生的名声将小小的乌镇推向世界，带动了桐乡以及周边地区的经济发展。这次乌镇西栅大规模开发旅游产业，他们在文化建设方面还会有什么举动呢？看来，盛情邀请木心先生回国定居，不仅是出于故乡人的情义，更是对祖国文化的尊重和贡献。毕竟，木心的文学成就非常独特，且他还在创作，有了良好的环境之后，乌镇人木心也许真可彪炳文学史册。

不久，我接到来自乌镇潘向阳老师的一封邮件，他问我，有没有想在乌镇为父亲建纪念馆的想法？可不可以提个方案，一起来做点事情。这个提议正中我下怀，由于我不太熟悉现代文学史料，在职办杂志也很忙，大姐孔海珠正是这方面的专家，便介绍大姐与潘老师联系。经过海珠姐很大的努力，父亲纪念馆的内容规划有了眉目之后，2006年1月，我们姐妹叫上上海文艺出版社总编辑郏宗培一起去西栅景区选址。正是这一次走访位于东栅的老家，才知道，原来将要回乌镇定居的木心先生就住在我们家隔壁，他的寓所已经装修好了。从沿街看，木心家的门面就两开间。原本和孔家花园一样被乌镇管委会围起来的高墙，修房子的时候拆除了，现在门紧闭着。我站在孔家花园荒芜的院子里，拍摄了木心家的窗户和沿街的门，心里有些激动，为这位文学长辈竟然与我有如此近距离的渊源。

我们家在乌镇还有几位远房亲戚，其中有来往的是我们兄妹称为"老虎公公"的孔易宽，他虽年纪小，却是我爸爸的堂叔。年轻时面皮白皙，帅气而羞涩，常来我家玩，爸爸一直拿他开玩笑。2006年老虎公公已81岁，退休前在乌镇书场工作，没有离开过家乡。闲谈中我意外得知，他与木心先生是小学同学！

老虎公公回忆说，木心家姓孙，他的名字叫孙仰中。木心先生小的时候很瘦，身体弱。从小喜欢画画。后来去部队教文学和画图，再后来就去了上海。木心的父亲早亡，他和两个姐姐（孙飞霞、孙彩霞）是母亲一手带大的。两个姐姐身体不好，很年轻就去世了，没有后代（后证实他的记忆错误）。孙家当年很富裕，是有几千亩土地的大地主。可能因为木心是独子的缘故吧，"孙仰中"三个字印在粮食口袋上面，被装在车上在街上推来推去，令还是小孩子的老虎公公印象很深刻。老虎公公笑着说，木心先生似乎是独身主义者，年轻的时候就不打算结婚，和他一样。

老虎公公回忆道，我们祖上占地几百亩的孔家花园与木心家只一墙之隔，抗日战争时期被日本兵烧毁。据老虎公公的嫂子说，当时孔家花园对面一家剃头店里有两个中国兵在剃头，见街上走过两个日本兵，和同行的乌镇野鸡（妓女）嘻嘻哈哈，火气上来，扔出去两只手榴弹，也不知道日本兵是否被炸死，惹了祸。结果不久日本人就来寻事，用火枪点火烧，把剃头店烧掉不算，对面的孔家花园也被点燃。东街上全是木头房子，一放火，整条街都烧了起来。孔家花园除了里面的假山、牌楼外都被烧毁了，变成一片焦土。日本兵还拿着刺刀东戳西戳，而隔壁孙家因筑有很高的围墙，没有被火烧着，孔家的一些年轻人爬上树去，跳到隔壁孙家，躲过一劫。

从木心先生的文字中可以得知他的文学和美术素养很高，

也能想见他的一些性格。老虎公公指着木心家的窗户说，听说他叶落归根要回老宅安度晚年，去年（2005）回家乡时，花钱请人修缮一新，但是老先生不甚满意，所以至今还没回来。

这话听过不久，我得知木心先生已经抵达乌镇，带着他宝贵的藏书和藏画甚至古董家具，果然没有住东栅老宅，而安顿在西栅旅游区的宾馆里。每天关在房间里看书写字，只有傍晚的时候出来散步一圈。具体生活安排，用陈向宏话说："先生是老派文人，生性淡泊，晚年不喜外界探视。几年来，公司专门成立了一个小组，包括了厨师、阿姨、两个男性青年员工，常年专职陪伴照顾先生起居。"约两年后，木心的老宅经乌镇旅游管理委员会出面再次仔细整修，"空调、热水、洗衣房、厨房都是按照最高标准，考虑先生上下楼不方便，还特意嘱咐我给安了一台电梯。还有房前的院子，亭台楼阁，小桥流水，木心先生看了开心得不得了（孟武其语）"。于是搬出西栅宾馆来到东栅自家定居。

得知木心先生已定居乌镇，仰慕并极力推崇木心著作，并在上海见过一面偶像的陈村在"小众菜园"帖子上写道："哪天再去拜见老人家。找个车去乌镇。买门票进镇，希望老人家能接见。"我私心也很想见木心，只愁没有借口，由是举出村长大旗，与乌镇潘向阳老师联络，经过他一番疏通，竟然真的得到木心先生允诺，2007年3月24日"小众菜园"网友共8人组成"菜园团"，驱车去乌镇西栅。

当天傍晚时分，在通安酒店，我们屏息静气等在接待大厅，花白头发的木心先生身着深蓝色西装，里面是蓝色条纹衬衫，脚步轻盈地走过来。关于那次拜见，我去翻看当时的日志，发现自己只记下几行字："木心先生是一个儒雅、整洁、完美主义的老先生，他讲普通话，也会讲上海话，常有英文单词蹦出来，声音轻软妥帖。没聊多久，就发现他老人家很幽默。我说，我们见你很紧张。他说，你们紧张，我也紧张呀。"

因为事先被告知先生不爱被人拍照，再一见木心的风度，那气场之下，我们这些"狗仔"（指随手拍照，包括偷拍）惯了的队员都不敢私自拿出相机来，我更是慌乱之中感觉气也透不过来，亦不知自己说过些什么话。同去的80后网友"小转铃"回来后写的那段帖子非常好，引在这里，权作延迟的现场转播：

> 2007年3月24日，在乌镇见木心先生。木心走路很慢，面目清癯，瞳仁黑而大，深不见底，像两汪冰冻的潭水，潭上如蒙着一层薄烟。他注视着我的时候，仿佛掉进他眼睛里，心里会有点害怕，他笑起来的时候，顿觉如春江开冰般融暖。他穿一身深蓝色的西装，身形瘦削，慢慢地走，也有章法，仿佛一杆狼毫。听人讲话的时候安静仔细，自

己讲话的时候温文尔雅,他讲,不必臣门如市,只愿臣心如水。

木心先生烟瘾很大,或者是情绪不稳,短短半小时内已吸了六七支,烟头笔直地竖在烟缸里,和人也很像。有人说到请他写回忆录,他说,我也想写,只是每次去写,都觉得太累。说着,神情疲倦地伸指去把一个竖着的烟头推倒。

看得出,是一个很自爱,有洁癖的人,讲话的时候,会不自觉地轻轻向下掸一下袖子,令人顿觉自己面目可憎,唐突佳人,不配坐在他的身边。

木心先生美丽阴柔,像一个老派的大家闺秀——不是老克勒,是大家闺秀,我等的祖母一类。看到这样的人,再想到其作品中对美近乎病态的热爱,想到的比喻是王尔德。这些是人间美的化身,美的儿子,存在先于本质,存在的本身就是目的,相比之下,那些作品有也好,没有也好,好也好,不好也好,都不重要。

村长看来也是个不善聊天的人,他把从不离身的相机搁在肚皮上,哼哼哈哈几句之后,我们移座去和木心先生合影,每个人脖子上挂着出入证,一本正经地簇拥着木心,很像外国来宾代表团到访。接着去通安酒店贵宾厅,陈向宏主任出面宴请。硕大的圆台面上大家都被缴了枪(相机),可我无论如何不肯死心，吃饭到一半的时候，遂假借看手机，偷偷朝木心先生方向按了几下键，总算拍到几张先生和颜悦色，放松地与陈村交谈的照片。

我发现木心先生几乎不吃东西，不喝酒，不碰冷的食物，很当心身体，香烟却是一直拿在手里，且吸且弹。乌镇通安酒店的菜肴是江南风味，非常美味，创意围绕乌镇本地特色，做得很精致，木心先生笑吟吟地看着我们吃，不久就提前告退去休息了。木心先生一走，我看到大家顿时都松了一口气似的。

这几天，因着木心先生离世消息发布，他的肖像涌现在网络上，戴着礼帽抿住嘴唇木刻般的那张黑白色照片最能体现先生的艺术风采，而他晚年在乌镇的一些照片，流露出淡泊、平和的内心，亦现出一些慈祥的意味。一位在美国的女友惊呼老先生好看，问木心先生的影集哪里有卖。她说华人的男小孩要多看看这样的人物。是的，木心这样的人物，去乌镇那次拜见太短暂了，我多读他的书吧，看他的画吧，透过相片中他深邃睿智的眼神读懂他的心吧。因为他"是洋气一些的汪曾祺，是文气一些的钟阿城。亦是一个有文化根基的人，且是有赤子之心的人（何立伟语）"。

木心先生安息！

2011 年 12 月

"我现在很想念你"

我一直以为父亲孔另境从没有写信给过我。从出生起我一直在他身边，读小学时他在我的请假条、成绩单上签过字。父亲的字很好看，排列整齐，微微倾斜。我保留着一张父亲的报名照，背后有一个"孔"字，我以为那是他留给我仅有的墨宝。

前两个月我们兄妹在四川北路老家碰面，三姐突然拿出一封信给我说：喏，爹爹写给你的。这让我有点心惊肉跳，不会是遗嘱那样的东西吧，怎么会隔四十多年才给我。我提着一颗心在哥哥姐姐们面前打开，确实是父亲的字迹，正反都有字，受过潮的缘故，字迹洇得有些模糊。正面是父亲写给我一个人的，反面是母亲写给我与三姐两个人的。

写信的年份不用考证，1972年3月16日早晨我首次离开家去郊区奉贤星火农场务农，同年9月18日父亲去世。父亲在信尾签下"父字"，紧接的日期是5月25日。

展开信看。"明珠儿：你的23日来信今天上午收到。"父亲你竟然真的写了信给我，脑袋轰轰地响。我独自低头看信，大姐朝我吩咐道，读出来，大家听听！仿佛是三哥把信拿过去读了，我没听，只回味刚才看到父亲写的7个字"我现在很想念你"，反反复复我在想这7个字，有点像情书呢，爹爹，你真的很想念我吗？我临走的时候，你不是对我很失望吗？你躺在藤躺椅上，告诉我，自己就像一支蜡烛，已经快要熄灭了。接着你低了头不看我，你是知道的，事情已无法挽回。家里户口本被我拿去把自己的户口迁走了，行李已打包提在手上，17岁的我是来向你告别的。怔愣了几秒钟，我还是转身下楼，关大门前把门锁舌头别上，家里只留了不能行走的父亲一个人。

父亲告诉道，我走了之后，三哥从江西回家探亲，刚送走。二姐带着两个孩子从新疆也回家过，也走了。接着父亲与我谈起了保姆的事："这次用的保姆，相当能干和活泼，和以前的胡大姐仿佛。来时说定上半天，每月10元，她做了几天，为了增加她工作兴趣，我要她来我家吃早饭，不收她钱，也不要粮票。哪知她'得陇望蜀'，她今天又提出说从前的老东家要她去做，上午7—11，下午再去做两小时，一共给她15元。现在我们还没给她回信，我的意思满足她要求算了，你以为如何？"

我家父母双职工，孩子多，一直请保姆帮忙做事，直至"文化大革命"期间父亲只拿生活费，一切开支都紧缩。哥哥姐姐和我都学会做家务，潦草支撑过来。可是哥哥姐姐都下乡了，现在连我也要走，留下一个生活不能自理的老人，只能再次去找人帮忙。世道变了，做熟的老保姆是找不回来了，我临时找了个弄堂口卖冰棍兼为人家洗衣服的女人来，那个女人做事稀里哗啦，脑子不好，父亲不满意。信中说的新保姆"能干和活泼"，看来父亲是喜欢的，为了拉拢人心，还邀她来吃早饭。你看看，老人家怎么弄得过能干与活泼的阿姨啊，要加工资。父亲当时退休工资被割掉一半多，医药费报销也没能恢复，拮据得很。可是，找到一个称心的保姆不容易，父亲忍痛求全准备答应新保姆的要挟，与小女儿商量是假，求安慰是真。父亲一向是个果断的人，他在家里是掌管财务的大亨，多花点钱从不与母亲商量，可他在信中那么温柔地问我"你以为如何"，他是真的想我了。算起来父女俩从1970年4月我小哥哥去江西插队落户后，相依为命两年，经常吵吵闹闹，每次妈妈从奉贤五七干校回家探亲，他都要向母亲告我的状，管我叫"西小句（死小鬼）"。

"我现在很想念你，不知你大概何日可回家休假，我估计总在端午节边吧？"此时我离开家已有两个多月，尽管妈妈已经从干校被调回上海，三哥与二姐都来看过他，等母亲去书店上班，家里空无一人时，父亲想我了。他是回忆起我们俩在一起时互相的默契吧？想起我做的可口饭菜，想起我端上洗脚水的合适温度，想起我们拌嘴时他来一句我顶一句的机灵吧。这些，有谁能替代？洗衣大姐不用说，活泼能干的新阿姨要涨工资啊，真扫兴。

"'文献'至今无下文，真急死人！"文献是上海出版文献资料编辑所，我父亲生前最后的单位，至今无下文是指落实政策恢复退休工资以及报销医药费的事。催欠不能，投诉无门，父亲手头拮据已久到灰心丧气。"万一保姆走了，不知如何过下去！""你替我想想看！"接连两个感叹号。

最后："你千万要注意健康，多用点钱不要紧！可常来信。"这就是 50 岁时生我的老父亲写给我的唯一一封信。我把这封信放入包中，一路上紧紧地夹住它。回家后我再不敢打开，我很害怕这是一封假信，很害怕"我现在很想念你"那 7 个字逃走。父亲！

2017 年 5 月

正直善良的你

父亲孔另境出生于乌镇,母亲早逝,姐弟三人很早离开家乡参加革命。中华人民共和国成立后,姐姐在北京当着文化部部长的太太,父亲在出版社当编审,弟弟单身,在上海复旦附中当教导主任。叔叔过年过节必定来哥哥家里团聚,兄弟俩喝酒、怀乡千杯不醉。可是叔叔不幸,50岁出头就中风了,身边无人照顾,父亲与妈妈商量,把我二哥送去陪住叔叔家,到江湾五角场读初中,直到叔叔去世。

父亲一位姓宋的老朋友倒了霉要搬去青海了,行前没钱打盘缠,来家里借钱。父亲手头也没钱,回头见我小姐姐站在旁边,逼她立刻拿出压岁钱来救人急难。1972年父亲去世后不久,民国大律师、文史学家周黎庵伯伯从淮北劳改农场回来探亲,到四川北路家里来却只见到父亲的遗像,周伯伯控制不住地跪下地痛哭,他说在那里吃不饱,是靠老孔时不时寄钱过去接济他才度过来的,想不到再没机会向他当面道谢。

父亲是位个性特别正直的人，他的家人知道，老朋友知道，并不要好的人也知道，因为凡领导号召提意见，大家都推举他先说，父亲当年没被打成右派分子全家从上海迁走是一个奇迹。他很珍惜与家人在一起的日子，提前退了休。

在家里，父亲家长作风十分鲜明，对孩子教育严厉，说一不二。可是他又是位内心十分柔软的男人。父亲退休后，专心在家里写作《五卅运动史》，因为他是1925年"五卅运动"的亲历者，作为上海大学三年级生在南京路上抗议帝国主义暴行时被捕，从而坚定地走上了革命道路。20世纪60年代中期，根据他的干部级别（12级）订有一份《参考消息》。住在我家隔壁川公路的昔日翻译家很想看，每天抖抖索索来敲门。父亲知道他的身份是大多数人避之唯恐不及的，可是父亲还是让我放他上来，那位"老鼠"先生每每把眼镜片贴在报纸上匆匆看完离去，父亲叹口气告诉我，他是位可怜的人。

我在7个兄弟姐妹中最小，陪伴父亲在家的时间很长，亲眼见父亲对待普通劳动者意外地和气，去水果店买水果，烟纸店买香烟，总要与人寒暄，在马路上叫三轮车也是，喜欢与车夫讨价还价开玩笑，非常亲昵，一点没有大知识分子的架子。家里帮佣的阿姨都说父亲对她们好："老爷凶是凶的，良心是真正好。"

如今我已经要活到父亲离开人世的年龄了，一辈子大部分时间做的是与父亲生前同样的工作，编辑与写作，几十年来，触动我想念父亲的点非常之多。每天早晨起床后，我会在父母亲相片前的香炉中点上一支香，透过袅袅青烟，接通与他们的心灵通道。我与父亲在世总共只相处了18年是件遗憾的事情，父亲留给我那么多时间独自成长，渐悟人生，他没有留给我什么宏大的格言，但是我懂得父亲对我的期待，他是一个高大的背影，我要跟着他走。

有一幅画面常常出现在眼前，童年的我双脚离地坐在洗手间抽水马桶上，父亲背对着我在大理石洗面台前洗漱，他像巨人一样遮挡在我眼前，浑身散发出蜂花牌檀香皂那好闻的直率、自然的香味，我久久不肯离席。想念父亲。

2019年12月

丰一吟阿姨

丰一吟是中国著名画家丰子恺先生的女儿。丰子恺与我父亲孔另境同为桐乡人,丰子恺家在石门,父亲家在乌镇,相距车程只有半个多小时。

丰一吟比我妈妈金韵琴小10岁,按我父亲与丰子恺先生同乡又是同代作家、好朋友的情谊来说,我妈妈的辈分大,但依丰一吟与我妈妈同事兼朋友的关系,我称她一吟阿姨。

我知道妈妈与一吟阿姨关系好是在20世纪70年代初,妈妈在上海文艺出版社校对科当校对员。"文化大革命"风起云涌,出版社与全国一样,正常的工作节奏都已打乱。1968年上海文化五七干校在郊区奉贤海滨建立,空白的海滩边上,由"尖刀连"去盖了一些茅草房子,新闻出版系统知识分子分期、分批下去改造思想,并且要用双手把自己吃的米与菜种出来,自给自足。

奉贤文化五七干校在一个叫柘林的地方,从上海过去走颛桥到闵行渡口，坐轮渡过了江即是浦江对岸的西渡，再换公共汽车坐一个多小时才到。据原上海古籍出版社总编辑钱伯城回忆，他第一次去干校是走着去的，从绍兴路5号出版局出发，"由闵行乘船过江到奉贤，坐车到柘林车站下来，再走到干校的"。这种集体行动在当时叫作"拉练"。

我妈妈大约是1970年被下放去的，她去的时候，干校条件已稍微好了一点，住上了简陋的水泥砖瓦平房。妈妈与丰一吟阿姨住同一间宿舍，天天劳动与生活都在一起。妈妈每月回上海探亲，总要与爸爸聊起干校的事情。我当时中学还没毕业，关于干农活的事我听不懂，对农村比上海艰苦到什么程度我也一无所知，关于宿舍里的日常我倒很听得进去，比如睡上下铺床，端脸盆去老虎灶泡水，集中食堂吃饭等等，感觉很新鲜，特别是对于丰一吟阿姨在干校还带着一个叫小明的女儿一起住很好奇。

之前一吟阿姨带着小明与丰子恺在陕西南路日月楼生活在一起，分配一吟阿姨下放去干校时，丰子恺正患病住院，保姆抽不出空再照顾一个小孩，小明当时上幼儿园大班，只能跟着妈妈去奉贤干校。白天干校有简陋的幼儿园，晚上与丰一吟阿姨挤一个小床铺睡觉。干校里小孩很少，似乎叔叔阿姨都很喜欢她，有逗她玩的，有帮忙送她上学的，有动手帮她拔乳牙的。

有时赖学还能跟到田地里去种豆子。听着听着，我完全忽略知识分子无法在出版社做熟悉的工作，离开家集中进行思想改造干农活的苦，很羡慕小明能跟着妈妈在自由天地里生活。

因为父亲与丰子恺先生是文坛好朋友，在奉贤干校，妈妈与丰一吟自然走近，她们同病相怜，说说心里话，互相帮助，妈妈把这些告诉父亲，说起一吟阿姨不擅长家务，一个人照顾小明经常束手无策。不久小明去柘林镇上基口小学读一年级，天天要接送，出干校路上有一个斜坡，天下雨的时候，一吟阿姨撑把雨伞拉着小明爬上去滑下来，弄得一头泥水，后来还是一吟阿姨的同事，翻译《牛虻》的翻译家李俍民伸出援手，每天负责送小明上学。妈妈说，一吟阿姨为了送女儿上学甚至还学过骑自行车，最后还是没有学会……父亲听了只有摇头叹气。

我当时 16 岁，学校经常停课，被困在家里做家务，照顾病瘫在家的老父亲，我感觉很憋屈，很向往集体生活的五七干校。一次，在奉贤星火农场连队里下乡的我三姐为了省路费，妈妈帮她接洽到出版社每周两三次清早出发去干校送东西的卡车，可以让姐姐搭顺风车到南桥或者钱家桥。我求姐姐把我捎上，去五七干校探望妈妈。

记得姐姐赶路，她下车之后就让我随大卡车直接去找妈妈。去的路上，我站在一堆生活物资旁边，在摇晃很厉害的车厢里，紧紧拉住铁栏杆，大风吹起头发，倒也有女战士奔赴战场的豪迈，挺神气的。等颠簸三四个小时来到妈妈所在的驻地，我大吃一惊，原来五七干校根本不是在蔚蓝大海的海滨，四周空旷泥泞，寒风呼呼吹，比上海城里冷多了。妈妈他们住的是那么破旧、低矮、黑黢黢的砖房。当时妈妈已从大田排调到裁缝组干比较轻松的活了，我见到她的时候，她正在踩缝纫机补裤子。那是一条深色的男裤，屁股后面破了，妈妈在内里垫了一块厚厚的布头，一圈一圈踩线，将两个半圆形缝得很结实。妈妈招呼我之后也没停下工作，指指裤子对我说，这条裤子的主人是巴金先生，他就在这里干农活。我听了更是吃惊不已，巴金先生不是著名的老作家吗？他那么大年纪还下地干活，劳动强度那么大，把卡其裤子都磨破了。

妈妈是一个性格温顺的女人，她好像已经习惯了干校的生活，收工时间到了，她领我回宿舍。那是我第一次见到丰一吟阿姨，丰阿姨戴着眼镜，镜片很厚，好像近视度数蛮高，她语速快，脸上看得出被生活重担压迫的疲惫。匆匆打招呼后，大家各自去食堂买饭吃。

妈妈与丰一吟阿姨的宿舍是长条形的，记得有两排共6张双层床，妈妈住在最里面靠窗床的上铺，她的下铺是翻译家左海，单身，性格有点怪。一吟阿姨带小明睡靠门的床，是下铺。

每天干完农活还要照顾小明吃睡漱洗,以前家里用惯阿姨的一吟阿姨真的是受苦了。

我在妈妈寝室睡了一晚,第二天出门看到田埂上有两个知识分子模样的中老年男人共同抬一桶大粪,动作很不协调的样子,歪歪斜斜抬一段路就不行了,放下担子歇一会,过后又摇摇晃晃往前走,一会儿又歇下。我站在那里看他们对那桶臭飘千里的大粪小心翼翼很珍惜的样子,想笑又不敢笑。

干校文化界大名鼎鼎的人物不少,除了巴金先生,还有局长罗竹风、散文家黄裳、编辑家徐铸成、儿童文学家陈伯吹、画家刘旦宅,等等。

1971年之后我中学毕业也被分配到奉贤星火农场种地,患病的父亲没有人照顾,妈妈打了几次报告才在1972年3月底抽调回上海,去我家不远的新华书店当营业员。妈妈虽然不在出版社,但是与门房间管车辆调度的老王还说得上话,我回家探亲有时仍旧去绍兴路74号搭卡车,来去匆匆没有再见到一吟阿姨。

妈妈与丰一吟阿姨走得更近是在阿姨也回到上海后,她们被调回出版社,1975年共同参与一项重大的、秘密的项目,那就是重新编排、校对、印刷毛泽东主席点名要读的《二十四史》(大字本)。我妈妈原本是上海文艺出版社资深校对员,而丰一吟阿姨原先是当俄文翻译的,组里面还有一些懂古籍的专家学者,这些人组成了《二十四史》编辑校对组,夜以继日加班加点。《二十四史》是中国古代各朝撰写的二十四部正史的总称,那是一套浩瀚的大部头典籍,合起来可装满一个大书柜。这是项政治任务,对外绝对保密,事关重大,编校组人员每天战战兢兢地工作,不敢有一点差池。

记得妈妈与丰一吟阿姨在绍兴路出版社相处了很长一段时间,在同一间办公室上班。在那段时间里,我父亲病重离开人世,工余有丰一吟阿姨说说家常话,无疑对我妈妈是很好的慰藉。妈妈个性老实,嫁给父亲后随着他搞革命颠沛流离,中华人民共和国成立后父亲连年受政治运动冲击,妈妈愈发胆小谨慎。用施蛰存伯伯的话说,我父亲大妈妈15岁,妈妈依赖父亲,一直是躲在父亲的羽翼下的。父亲走后,为养育七个子女,为父亲平反昭雪那些烦心事,妈妈经常六神无主,家里的事情她都不瞒丰一吟,关系渐渐更亲密了。

在纪念改革开放四十周年的时节,我写这篇回忆自己与丰一吟阿姨交往的文章,很多往事涌到眼前,记录下来后看看,貌似有些离题,仔细一想并不离题。自古人与人交往贵在真情,劫难中雪中送炭好过顺境中锦上添花,我能通过妈妈感受到丰一吟阿姨身上的真、侠、义,何其幸运,何其难得。

很可惜，我回到上海以后，与丰一吟阿姨见面的机会很少，从妈妈、海珠大姐的嘴里经常能听到一吟阿姨的消息，在报刊上读到她的文章，看到她的画。妈妈去世9年后，2004年7月，在鲁迅纪念馆孔另境诞辰100周年纪念会上我见到一吟阿姨，她还是那样端庄大气，慈眉善目，皮肤紧绷很年轻的样子。那天因忙于照顾贾植芳、罗洪、欧阳翠、谢晋、杨小佛、徐开垒、沈寂等年长的长辈，我来不及与一吟阿姨多说话，一吟阿姨抽空抓住我的手问："明珠你好吗？"她爱怜地望着我，似乎有很多话想要对我说。

丰一吟阿姨崇拜、挚爱父亲丰子恺，临摹他的画几乎可以乱真。当我表示非常欣赏、仰慕她的画作时，一吟阿姨却急切地打断我说："明珠，我不是画家呀，我是描父亲的画，不是创作，我不算画家，我不是画家！"丰子恺先生为完成对弘一大师祝寿的承诺，之后是借画表达对老师的怀念，持续四十六年创作完成的《护生画集》共有六册四百五十幅画作，堪称经典。父亲去世后，丰一吟阿姨做了一件非常有意义的事情，从其中选取有代表性的作品，放大重画并着色，出版后广受好评。阿姨签字盖章送给我一本精装《彩绘版〈护生画集〉选编》，令我爱不释手。

在整理、出版父亲著作方面，一吟阿姨倾注了毕生所有精力。除了打理家乡石门的"缘缘堂"故居,陕西南路长乐邨"日月楼"旧居以外,为了弘扬丰子恺先生的文学艺术成就,传播他的人间大爱思想,一吟阿姨曾有一段时间每周六都出现在长宁区天山茶城一间租的小铺子里,那里有丰子恺先生的著作、画册、条幅以及一些文化衍生纪念品。一吟阿姨镇店,在那里接待来自各地的热爱丰子恺的书迷、粉丝,她对普通读者的耐心、善意可见一斑。

桐乡石门丰子恺故居是文艺青年最喜欢朝圣的地方,丰一吟阿姨每年清明会去祭拜父亲,参加当地纪念丰子恺先生的活动,到全国各地为父亲开画展。

前年我有一次打电话给她,一吟阿姨思路清晰,但是她说,你有事还是发短信比较好,因为她记性太差,前脚讲好后脚忘记。于是我短信问了几个与我妈妈有关的问题,她回我道,很多事都忘记了。

2019年元旦刚过我叩响丰家大门,一吟阿姨气色很好地坐在转椅上正看电视里播放的京剧《铁弓缘》,女儿小明与保姆整天陪伴着她。遗憾的是阿姨已经不认识我了,听到我报上妈妈与大姐的名字,阿姨也说想不起来,她觉得很抱歉,过了一会又问我,喃喃自语说,名字怎么听上去那么熟悉。她看到我涂的红指甲,兴奋起来,像孩子一样指着问,你为什么要涂得这样红？我说，要过年了呀。阿姨摇摇头不大苟同，她站起来要回房间看电视。

晚上小明发给我一段视频，一吟阿姨在家里拿着歌本唱弘一大师著名歌曲《送别》："长亭外，古道旁，芳草碧连天，晚风拂柳笛声残，夕阳山外山……"听她清晰响亮的歌声，见她微笑着宛如儿童的澄明神态，我不由得泪水溢满了眼眶。

过了年，一吟阿姨就九十了。

2020 年 7 月

躲在信后的母亲

我母亲是宁波籍的上海小家碧玉，18岁那年嫁给当作家的父亲，从文青变成父亲的贤内助。母亲毕业于新闻专科学校，一生在出版社当职员。

母亲以当职业女性为傲，她不爱且不擅长做家务，也许是觉得干家务活这种劳动不需要多少智商。母亲喜欢阅读，喜欢看戏看电影，喜欢听人讲与文化有关的事情，她最爱的是动手写信。

父亲去世时母亲54岁。我们兄妹7个支援内地，支援边疆，上山下乡，分散在全国各地。母亲孤独留守在上海，用手中一支笔，靠写信将四川北路老家变成儿女们的世界中心。

母亲的字端正圆润，信写得平实朴素。她称呼我们名字中的一个字，比如写给大哥是建儿，写给我是明儿。信的开头总是聊聊天气情况，接着讲讲国家大事，随后通报家内新闻，从大哥的近况开始讲，老二老三老四逐一排队，分述各人简况，然后是针对收信对象的专题，最后才谈谈自己过得怎样。虽然是措辞和缓、格式重复的"老三篇"，但母亲写得简繁有序，重大事情讲得仔细一点，转述时有人物情节有细节，加上自己的评议，让我们得到母亲信息的同时，分享了兄弟姐妹的喜怒哀乐。

人生的路怎么走，是成长年代最苦恼的事情。我们的母亲并不是一个有主见的人，父亲在的时候，家里都是他做主，父亲不在了，母亲只有把我们 7 个人面临的难题、困境在信中罗列出来，供我们思考。入团入党，调动工作，返城，恋爱婚姻，领导同事朋友关系等等，一年三百六十五天里会有那么多细细碎碎的烦恼，有那么多事情需要抉择，每人每月一件烦恼，7 个人不是得近百件。母亲慢吞吞细水长流地以自己的方式教育我们，她给我们的建议一直是开放性的，残酷青春期中有这样的母亲陪伴，甚幸。

在那个传统文化式微、教育缺失的年代，母亲的信是我的替补教科书。18 岁到 25 岁我在农场种地，每天炊烟升起，下工走在田埂上，身子是劳累的，肚子是饿瘪的，灰暗情绪中，农村四季更替的自然美景从来不懂得欣赏。可如果回到宿舍，床上躺有一封母亲的来信，我可以晚点去食堂排队打饭，先看信，满足精神世界的饥渴。

大量写信锻炼了母亲的写作能力，母亲晚年出版了她第一本也是唯一一本书《茅盾谈话录》，因为姐夫茅盾在母亲与他通过的近百封信中看到母亲的才能，曾鼓励她说，"你不必太谦虚，你的文字水平比一些高中语文老师要高很多"。

如果母亲活到今天，她不会排斥改用微信联络我们，我们家"老家团"微信群核心人物一定是她。母亲足不出户就可以通晓来自四十多位子孙后代的最高科技最前卫最文艺最美味的信息，每天都会有人变着花样哄她开心的。

2019年冬至日是母亲100周岁生日，我们兄弟姐妹以及第三代的代表一起去龙华烈士陵园看望她，书法家大姐夫带着他写的条幅也去了，每家都在家庭留言本上留下了大事纪要，留下怀念母亲的言语，这是母亲最想要的信息，您安息。

2019年5月

施蛰存住了半个世纪的"北山楼"

愚园路 1018 号是幢西式三层楼房，沿街约有四开间门面，位于愚园路上颇为著名的新式里弄"歧山村"弄口左侧。1948 年，中国现代文学大师施蛰存先生携家眷搬到这里住下，见证了中华人民共和国的成立。他在这幢房子里研读诗史，著书立说，经历了起起伏伏的人生波折，直到 2003 年以 99 岁高龄与人世作别，足足度过半个世纪。

施蛰存先生被后人誉为百科全书式的专家，他的著作涉及东方文化和中国文学研究、文学创作、外国文学翻译及研究以及金石碑版研究四个领域，那些令人仰慕的成就很大部分都是在愚园路 1018 号被他称之为"北山楼"的书斋中酝酿、写作完成的。

施先生二楼的书房朝南，写字台面向门，沿街墙面是一排四扇高大敞亮的绿漆木窗，他坐的藤高椅后面一排书架遮住了外框雕刻精美的西式壁炉，书房有落地钢窗，外面是阳台。岁月匆匆，愚园路街边粗壮的梧桐树黄了又绿，绿了又黄，它们并不知道整日相伴着窗内的老人是位中国"新感觉派""意识派"和"心理分析"小说的鼻祖，书房墙上挂着唐代大诗人孟浩然的对联条幅："微云澹河汉，疏雨滴梧桐。"

施先生刚搬到愚园路1018号时大家庭住的是整幢小楼，二楼三楼用作书房与卧室。那段时间里，他中断了现代派小说创作，随笔、杂文也减少很多，除了在暨南大学、光华大学、大同大学、沪江大学、上海师范专科学校等兼职任教外，以翻译外国文学著作为主，七八年内翻译了二十多本东欧与苏联文学作品。施先生1952年正式进入华东师范大学中文系任教直至退休。

1953年愚园路1018号底楼被邮政局征收，施先生所在二楼书房窗户一开市声扑面，施先生是个乐观的人，照样日日伏案笔耕不辍，经济困难时期会与爱妻散步去菜场买两块臭豆腐回家蒸来吃。他亦是一位趣味十足的上海绅士，关心时事通达人性。作家刘绪源称赞施蛰存是位大文章家，说文章家有三个要素，一是天赋，二是素养，三是趣味，而施先生在趣味上尤显突出，无论30年代创办《现代》月刊，海纳百川刊登不同流派作品，以期文学争鸣，还是自己写作上全才似的广泛涉猎。

1957年施蛰存被错划右派分子后，工资降级，被迫退出三楼全部两间住房，编译完的书稿不能出版。然他处之泰然，仍旧沉浸在喜爱的书堆里，外国文学翻译外，开始研究金石碑版之学，每每伏案到深夜。1966年，施蛰存家二楼也被人占，整幢房子搬进"七十二家房客"，施先生一家被赶入两个小房间，一间亭子间大约10平方米，冬冷夏热，大床一放所剩无几，薄壁之隔是抽水马桶。另一间是三楼晒台旁搭出来的阁楼，大约9平方米，施先生大量藏书只能堆放在室外走廊上。他还将楼梯当书架，两面列满书，中间留道只够过个人，收集的两千多件碑帖拓片存放于斗室中，孟浩然对联照样挂在墙上。

施先生此时已进入耳顺之年，坐在陋书房中再也望不见愚园路上春花秋月了，唯通过楼梯转角一扇狭窄小窗能眺见些许歧山村弄堂景色，他那颗敏感、柔弱同时又坚毅的心灵承受住了这一切未曾料到的变故。文学评论家殷国明写道："施先生是一个重视和追求生命品味与格调的艺术家，并把这种品味和格调熔铸到了自己的文学活动之中，形成了自己新颖、内秀、高格、婉转、精致、谐趣的风格，其中包含着中国古典温雅气息与西方文化的绅士情调。"是的，什么都无法阻止他对美的追求，天气晴朗时，施先生把藤椅挪到半边晒台上，晒太阳看书，把玩心爱的收藏品，他有几张人像老照片都拍摄于此。

1978年施蛰存先生终获平反，重新回到华东师范大学授课，带研究生，应邀至全国各地讲学、参会。阅读施先生著作年谱，我发现他自七十岁之后焕发的创作力完全不像一位患过癌症的古稀老人，《唐诗百话》《唐碑百选》《北山楼诗》等著作喷薄而出，重要的词典、文库、丛书由他领衔编选，同时，施先生那些睿智、慧黠的考古、思人、忆旧随笔经常刊登在报纸副刊上，为普通读者津津乐道……

我父亲孔另境是施蛰存19岁起结识的上海大学同学，一生挚友。晚辈甚憾，我直至1994年施先生九十高龄之际，才为服务的杂志社第一次登门采访他老人家，仅仅当面请益过两次，领略到他的博学、风趣与宽厚，以及不出家门、知晓天下事的本领。因为是"侄女"的关系，施伯伯在我面前显露出老小孩的调皮，流露出还有很多事情来不及做、没办法做的嗔怪表情。他送了我一只黄铜日本古董订书机，一方"长相思"图章留念。

2003年11月在龙华殡仪馆与施伯伯告别，之后，每当走过愚园路1018号，我都会抬头看北山楼的窗户，感觉穿青蓝色立绒长晨衣的施伯伯还坐在书桌前的藤椅上看书，右手边我父亲赠他的玉石烟缸上搁着一支未抽完的雪茄烟。

近年，愚园路1018号底楼邮局已迁走，如今改造成为新潮时尚，融文化、休闲、购物于一体的愚园百货公司。门口咖啡实验室飘来浓香,吸引很多年轻人排队买咖啡,坐上吧台高脚凳,面向愚园路划划手机看野眼。我驻足拍照,突然很想打包一杯最时髦的冷萃咖啡,上楼请施蛰存伯伯喝一杯。

2019 年 10 月

赏花的审美起源于童年

与舌尖上的味觉记忆始于童年一样,赏花的审美也起源于童年。我父亲是位风流倜傥的文人,在家读书、写作累了会到晒台上去换换空气,甩甩手。四川北路家晒台很大,砌了很大的花坛,花坛顶上有葡萄架,两棵葡萄树从左右向中间爬藤,夏天绿叶遮天蔽日,晚上乘风凉很舒服,有时我哥哥搭了行军床整晚就睡在那里。我们家种的是紫葡萄,看着它一串串从绿色芽芽变成珍珠,再撑大,颜色变红变紫。途中,小孩子免不了经常爬凳子上去摘来尝尝甜了没有,小哥哥脸被酸成皱黄瓜的印象直到现在仿佛尚在眼前。

父亲也喜欢种石榴树,石榴花艳丽丽地开,小石榴结了满树,好看却不能吃,因为从头到底酸极了。父亲不太种名贵的花,也许是失败次数太多吧。他对自己能培育出开满墙的蔷薇非常得意。我们家的蔷薇花朵比较小,粉红色与玫瑰红,父亲管它们叫十姐妹。说起十姐妹的时候他总是笑吟吟的,因为他生了4个如花似玉的女儿嘛。红色、白色、蓝色的喇叭花在晒台上层出不穷地开，无边的有边的，渐变色的都有。父亲撒种子的时候很随意，完全预料不到会开出什么颜色的喇叭花。父亲劳动观念很强，组织能力更强，他一般靠指挥就能安排他7个子女轮番在晒台百草园播种、施肥、拔草。我这一辈子一直没有学会父亲这种管理能力，只会自己动手干活，不管当主妇还是当主编都是如此。

父亲的老家是乌镇，在乌镇的东栅有占地十几亩，曾经闻名乡里的孔家花园，那是父亲的曾祖父庆增公倾一生心血建成的，取名为"庸园"。父亲有一篇散文《庸园劫灰录》详细记载了他在庸园度过的美好童年，那时花园的繁茂昌盛以及孔家花园被日本鬼子烧毁的过程。记忆中曾祖父教父亲辨识花草时他是不耐烦的，然而就像鲁迅先生笔下故乡的百草园一样，庸园寄托着父亲深入骨髓的故乡情结，离开乌镇后他每每夜半梦回最思念的就是那所园子里的山石楼台，那些果树与花木。

父亲在上海晒台上盆栽了海棠花、鸡冠花、夜饭花、菊花、瓜子黄杨、兰花以及不知名的花草，肉头很厚现在被爱称为"肉肉"的太阳花、仙人球更是贱命一条。哥哥姐姐看见我喜欢的含羞草会弄来种下逗我玩，而实用的丝瓜、南瓜和扁豆、芝麻、辣椒我们都种过收获过。如此数下来，晒台这些花草中几乎没有名贵的品种，多属于常青的，开花的，结果的，热热闹闹朴朴素素，这就是我老家的"百草园"，它的美与丰富，深深滋养了我的童年。

2017 年 2 月

本人特长

人一辈子要填很多履历表，表格上势利眼似的总有一栏"本人特长"，也没规定是什么方面的特长，在学外语还没流行的年月，大多人默认是文娱方向，真不知有多少英雄好汉为此抓耳挠腮。说起来心病一块，我从小就是自认没特长的自卑女孩。

记得我上小学没多久，国家就业形势就不太好了，社会青年很多，家长们眼看被啃老，着实有点着急。有条件的家庭未雨绸缪，提前让学龄孩子学一样技能，车刨钳当然是不会去学，谁爱当工人呀，当然是搞文艺风光啦。于是有的学拉小提琴，有的弹钢琴；条件差的学个手风琴，再差买个口琴吹吹。只有跳舞和唱歌似乎不用物质投资，只需挖掘自我肉体的潜能。我有6个哥哥姐姐，爹爹一直没有操心过这类事情，也许是形势紧迫，爹爹终于把眼光落到我头上来了。其实我的心里是很想学跳芭蕾舞的，那时候，小学里就有传说。好好地在上课，教室门"砰"地被打开了，上海芭蕾舞学校的老师来学校挑人了。不知道他们是怎样的标准，传说中看黄金比例，九头身什么的，总之腿要长，脑袋要小，发育以后不会横度里长胖，只是会长得瘦高瘦高的。

我天天睡前会幻想一下被芭蕾舞学校看中，抽出去学跳舞。因为我是班级舞蹈队的，手腕很软，韧带倒不是很松，八字开趴起来会很痛，踢腿三天不练就踢不到耳朵旁边了。但是我想真的被选上的话我会用功的。这样的幻想泡泡很快就破灭了，我所在的是民办小学，姐姐们说，不要做梦了，芭蕾舞学校是绝对不会到民办小学挑选学员的，区重点、市重点，他们选择余地大得很。

而且爹爹说，他舞蹈界没有熟人可以事先学两招，要是学唱歌，说不定绕几个弯能托到音乐附中的老师，而最最可能的是他的麻将老搭子周伯伯家隔壁有一个小学音乐女老师，与周伯伯关系很好，明珠可以先去给她看看，学学唱歌，到时候去考音乐附中。

周伯伯就这样成了我的介绍人。不料来到音乐老师家一看，那位气质很优雅的女老师就是我们小学教音乐的朱老师呀。朱老师教好几个班级，她不认识我，我认识她呀。再而且，在我前头，她已经收了一个开小灶的女学生，知道是谁吗？就是我们班上的中队主席陈每每。说起陈每每我气不打一处来，她的中队主席位置原本是我的，我在班级里学习成绩好，威信一向很高，选举中队长时全票当选。结果老师却让我当中队学习委员，让票数比我少的陈每每当中队主席。班主任是这样对我解释的，她说，中队主席是空名头，能力差没关系，而中队学习委员、体育委员、文娱委员、劳动委员都是实打实需要领导能力的，只要你们几个有实力的把各自的工作做好，向中队主席负责就好了。我简直目瞪口呆，这什么逻辑！

最最让我胸闷的，还不是这些都已过去的事情，而是，陈每每唱歌不比我唱得好，喉咙发出的声音那么轻，朱老师却说她唱得好听，有乐感。而我呢，朱老师风琴一踏起来，我就心里乱糟糟，张了嘴巴不晓得唱的是什么。我没有自信心，神经却来得敏感，陈每每比我早唱比我晚唱我都要计较，朱老师朝她笑一笑我就心痛。陈每每齐刷刷的短发，白净的后颈脖，笔挺的后背，我在朱老师家客厅候场时，两只眼睛大概在喷火吧，如果我身怀气功的话，陈每每就倒霉了。

学唱歌没几个月，好像就是音乐附中招生，我发现陈每每被朱老师暗地叫去加班加点练习，却没有我什么事儿，相当气馁非常气馁。可是看我爹爹的眼色却像没事人一样，也许是周伯伯早就将朱老师对我的评价转告他了，朱老师就像周伯伯的女神一样，借着引荐我，他进进出出女邻居家，家里的老婆只有干瞪眼的份。我爹爹心里可亮堂着。

我就这样什么特长也没，贴着墙根儿长大了。变成青年后下乡在农场种田，农忙时，每见到场部小分队那些腰间扎着宽皮带，削肩柳腰的唱歌跳舞女孩来慰问我们，心里真酸涩。人到中年，常有一些文学笔会、春节团拜之类的活动，我坐在角落里手心捏着一把汗，就怕被人一把拎出来当众表演。有一年我参加市里的民主促进会党派活动，也许表现得太活络，居然被一群陌生人一致推举代表小组出节目，急得我。文娱表演最容易的当然是唱歌，可唱歌我属贫下中农，脑袋顿时空空；想着就背一首名诗吧，一着急开头那句无论如何想不起来；总不见得学猫叫狗叫吧，那可太丢人现眼。当时我每周在报上写美食专栏，结果就厚着脸皮上台介绍"咸蛋皮蛋炖鲜蛋"的做法。落得个什么下场知道吗？此后遇到那群一起开会的人，都没记得我的名字，一个大律师索性高声招呼我：咸蛋皮蛋炖鲜蛋！

现在我吸取教训，皮夹子里永远有一张小纸片，是海子的一首短诗。由于我"时刻准备着"，坐在活动现场我笃笃定定，总会有心思嗑瓜子，脸上也笑得自然，所以，再也没有被抽中上过台。

2014年6月

四川北路小文艺

上海四川路是一条狭长的马路，四川中路由外滩起头，到天潼路止，往北走属于虹口区四川北路。四川北路特别长，向北蜿蜒、伸展到虹口足球场。我出生在四川北路中段，在那里生活了三十年，感情颇深。

少年时，去外滩是件大事，去徐家汇事更加大，好像奔郊区了，我的生活围绕四川北路，吃穿住不必说，文艺生活自然也在周边寻觅。

与很多少女一样，我打小就自卑，觉得自己长得又黄又瘦，穿的都是姐姐的旧衣服，一点也不好看。我那爱摄影的爸爸难得让我当模特，可我不满意照片上额头很高、鼻子很塌的形象，我常常去照相馆扒着橱窗看里面的美女，羡慕得流口水。

四川北路上有不下四五家照相馆。其中最有名的有两家，一家在武进路与海宁之间，店名原先叫"蝶花"，后改成"英姿照相馆"。还有一家在虬江路附近群众影剧院对面，叫"艺林"照相馆，后同样被改成更加革命化的"鲁艺"。如今我们还习惯叫老店名,翻老照片,我和姐姐们拍得最多的肖像照,下方都印着"蝶花"与"艺林"的花体字,相当优雅,十分亲切。武进路、武昌路、横浜桥附近还有三四家小的照相馆,现在已经记不起店名来了。

不论多大的照相馆都有橱窗,经常摆出美丽的样照。那时候人们不讲究肖像权,不像现在,动不动就打侵犯肖像权的官司。那时候你去拍照,照出来效果好,被摄影师选中当橱窗模特儿,开心还来不及呢。我们小姑娘都非常羡慕这些挂出样照的女孩子,这样的女孩子在周围很快就成名了。在学校里,在弄堂里会有很多人特地走近去仔细看她,哦,是她!就是她!走在马路上也会有人点点戳戳的。

我去得最多的是离开我家弄堂口三四个门面的艺林照相馆。艺林的玻璃橱窗特别大,晚上射灯光打得铮亮,将放大照片中的模特儿烘托得更加美丽了。艺林照相馆的大堂装饰得很有艺术氛围,橙色系温馨浪漫。店里摄影师是位帅哥,衣着洒脱,长得十分西化,手指细长而白皙,他老婆是我们弄堂里最漂亮最嗲的女人朱老师,朱老师在弄堂口幼儿园工作,表情慵懒,什么都不在乎的样子非常迷人。

小姑娘喜欢做梦,我每天去看照相馆橱窗,再回家照镜子,久而久之自信心曲线上升,相信凭自己的脸蛋加上摄影师的灯光技术也可以获得成功。我经常装作有事的样子推开照相馆厚重的玻璃门,走进去,慢慢浏览墙上和柜台玻璃板下压着的照片,1寸的2寸的报名照,光边的,花边的,艺术照,全家福,横的竖的各种各样。眼睛在看柜台,心里慌慌地,希望摄影师突然发现我的美丽,叫一声:小姑娘侬来!拉我进去拍样照,然后挂出来。可惜脑子里放映的场景一直未变成现实,在店堂里盘桓久了,会引起柜面开票店员的注意,他们眼睛一瞪,我立即逃出去为上策。

读女作家王安忆小说,看到她写上海姑娘小时候零用钱少,热衷于去拍价格低廉的咪咪照,不禁会心一笑。咪咪照尺寸真是上海话说的"咪咪一笃笃"小,它不是一本正经的报名照,拍摄时可以头上披块纱巾,稍微侧个身子。小归小,照片四边也轧出花纹,也印有照相馆的花体字,反面写几个字就可以互赠小姐妹,时尚又浪漫。

但是大照相馆不做咪咪照这些小生意,那就得去四川北路武昌路附近或者海宁路一带去找小照相馆。老家同在四川北路的王纪铨老师是男生,他的记性比我好,他回忆说:海宁路近吴淞路上有一家小照相店叫"岷山",拍一寸证件照价钿比蝶花(英姿)约便宜一半。小学毕业照很多同学在岷山拍,我却在蝶花拍,被同学说"屋里厢钞票多",当时很有"犯罪感"!

哈哈，那就对了，岷山是肯为小姑娘拍价廉物美咪咪照的呢。

四川北路小文艺的地方还有很多，比如电影院、剧场，比如工人俱乐部……

2017 年 10 月

爱书人都有开书店的梦想

爱书人似乎都曾经有过开一家书店的梦想，小小的占地，满满的好书，安静的环境，投缘的读者，加自己案几上一杯清茶，足以度过理想中的每天每日。

事实上，能够开出梦想中小书店的人极少，其中能够坚持下去，直至今天仍然开门迎客的已属珍稀品种。所以，当我们一行为了参加赵丽宏老师新诗集《我在哪里我是谁》首发式，来到位于松江泰晤士小镇的"钟书阁"时，领略647平方米的营业面积，近5万本藏书，2万种图书的排场，等进入传说中"最美书房"会场时，见到一群书店精英，简直叹为观止。

泰晤士小镇多年前我去过几次，英式的建筑设计，欧化的庭园街道，营造出世外桃源般的居住环境。那里距离上海市区比较远，当时还不通地铁，据说入住率不高，只是吸引了很多游客。这么美的景色因不设门票，吸引了众多新人前去拍摄浪漫婚纱照，到后来，泰晤士小镇以婚纱拍摄基地闻名，有点让人哭笑不得。

直到前两年,"钟书阁"横空出世,以英国老派绅士的气派外形,艺术新颖的布局设计,巨量藏书,现代化经营服务理念一举赢得交口称赞。明显提升了泰晤士小镇的文化品位,使上海以及江浙沪一带的读书人以没去"瞻仰"过钟书阁为耻,"最美书店"坐落于最美环境,以高雅文化引领人尊重知识,学习知识,踩在巨人的肩上,人们将看得更远。

我爱书店,去国外旅游时寻访过不少当地书店。在日本东京我常去神田,找到那条著名的神田书店街,才发现那么狭窄。可是除了大出版社大书店卖新书以外,居然有160多家旧书店,低调精致各具特色的小书店镶嵌在其中,吸引来自世界各地的爱书人。

去美国东部波士顿哈佛大学朝圣,记得是下着大雪的一清早,天蒙蒙亮,下车后冷得发抖,我一眼就看到了著名的哈佛书店,还没开门,只有暖色的路灯打在玻璃窗上,趴着看一会儿,拍照留念。洛杉矶的大卖场书店没有特色,而小型书店与我们国内一样,陆续被迫关闭,大甩卖的字样贴在那里,令人沮丧。美屋不能缺少好书,一次在达拉斯植物园参观,整个花园豪宅是一位发现德州石油的著名地质学家所有,豪华的房间里最瞩目的就是满墙壁精装图书,这批财富在地质学家去世后都捐给了当地政府。

我在想，随着人们文化消费习惯的改变，实体书店功能必须随之改变，一切无节制的哀叹都是浪费时间。诚品书店的经营模式与先进理念为大家所崇尚，现在上海有了钟书阁，参观下来，我深深感到，这是一家有良好发展前途的书店，是值得我们期待的优秀民营企业。金浩董事长愿意"用生命作为赌注，用身体作为代价"做好钟书阁这个书店品牌，我们绝没有理由让他孤独。

2014 年 6 月

那一场场家宴

说到"家宴",眼前首先出现一张菜单,钢笔字,竖排,列着冷盘、热炒、大菜、点心,分类下是一道道令人垂涎的菜名,四季不相同。睹单不仅思菜,还思人,那消逝久远的一场场家宴,一位位亲朋好友的模样,乘着祥云,纷至沓来……

我父亲是个文人,爱喝点酒,他老人家儿女多,朋友多,逢年过节总要办几回家宴。父亲自己虽然不动手做菜,但策划、组织、指挥能力极强。他按照外面下馆子吃到过的美味,脑子里存有的家乡传统菜式以及各任保姆带过来的拿手菜,拼组成我们家海纳百川的家宴菜单。

家宴前两天,由父亲运筹资金,分配活计,按四季时鲜排出菜单,发动全家上下贯彻落实。家宴相对平日三五小酌要严肃得多,得有菜单,这个活我爸当仁不让。写字台上铺张白纸,蘸水钢笔刷刷写下。父亲的字笔画威严,略微倾斜,显示出老人家说一不二的性格，指令排山倒海，像皇帝御诏似的颁发下来。

一年中最隆重的家宴就是过春节那几场，菜单上一般写有八冷盆四热炒两个大菜一个暖锅，点心一干一湿，干的是八宝饭或松糕，湿的是酒酿圆子或者水果甜羹。

冬季冷盘里有些是需要提前准备的，比如鳗鱼鲞、酱肉、酱鸭、风鹅需要腌制与风干，醉蚶、咸蟹也要托人从外地搞来。物资困难时期，还需要早早地储存起皮蛋和花生。如果是花生，会去菜场讨一碗咸菜卤连壳煮，是花生米就油氽，装盘后撒点椒盐下酒吃，父亲喜欢叫它"油氽果肉"。我爱抢着去剥皮蛋，先敲开糊在鸭蛋外面的糠与泥，去水龙头冲洗，再轻轻敲开蛋壳，小心剥出松花朵朵，软咚咚的皮蛋来，一只小手托着，另一只手拿把小水果刀划开，因为皮蛋太嫩常常会弄得不成样子，那是很令我沮丧的。有时候只能眼瞧腾出手来的保姆用根缝被子的白线，一头咬在牙缝里，一头绕在手指中，将皮蛋转几下，稳稳地切割完毕，看得我醋意横生，自暴自弃地走开去玩。

有些菜是市面上新近流行之后，被添加上菜单的，比如金瓜拌海蜇。金瓜一剖二，上笼蒸熟，用调羹一刮细丝纷纷落下，那一年这只两拳头大的崇明金瓜横空出世，被上海人惊为天瓜，将它请上宴席，当场刮丝，变戏法一样博人眼球。金瓜凉拌海蜇丝脆脆的，味道真不错。还有些白斩鸡、风鹅、酱肉如今司空见惯，可在当年却是家宴上压阵的冷菜。

日子一到，我家八仙桌四边一抬一转变成圆台面，除了父母与7个子女，我那位单身一辈子的叔叔会从江湾赶来，父亲的老学生，同样单身男人也会得到邀请。其他的组合也有，父亲的老朋友，母亲娘家的亲戚。只要父亲有意办个家宴，哪怕市场上物资再匮乏，我们家经济再困难，他总能想出办法摆出一桌比较体面的家宴。

记忆中，大家庭宴席总是笑语阵阵。父亲惯于家长作风，对母亲和子女总是批评多过表扬，而我叔叔早年丧母，对嫂子感情上不免多点依赖。我父亲就会在酒喝到酣畅时，调侃他兄弟对嫂子的体贴，学叔叔每次来家里上楼时一路叫"嫂嫂呀嫂嫂呀"的声音，那带点乌镇家乡口音的叫法让父亲一夸张，真是好笑得不行。母亲照例面红耳赤嗔怒，叔叔连连摇手不承认。叔叔搞不过他哥，只好掏钱出来给我们发压岁钱，那是家宴的最高潮，因为那是我们小孩子期盼了一年的时刻，拿了钱便放下饭碗作鸟兽散。

等到孩子们长大，父亲身体衰弱，金钱与体力都已不足以支撑，叔叔也去世了，热闹家宴不复再现。有一年，我那酷似父亲的二哥20岁生日，由小兄弟们集资操持，轰轰烈烈摆了两桌宴席，那个故事我写过一篇《20岁生日派对》的文章，朋友说，读上去有点悲壮的感觉。

陆文夫小说《美食家》中，很详细地梳理过苏州人上饭店吃，在家里开宴席，又回到饭店吃，再精心制作家宴的过程，写出了人们美食生活随经济发展的起起伏伏。上海人同样如此，一开始是饭店难得进，因为在家请客省钱。改革开放后，单位、个人资金流动大了，去饭店吃请有派头，直到吃饭应酬变成负担。大家明白饭桌上交际说些段子其实是生分，真正的好朋友说真心话，还得请家里来。那时，上海人家居住环境有了改变，再也不是卧室书房客厅一锅煮了，于是待客的最高规格回到办家宴。

1988年我家先生出国留学，好朋友请我们去他们家，学饭店将活杀河鳗切连刀块，盘在大盘子里清蒸；自己研究配方，做的熏鱼比老大房还好吃。当时微波炉是高级时新货，隔壁人家刚用出国指标买来，朋友把茭白毛豆用油拌一下，保鲜膜封好，端去隔壁敲门让用微波炉转一转，揭晓后我们发现，高科技不如土法铁锅炒出来好吃。

那场女主人费心安排的家宴吃得我一辈子都没有忘记，最后，她从衣柜中拿出一双友谊商店买来的，皮质柔软分量很轻的意大利皮鞋送给我先生，祝愿他出国的路走得轻松一点。男主人仗着自己年长几岁，以老大哥的身份语重心长地对我先生说，发达了之后不要忘记糟糠之妻，这一下，终于把抱着孩子即将成为留守女士的我惹出了眼泪。

八九十年代"文青"常常聚会，大家都穷，似乎只有每人带个菜聚餐的活动，谈不上家宴。我记得文友们到我家，席地而坐，将一只方形海绵沙发翻过来当矮桌。我做几个简单的菜肴，大家吃些带来的冷菜，喝酒碰杯聊文学，不揣简陋，吃得非常开心。年轻人心里热火，没有心思惦记父辈家宴的种种成规旧习。怀旧，我们还太年轻。

爱摆家宴的人家除了爱吃，会吃，一定也有一颗善良的心，用现在的话说叫爱分享。

一位女友搬了新家，请我们去吃饭。估计搬家已掏空了银子，他们家没准备什么好菜。她见桌子上有些冷场，把她先生，一位大学教授叫起来，说你不是冬瓜皮炒得很好吃吗？你去厨房添一个葱油冬瓜皮。只见他先生讪讪站起，冬瓜皮能吃吗，我们都有些惊讶。嘻嘻哈哈跟去厨房，看教授在案板上，先是小心刮去冬瓜皮上的毛，然后细细地切成丝，起油锅放了葱油炒。老实说，那盘冬瓜皮真谈不上好吃，可是大家给足女主人的面子，都夸她老公变废为宝，本事大。

大概过了十多年，这些文友已不太来往。一日兴起，我联络大家提议再聚一次，我们搞个文学朗读会。到我家，先吃饭，我准备了比十几年前丰盛很多的一桌菜，鸡鸭鱼肉都有，没想到不知是年龄上去的缘故还是互相变得有些生分，菜剩下好多。

胃口不再，情怀尚余。客厅里坐定，每个人朗读一段准备好的文章或诗歌。我朗读了一段美国作家卡佛的短篇小说选段，故事朴素而忧伤，结尾出乎意料。屋子里安静得出奇，有微微叹息声，感觉回到单纯的文青岁月。我家宅猫咪咪噜起先躲着不肯出来，此刻蹑手蹑脚现身了，一定是它嗅到了这些理想家身上人畜无害的气味。咪咪噜悄没声息地走向一张空矮凳，腾地跳了上去，端正坐坐好。女友们被新参与者惊呆，呆愣片刻，同时爆发出刺耳笑声，把咪咪噜吓得一溜烟跑了。

2005年我开始在报刊杂志写美食专栏《孔娘子厨房》，原本小家庭关起门吃谁也不知道，开了专栏后，我的厨艺公开了。每发表一篇文章，就有人打电话给我，相熟的朋友怀疑、不服气的占了一半，不太认识的网友更是好奇，常常有人放话激我，孔娘子，啥时候烧一顿给我们吃吃，我们才服贴！

为了证明我烹调文章所言非虚，我前后开过两次家宴，一次在自己家里，接受出版社责任编辑检验；一次是利用别人家的厨房，做给几位大佬试吃，企图用他们的公信力来堵别人的嘴。

在家做的那次是春节过了大半，知道大家"年饱"，菜肴设计简单，素菜为主。日式玉子烧获得满堂彩。芦蒿炒腊肉、杭椒豆干、蒜泥刀豆、芦笋培根卷、美芹目鱼、蒸臭豆腐、豆豉炒花蛤、醉蟹、卤牛肉……都很家常。来了5位出版社朋友，我先生很给我面子，一起设计菜谱，烧菜时当帮手，有几个菜还抢着烧，饭毕朋友说："待《孔娘子厨房》这本书出来后，接下来出本《孔相公厨房》吧。"

在作家、评论家吴亮家做的一次家宴给我的印象更深，不是菜做得特别好，而是人特别紧张。那天到场的有互联网文学网站开山鼻祖陈村，还有现代派小说家孙甘露等见过大世面的人。

前一晚我心神不定，复习各种烹调细节，翻来覆去睡不着。菜单拟定如下：菠菜虾米拌笋丁、美芹冬笋炒凤鳗、清汆文蛤、文蛤汤炖蛋、白菜金针菇火腿丝、油焖茭白、玉子烧、梅菜基尾虾、玉米排骨火腿汤、炸番薯小饼、豆腐味噌汁。

第二天进到陌生的厨房，灶台锅碗瓢盆擦得雪亮，油盐酱醋一应齐全。可怜我竟然慌了手脚，只感到锅子、铲子都不顺手，盐不是我常用的盐，灶台灯也欺生，突然熄灭了。于是，茭白味道太咸，基尾虾不够入味，连最拿手的味噌汁也不好喝。

尽管我的菜做得并不好，大佬们捧场的话却说了很多，我边做大家边吃，陈村说，梅兰芳唱堂会他帮不上忙。孙甘露说，明珠你家天天吃这么精致的小菜呀。而吴亮这个主人更是忙碌地相帮。他们的解围使我很开心,可是回到家,把做的菜一一"复盘"后感到洋相出得太大,后悔莫及。唱一场家宴堂会真不是一件容易的事啊!

社会飞速发展,人们渐渐对吃的内容淡化,对吃的形式重视,家宴因温馨的气氛,贴地气的菜肴搭配,用料可靠,客人间交流的更轻松仍然受到很多人的喜爱。

然而做一场家宴确实很累,购买材料,厨房准备,都需要有人配合。幸好现在有了自办家宴的去处,就是饭店包房内带DIY厨房。我借那样的场所办过几次,有出版新书的答谢宴会,有朋友聚会。订包房后只要提前沟通好要做什么菜,开好备料单,店里会购买以及清洗,提供服务生。有时我网上采购直送包房内的厨房。近傍晚时,我干干净净奔赴饭店,做准备工作有帮手,人要轻松很多。有一次还引来电视台跟拍纪录片《寻找上海味道》,编导直夸上海人聪明高雅会生活。

我还在朋友的小酒店办过年底忘年会,来了十多位同事,我现场做关东煮,炒蔬菜。白切羊肉与生鱼片是买现成的,只须装盘,再点一些店里卖的美味,大伙儿过了一个愉快的晚上。至于美食爱好者合伙办的家宴就更好玩,也更轻松,人人都能献艺,主人只需提供场所。那样的家宴最高潮是吃到一半,各自通过手机发微信朋友圈，当海量美食图片瞬间得到来自世界各地的反馈时，尖叫与大笑。

几十年来，我吃过、办过多少场家宴啊，回溯那一场场流水似的家宴，好像串起了我的人生，出生，长大，成熟，变老。

我很喜欢台湾女作家林文月，她长得美又满腹学问，是台大女教授，做古典文学研究，翻译过《源氏物语》，出版了《京都一年》《三月曝书》等很多优秀散文集，她的美食散文集《饮膳札记——女教授的19道私房佳肴》我读了很多遍。林文月经常办家宴招待她尊敬的长者，从采办原料到泡发山珍海味、上灶料理全部亲力亲为。她在书中详细写了原材料的重要性，比如寻觅干香菇中的金钱菇，那种个头很小，但是香气四溢的小香菇。《潮州鱼翅》写了分3次泡发鱼翅的方法，还有高汤是怎么吊出来的，萝卜糕是怎么做的，过程细腻繁复然而林美人却是津津乐道。林文月招待的客人鼎鼎大名，有她的老师台静农、孔子嫡系传人孔德成、《城南旧事》作者林海音、著名散文家董桥等等，她保存有每次家宴的卡片。林文月说，那是因为在长期的教学研究生活中养成了做卡片的习惯，刚开始她光记下菜单，后来添上日期与来客名字，以避免亲戚朋友到家里来，每次吃到同样的菜肴。我不禁叹息自己的疏忽与懒惰，如果我从小就有这样的好习惯，等积累到办不了家宴，吃不下美餐的年纪，打开卡片，抚摸那些菜单，记起那些远去的朋友，该是多么忧伤并快乐的时刻。

当然，现在我有微博、微信上的记录，只需输入关键词搜索，资料便会跳出。但是与林文月当年，与我父亲当年相比，在家宴上发生的变化不仅仅在菜式上，人与人之间相处方式也发生了很多改变，老一辈那些为一啄一饮细细思量的古老情谊变成传说，想起来还是让我微微心痛。

2017 年 12 月

绍兴路上的青葱岁月

多少次梦回绍兴路，都是从绍兴路 5 号那个拱形门一个长镜头摇出来。

那是 1979 年 4 月，我与妈妈两个人出了绍兴路 5 号上海出版局的大门，沿着绍兴路往西走。我们走得很慢，那年妈妈 60 岁，在 25 岁的我眼里已是一位老太太。妈妈身材有点胖，她个性温和，安分守己。我挽着妈妈的臂膀，抑制不住的激动。

刚才我们走进的出版局那幢楼，原属于旧上海南市电力公司老板朱季琳的花园洋房。踩着宽阔、铮亮的楼梯上二楼人事处时，我手里拿着离开上海郊区奉贤星火农场的正式人事调令。妈妈手里拿着上海市有关部门发给她的一张通知，写着父亲孔另境即日起平反昭雪、恢复名誉，为落实政策，允许一位子女顶替进出版局工作。

现在我们办完手续出来了。

我挽着妈妈往前走，妈妈的脚步有些踟蹰，她出门时对我说，难得过来绍兴路一趟，办完事我去看看出版社同事。妈妈五年前，55足岁不到时已经提前从上海文艺出版社退休，我想她是在犹豫到哪里去找她的老同事，因为在绍兴路上有三幢楼内设有文艺出版社的办公室，绍兴路7号、54号、74号。妈妈退休后去北京住过一段时间，疏于联系老同事，她不清楚校对科现在在哪幢楼，她的老同事，与她有点交情的那几位还在不在办公，见了她会不会热情？

我们刚才办完了一件大事，妈妈将她在农场务农7年的小女儿调回了上海。可是，出版局人事处的办事人员在盖了几个章后对我们说，最近来落实知识分子政策的知识青年有不少，出版局规定统一分配。其中可能是去新华书店，也可能是下印刷厂，很少量的进出版社。妈妈听后啜嚅了几下，她一向羞于求人，也知道求办事员的结果很大可能是自取其辱。

我初中毕业在郊区农场种了7年地，吃了不少苦，可还是有点长不大的样子，25岁的人梳两根半长的小辫子，眼睛只顾好奇地打量这房间高挑的天花板，四周一米多高护墙板的墙壁，雪白石膏画镜线，真是气度不凡的办公室呀。我听到自己能去新华书店或印刷厂上班已经很高兴，进出版社我不敢想，太高大上了，我一个70届初中毕业生，凭什么进出版社，进去了可以干啥。

绍兴路很短，从东到西不足300米，它始建于1926年，以意大利国王"爱麦虞限"的音译名命名，1943年定名为绍兴路。当年，绍兴路的历史底蕴我一丝也不明了，只是一踏上这条路，我即感受到与住了二十多年的四川北路不同的味道，好像内心忽然变得平静下来，浑身的血液里，流动出很美的音乐旋律来。

绍兴路5号走出来没几步就是7号，那幢楼当时没有修复，外观比较旧，是上海文艺出版社的后勤部门，包括出版科、校对科、资料室等。我与妈妈刚走到7号门口，从里面出来一位年龄接近五十的男人，冲我妈妈很高兴地笑，问，老金你怎么来了，这位姑娘是你女儿吗？妈妈停下脚步，告诉他今天带女儿来出版局报到，尚不知会分配到哪里工作。男人一听立即说，来文艺社呀！

妈妈的想法与我差不多，也许我们家倒霉了十多年，已成惯性思维。她说，哪有那么好的事，如果分配到印刷厂，陆科长你比较熟悉，哪家厂比较好？这位叫陆季明的文艺出版社出版科科长高声怪叫起来，老金！这么漂亮的女儿怎么能去印刷厂，来文艺，来我这里，来校对科当校对呀！他大约发现自己表现得太激动太夸张，我会当他开玩笑，转而笑眯眯朝我说道："小孔，我是你爸爸妈妈的老同事，你爸爸老作家，你妈妈校对科'一只鼎'，你有遗传因子，当校对一定也会校得很好，我打包票，我马上就去74号人事科要人。"接着他又调皮地眨眨眼睛，低声补充道，你千万不要去印刷厂，那里的工人每天站着拣铅字排字，两只手墨墨黑的。我和妈妈听闻陆季明的话喜出望外，有点不相信自己的耳朵。陆季明科长不与我们啰嗦，真的径直往西去74号了。

我在家等了没几天就接到电话，让我5月正式到上海文艺出版社校对科上班。当时文艺出版社一社两块牌子，上海文艺出版社与上海文化出版社。说起来，我父母与上海文艺出版社渊源很深。1955年公私合营，我父亲带着私营"春明书店"并入上海文化出版社，任编辑室副主任。1958年上海文化出版社与上海新文艺出版社合并成上海文艺出版社，父亲任编审。而我妈妈是生完我以后，1955年到文艺出版社工作的，在校对科一直工作到退休。这样，我等于是知识青年返城来到父母的老单位"顶替"上班。25岁的我在上海闻名的文化地标绍兴路找到工作了，第一个上班地点是绍兴路7号二楼的校对科。

绍兴路7号为原中华学艺社旧址，是幢相当结实5层楼高的房子，二楼房间大而方正，走道与门厅都体面宽敞，大理石地面花纹优雅，镶嵌着金线。二楼门厅也很有气派，却摆放着不搭调的草绿色标准乒乓桌，每天上午10点与下午3点工间休息时，校对科、出版科男同事们会出来打球厮杀。女同事们出来到空地动动腿脚，甩甩手。我小时候是乒乓球队队员，看见打球手痒，但显然轮不上打球，便常常倚靠或者搂着旁边的欧风大理石抱柱看热闹。

当时7号三楼是资料室，藏品丰富，长条书架上密密麻麻摆满了好书。再往上有挑空很高的空间，布满了灰尘与蜘蛛网，不知干什么用，我曾经壮胆上去看过，空旷破败，最高处仿佛是戏台，也许是以前中华学艺社学生演戏的地方吧。

文艺出版社像我这样的顶替知青大约有七八位，分在编辑部的很少，大部分在后勤部门。我被分在校对科，能接触到文字，有一门专业技艺可学，我很满足，每天与妈妈的老同事一起兢兢业业校对书稿与文学杂志。果然如出版科长陆季明所料，我虽然学历低，但身上仿佛真有校对基因，捉错别字像捉老白虱一样，一捉一个准。妈妈那时还年轻尚有余力，有时，校对科长会让我带一份校样回家让妈妈帮忙赶工，是请她担任责任性较高的三校或者四读，那个称为"外校"，校对费按万字几元计件，可以得一点额外校对费。妈妈乐意做，在家校对时顺便传授经验给我，也讲一些出版社旧事，哪个是坏人哪个是好人，让我心里有数。

对于父母的老单位其实我在感情上有点复杂，可以说有爱有恨。记得我上幼儿园时被父亲带去过出版社玩，那是在54

号出版社花园里举办的一个联欢会。小小的人儿一点都没有心理准备，就被大人拉出来让当众唱歌跳舞，怕羞的我心慌意乱。父亲见状推辞、拦截都没有成功，可能大人以为是小姑娘都会跳舞，请你女儿跳是给你面子，推辞定是假客气。父亲救不了我，我含着一泡眼泪跳了个"呀呀（乱七八糟）舞"，心理留下阴影，一生未消。

我还记得，9岁时父亲办提前退休，出版社给了他一张职业写着"资方代理人"的退休证，1964年那年头讲究阶级成分，职员与资方代理人的差别性命攸关，父亲无论如何不肯收。他不断申诉，当年是怎样在春明出版社老板逃到台湾去后，书店无人负责，为了维持出版营业，为了那些职工生计，被大伙儿推上经理职位，无奈之下才应承代经理的，自己没有书店一丁点股份，从未拿过定息，怎么能算是资方代理人！父亲14岁离开家乡投身学运，考进革命的上海大学，1925年加入中国共产党，他不服。

我记得那些日子，家里的门槛快被踏烂了，每天下班后出版社都有人来与父亲谈心，软硬兼施让父亲妥协。以前家里有客人来，父亲总是喊我传话，让保姆倒茶、留饭，只有那些人来了，父亲没有好脸色给他们看。吵吵闹闹了很久，大约谈定了什么内部条件，父亲终于还是妥协，收下那本退休证。但是"资方代理人"这顶帽子父亲绝对不肯戴,我从小学到初中在学校里填表格,填到出身,小心地请问父亲,他一律坚定地说:职员!高级职员!

之后就是史无前例的"文化大革命"。家里来抄过5次家,来的都是我如今工作单位的同事,他们当年很年轻,是造反派。我记得很多细节,记得好几张脸。

我在绍兴路7号二楼校对科总共工作了5年。同时在那里当校对的,有改革开放后招来的复旦大学、华东师范大学中文系的大学毕业生,他们当校对属于下基层,有一年期限,随即便转入文学一室、文学二室、民间文学室、《故事会》等当编辑。这些大学生年龄比我大一点,一起当校对的时候听他们说校园,谈作家作品,非常羡慕。我没有上大学,心里很急,就去读夜校补文凭,暗暗下决心将来也要当编辑,要从7号跳槽去74号。

绍兴路很短,不通公交车,东头是瑞金二路,瑞金医院大门就对着绍兴路。左手边是一条大弄堂金谷村,中间有横弄堂可通往瑞金二路公交车站。绍兴路西头是陕西南路,右手边是黄浦区明复图书馆,原卢湾区图书馆,也是1945年中国民主促进会成立旧址。左手边是瑞金二路社区文化活动中心,也是一幢很漂亮的老建筑。

我每天早晨坐21路换17路电车建国西路下,面朝西,走去绍兴路7号上班，中午去54号大食堂午餐，下午三点去62号绍兴公园做广播体操。有时开全社大会，就要走到74号，那里有大会议室，弹簧地板，中间有移门，拉开可以开舞会。这条路上最多的时候有7家出版社，文艺社、音乐社、文化社、人民社、三联书店、音像出版社、百家出版社，还有新闻出版局。我很喜欢这条安静、清洁的道路和这条路上朴素却有特殊气质的居民。在我的散文与小说中，有很多片段是描绘这条路，这些人的。都说一个人的价值观、道德观、审美观在成人之前已成定局，我觉得自己11岁之后的记忆很糟糕，想揩掉十年，由绍兴路起步，建立三观，重新成长。

我们校对科在绍兴路7号二楼有两间办公室，我起先坐在大间，对座杨老师是带教老师。杨老师长得很福相，家里经济条件很好，是个说话处事潇洒的女子，她觉得校对没什么可教的，仔细就行，而我的妈妈是老校对，更是无须她来教了。我们校对科科长也是女的，她却相反，认定我们这些没有学历"顶替"进来的年轻人基本上没有读过书，她不放心我们，事无巨细，谆谆教导。在办公室里，她最爱说的就是她考进大学的两个儿子，一说起他们满脸骄傲滔滔不绝，办公室里总有那种爱打顺板的人，啧啧啧、哈哈哈声声刺耳，搞得我这个初中毕业生灰头土脸。

杨老师退休后，吴郡老师坐到我对面来了，他戴副眼镜，矮个儿，是个谨小慎微的人，肚子里学问很多，却从不大声说出。他常常一面校对一面讽刺校样里的错字以及错误的用法，那些搞错的历史知识。他低头叽里咕噜埋怨，用铅笔圈了拉出来，再打个问号在旁边。因为是校对员，尊重原稿是科长反复告诫我们的，一切都要保留原始证据，你不能擅自涂黑改掉，只能用铅笔提建议。看吴老师的知识积累不像生来做校对的人，他气呼呼的，怪现在的编辑素质太差，常识性错误都看不出来，不读书不负责，怒其不争。可是吴老师对我这个实际只有小学生学历的人却很好，也许是我们俩有缘。他说话急促又尖刻，因为压低声音，总像与我密谋什么事情，常常让我忍俊不禁。吴老师博览群书，一得空就抓本书，凑在鼻尖看。与吴老师熟悉了以后，渐渐忘了师道尊严，经常偷懒不查字典，遇到校样中的问题张嘴就问，长了很多知识。

我们办公室有十来张办公桌，众人工作时很安静，只闻纸张的翻动声。一开始我负责初校，规定是折校，就是底稿放在底下，校样折起来压在上面，一行行地对校，这样的死办法能够最大限度看出错字，但是很累。年轻人视力好，干劲足，我连续埋头两个小时也不怕。到了 10 点是休息时间，大家放下手里的东西，出去抽烟的抽烟，打乒乓的打乒乓，女人捞起绒线编织，吴老师看书，我出去透气。

70年代末80年代初，禁锢已久的图书出版逐步放开，文艺出版社出版了《重放的鲜花》一书，收录了很多著名老作家的散文，年轻作家的小说也开始出版。记得当时我们校对科负责几本文学杂志的校对工作，我在校样当中读到孙颙、竹林、王安忆、赵丽宏、陈村、王小鹰等同龄人的小说，非常新鲜好看，吸引我。在出版社，听到同事谈这些文学新秀，感觉他们在天上，我在地下，相当自卑。我从小爱读小说，在校对过程中有时读到好看的情节，糊里糊涂忘记了校对的责任。科长好像背后长眼睛的，她会猛然提醒道，你们不要光顾着看小说忘记自己是校对！

校对科老中青三结合，两头大中间小，年纪大的兢兢业业自是不用说，仅有的几位中年人出版学校中专出身，专业程度也高，只是我们一些年轻人，来源五花八门，有部队文工团退伍的，有顶替家长进来的，有中学毕业分配来的，也有去食堂里劳动过几年转入校对科的。到了改革开放后第一批77届大学生毕业分配来到出版社，人事科规定新大学生不能直接到编辑部工作，必须先到校对科工作一年。于是我们这些初中毕业生幸灾乐祸地看着当时在文学界已经崭露头角的几位年轻作家，每天乖乖地到校对科上班，从头学习怎样当校对员。

记得有一两位大学生对工作很认真,可另外几个看上去是藐视校对这门技术的,他们以为自己大学中文系毕业,改个错别字、标点符号什么的还不容易,还需要学吗?我们校对科有两个房间,科长在的那间寂静无声,隔壁那间经常欢声笑语。我不幸一开始就在科长眼皮底下工作,有时候到隔壁去送校样,看见他们经常举头嘎山湖,低头讲戏话,休息时间下棋、打牌,门口打乒乓,切磋交谊舞技艺,羡慕得很。

科长也知道我们的心思,她觉得需要收骨头的新手,不得离开她的房间,我坐在她身后,感觉她有特异功能,不转身就能知道我在做什么,甚至想什么。现在想来,校对科5年严格要求的经历对我非常重要,我必须得感谢在那里受到的管教,包括被揪出校对漏洞后的当众"羞辱",刺激到我的自尊心,使我奋起读夜校,考文凭。谢谢科长与老师们。

我一直以为,我在出版社10年自学与工作的经历胜过读一般大学中文系,甚至可说胜过拜在乏善可陈的教授门下读研。

我们出版社与我进社情况相同的青年大约有十来位,分散在各个科室,校对科算是不错的,分到后勤部门的也有,直接进编辑部的似乎只有一位。人都是那样的,刚刚改变处境时还很欣喜很满足,时间一长,横向比较之后就产生非分之想了。那时出版社有一些大学工农兵学员毕业后来当编辑,再往前一点有"掺沙子"（工农兵作为沙子掺入知识分子那个板结的泥土）进来的，要说知识结构、办事能力与我们这些上山下乡改造过很多年世界观的也相差无几，而他们能大模大样坐在编辑部写写弄弄，冠上了知识分子的帽子，为甚我们不能？这些蠢蠢欲动的不安分在基层岗位工作的苗头慢慢萌芽。

我妈妈是个性情温和的女人，从不奢望天上掉馅饼，她知道我的心思，常常旁敲侧击，让我踏踏实实工作，多读书。八十年代兴起了补文凭的风气，出版社人事科出面，组织我们把初中文凭补出来。想想真是可怜，我算70届初中毕业生，"文化大革命"是从我小学5年级开始的，之后其实根本没有读过书，不要说初中文凭，小学文凭也是没有的。

我与出版社一些顶替进社的，还有中学毕业后分配进食堂工作的同事一起嘻嘻哈哈补数学、地理等，初中文凭我很顺利地拿到。紧接着就是考高中文凭，这个稍微难一点，也只花了几个月时间就毕业了。人事科长董老师每次看到我总要称赞我几句，把我列为培养对象。那时出版社有团支部，我人比较敏感，总感觉虽然大家都是年轻人，但是当编辑的说话举止与当校对、当编务的不一样，与食堂里洗菜、卖饭的小姑娘比，我觉得自己高一等。社会层次约定俗成，势利眼自然发生，我也不例外。我从小当班干部，在农场里也是干部，一向在小环境里感觉良好。我暗暗下决心要改变命运，第一步父母将我从农田里救上岸，第二步靠自己。俄国作家高尔基有关读书的名言，我的抄写本上有很多，读书改变命运似乎就在面前。

我所在的绍兴路7号三楼整个楼层是资料室，藏书无数，眼前又有那么多学问知识丰富的编辑老师，在出版社这样的"圣殿"中，读书条件不是一个"好"字，而是三个字"太好了"。

八十年代整个社会读书气氛浓厚，我考出初中与高中毕业证书后，腰板也挺一点了。在我进出版社时，社长总编辑是姜彬先生，后来丁景棠当社长总编，他一直说自己勉为其难，没有办法才上任的。因为老丁是文史专家，著书立说忙得很，要放下手里的研究写作来出版社当领导，管理一两百人的机关，简直是千头万绪。才当了几天社长，老丁就害怕得不得了，因为他每天一坐到社长椅子上，就有川流不息的人前来请他签字。业务方面的有科室工作安排、出版选题，人事方面有人才流动，后勤有各种造房子、修房子、买材料，财务方面也有无数的单据需要他看、签字。所以他每天从永嘉路自己家走到绍兴路74号，一踏进大门就要叫，我头胀煞了，头胀煞了。每天下班也是重复那几句话，现在想想老丁真是可怜。

尽管这样，老丁还是对我们这些不在编辑岗位的年轻人非常重视，也许是他家里也有与我们年龄相同，上山下乡回来的子女，他让人事科挑选基础尚好的且没有学历的年轻人，安排有经验的编辑老师上课，开书单，让我们突击强化读书，写读书体会，定时交流。记得给我们上课过的文艺出版社几位才子，有郝铭鉴、金子信、邱峰等。我的同学有魏心宏、修晓林、赵咏梅等十几位。我在校对科呆了5年后调到文艺理论编辑室当编务，通过高等教育自学考试后，一步步朝当编辑的梦想前进。

绍兴路是上海一条很有历史底蕴的文化路，最多的时候有十来家出版社与书店，我有幸在人生最青葱美好的十年中几乎每天亲炙它传统与现代并存的文化气息，在油墨书香中开启心智，学习成长。

2020年4月

左泥老师

又想起左泥老师是在前几天，我去作家协会，见办公室姑娘在处理旧书报，便过去帮忙，在搬走一张旧桌子拉开抽屉时，发现几张散落的旧照片，是黑白报名照，像是作协老会员。有几张熟悉的面孔，其中就有左泥老师。

照片上的左泥老师像八十年代我与他同事时一样，清瘦，高颧骨上架了黑色半框眼镜，抿着嘴唇微笑。我看着有点难过，他已在很多年前去世，而我自从离开出版社之后，只回去看望过他一两次，还是为了出版自己的书。

左泥老师出生于1925年，原籍江苏泰兴。他很高瘦，仙风道骨，如果穿上长衫，手里卷了线装书走过来，活脱就是古代诗书贤达。我调进绍兴路74号上班时，他在我斜对面办公室，那是文学一室，我们上海文艺出版社的重镇，出版的都是中国文坛最重要的长篇小说，还有一本著名文学杂志叫《小说界》。

当时我二十多岁,坐在文艺理论室小办公室当编务,可我不喜欢看深奥枯燥的文艺理论著作,爱读小说,对创作型作家仰慕得不得了。我身在理论室,心在文学室,常常耳朵竖起来听斜对面的动静,看他们编辑以及编务将全国大腕作家迎来送往,请客吃饭,开笔会,坐游轮,羡慕他们天天都这么忙。

每天中午我们绍兴路74号的人都去54号人民出版社大食堂吃饭,小青年们手拿一只搪瓷碗一把调羹,敲敲打打荡马路过去,再荡回来。左泥老师总是很晚下楼,又很早就回办公室。他不苟言笑,独自一人,慢吞吞的。有一次左泥老师主动招呼我,让我一惊,他说认识我父母亲。左泥老师是资历很老的文学编辑,却并不是领导。从办公室门缝里看进去,他一直是趴在稿纸堆上严肃工作的状态。

有一次我们在绍兴路上一同走回办公室,一路无语。在传达室门口,左泥老师脸上突然露出顽皮的笑容,他说,小孔,你怎么有时候打扮得像公主,有时候像是牧羊女?我低头看自己那天身上穿着很长的料子飘荡的花衬衫,外面又罩了网状的线织背心,细裤腿加中靴,那是当时流行的披披搭搭"波希米亚风",我自以为很时髦,却不知道别人看你身上颜色杂乱,像个捡垃圾的女人。我一下子脸通红,嗫嚅了几句,也反驳不了,赶紧逃回办公室。

我与左泥老师稍微走得近一点是1994年，那时留学生文学很时兴，文学一室做了套"西洋镜丛书"，而我随留学潮出国两年后，没能回到出版社继续工作，失业了。我没其他本事，就在家试着写了个长篇小说，想拿到老东家问问能不能出版。这是我的处女作，我一点把握也没有。交稿以后我像热锅上的蚂蚁，整天焦虑不安。隔了三个月，我左思右想壮胆去出版社，到左泥老师办公室问稿子的下落。我要找的编辑部主任正好在接一个很长的电话，我尴尬地站了半天，进退两难。坐在窗前的左泥老师向我招手，我过去，他指着正在看的一叠书稿说，你的稿子在我这里，写得不错。我涨红脸说：真的吗？左泥老师，我我……第一次写小说，等了好几个月我信心也没了。左泥老师说，不急不急，我已经在终审了，我看完就可以发排。他翻出几张折页，问了我几个问题，说可能会有一些删改，我连连点头答应。后来这本《东洋金银梦》在上海文艺出版社出版了，很快被日本近代文艺社翻译后在日本出版，其中左泥老师的终审意见太重要了。

后来我查资料知道，左泥老师不仅是老编辑，他还是位作家，20世纪五十年代就写过很好的小说。六十年代已在上海作协《收获》《上海文学》举办的创作学习班里负责辅导业余作者，他一辈子兢兢业业谦虚谨慎。在特殊年代，他曾以善良的人性帮助老作家脱离险境。待到改革开放，他首先站出来主持编选《重开的鲜花》这本全国老作家优秀作品集，当年上海文艺出版社率先出版《重放的鲜花》在全国引起巨大反响，称得上"如惊蛰的春雷，预告大地的复苏"。

像左泥老师那样一生低调从事文学出版工作，扶持年轻作家的老编辑我听说过很多，而亲身经历的只有他一位。1994年后我自己也当上了编辑，去出版社组稿，顺便看望他。左泥老师说话声音还是那么不温不火，他对我说，你现在做杂志采访了很多名人、名家，你们不能光盯着热门的人啊，有很多老作家现在很寂寞，没有人理睬。我呆愣片刻，他说，比如王西彦，他指指外面马路，就住在那里，他是一个很好的作家，现在几乎被遗忘了。他还举了几个例子，看看我神色那么呆滞，理解不了脱离时尚潮流的选题怎么做，也就叹口气罢了。

世上有些人难得见面，难得交谈，却会在自己的职业生涯或者生命中留下印记，我想，这就是人的魅力，人格的力量吧。左泥老师笑话我打扮的话令我常常想起，反省自己的审美。而他关于不能冷落老作家的话，更是令我感受到一个人身上应该如何永葆正直、公平与善良。

2018年3月

送别刘绪源

昨天在龙华殡仪馆银河厅，有几百位刘绪源的亲人、好友、老同事、出版社报社编辑、作者、读者手持淡黄色康乃馨，前来默哀，鞠躬，为刘绪源献花，与他告别。在大厅正中刘绪源笑意盈盈的遗像前，全场气氛宁静，没有过多的哀伤，我想这就是绪源想要的简单仪式，我们去了，对他说了一些暖心的话，没有领导群众的区别，安安静静告别了，他觉得很好。

其实在这之前，我在家里已经哭过好几回，已经很久没有为一个人的离去这样流过泪。算起来我与刘绪源只是淡如水的友谊，一年见一次而已，尤其是听闻他生病之后，一次也没有去看望他。我打听他的病情，严重的时候不敢打扰，缓和的时候也不敢惊动，我知道他很乐观，相信现代医学，我也知道他很害羞，我不忍心面对患了重病的绅士，不知道说什么才好。

刘绪源的太太小归是我的老同事，他们俩谈恋爱的时候我就从小归口里常常听到他的名字。他嗜书如癖，他不稀罕考什么大学，他时间太珍贵，他从工厂直接考入电台工作，后来去报社办杂志当编辑。小归是那么崇拜他，爱他。要结婚了没有房子没有钱，他们俩在很远的郊区借农民的房子住，生下一个大胖儿子嘟嘟，小归用儿童推车推儿子到出版社给我们看，幸福像花儿一样开在脸上。我在出版社与小归一样当编务，我们经常站在绍兴路上说闲话，小归笑着数落刘绪源什么家务也不会做，什么忙也帮不上，吃什么东西都无所谓，他只需要读书写字就够了。喔对，刘绪源一天最美好的享受是坐在卫生间马桶上泡脚，一大盆热水，要滚烫的，他可以泡一个多小时，当然手里有书。

后来我离开了出版社出国，回来后回不到出版社，只能在家学写作，写了几篇散文不敢投稿。赵丽宏老师知道后说，你投给刘绪源吧，他在《文汇报》编《生活》副刊。没有想到我的处女作真的由刘绪源老师编发在《文汇报》上了，我激动不已。这篇短文篇名是"森田先生，谢谢了"，讲我在回国的鉴真轮上遇见一位向我"安利"喝尿治病的日本老人。此后我连续投稿给他，刊登过好多篇，直到一次因写到三岛由纪夫的《金阁寺》涉及敏感点被批评，我害怕再连累他才罢手。投稿期间直至后来很久我都没有与刘绪源老师见过面。

再后来就是在陈村主持的"小众菜园"论坛上见到他，我们聚会他从没有参加过，他只在论坛发言，贴自己的文章，与相契相合的网友聊文学。昨天在追悼会上听一位德国女士发言说刘绪源对自己很苛刻，对别人也很苛刻。非常正确，他是这样的人。他眼里揉不了沙子，他有意见就要说出来：这个人是抄袭，那篇文章并不是像你们说的那么好。他不喜欢捣糨糊，他爱提携业余作者，没有门户之见。为了孩子们，他可以不计报酬付出。

昨天我想坐198路公车去龙华，到车站后发现车子要20分钟后才来，旁边一位女士与我一样焦急，我一打听也是去送刘老师的，两个人拼了出租车。陌生女士告诉我，她是儿童教育机构的，请刘绪源去做过两次讲座，他讲得非常好，还不肯收讲课费。机构同事听闻刘老师去世噩耗如遭雷击，一群人今天都来与他道别。我还见到宝山区图书馆馆长等，她们指着旁边一位女士说，她就是在宝山"国际儿童文学奖"论坛上听过刘老师课的学员。2016年12月刘老师还去了宝山讲课，讲课中不时咳嗽，其实当时他的肺部已经散弹般布满了肿瘤……

刘绪源去世后，微信朋友圈里有很多纪念他的文章，尤其是儿童文学圈对刘绪源的感情最深。可以说，如今上海以至全国儿童文学第一线的作家无一不受过他的关怀，得到过他的评论。刘绪源是位跨成人文学、文学批评、儿童文学、现代史学等很多界的作家，他的成就有目共睹，有资料可查，我也不多说了。

昨天追悼会上共有四个发言。首先是赵丽宏的悼词，细数刘绪源事业上的成就，评价他高尚的人格，很到位，很感人。之后是浙江出版社编辑友人，德国汉学界友人，他们都说了一些刘绪源与之交往的故事细节。最后是刘绪源的儿子致答谢辞。他脸色很平静，稿子里回忆父亲临终的情景，我注意到他甚至有点高兴地提到三次"我做对了"，那是他在向父亲汇报，他之所以用"做对了"三个字来表达自己的欣慰，我想是因为从小没有少挨刘绪源这位严父的批评吧。他要用"嘟嘟不哭，嘟嘟长大了，嘟嘟可以的"这些孩子气的话来安慰父亲，安慰母亲，为自己打气，那样才有力气挑起重担，不负父望啊。

我又想到，刘绪源去世我为什么那么难过，是因为我感觉到如今的世界上，像刘绪源那样的"真人"逐渐趋于消失，很多文人身上已没有了我们在以前的书上读到过的品格。刘老师与我交谈并不多，记得他读了我一个中篇小说《机关舞会》后，在一篇文章中提到过我。他在《文汇报》的《笔会》副刊工作时，发表过我几篇散文，有几篇还上了头条。他不对我说什么，我一直战战兢兢，有了自我感觉好的文章，头一个想到的就是发给刘绪源，如蒙肯定，就像过节。刘绪源到了退休年龄像接到大赦令一样，高兴得很，急急忙忙回到家中，他想要读的书太多，想要编的、写的书计划庞大。他难得出门交际，连续几年，我都会突然接到一条他发来的短信："明珠，马慧元要回国，我们在上海见面，你帮我订一家饭店，你点菜我买单。"于是，我借机见到原先"小众菜园"网友管风琴（马慧元）与几位音乐界大佬、出版社编辑，听他们叙旧，畅聊，非常开心。去年10月，原本我也会见到他的，马慧元已经签了证买了机票，却不料家里出了事不能来，就这样我们都失去了最后见他的机会。

赵丽宏在悼词中说："刘绪源先生学识渊博，襟怀坦荡，正直谦和。他有'五四'以来现代文人的真性情，真品格。生活中，他与人为善，和蔼热忱，公正无私，克勤克俭，可谓真君子；做学问，他严谨求实，追根溯源，不敷衍塞责，不人云亦云，无愧真学者。面对世间诸美，他不吝无私奖掖；面对文坛污浊，他敢于仗义执言。他对家人，对朋友，对同行，对同事，甚至对从未谋面的读者，都怀着真诚的关切与挚爱。他的一生，写就了一个大写的'人'字。"

刘绪源当得上这样的评价。在我心目中，他就是这样一股美好的奇异的清流，是高高的标杆。我与嘟嘟一样，以后遇到任何事情，也会不断地想到，刘老师会怎么看，会怎么说，他会怎么做，我的判断正确吗，我做对了吗？我做得好吗刘老师？

昨天见到了与刘绪源相濡以沫三十多年的小归，年轻时的小伙伴，她已经哭肿了眼睛，我紧紧拥抱住她，跟她说，你看，那么多好朋友在纪念刘绪源，记得他的好，都说他是世界上最好的人。小归抽泣道，可是太突然了，他没有给我留下任何话。我说，不要紧的，他不用留什么遗言，他要说的都写在书里面了，已经留在你们心里了。

刘绪源老师安息！

2018 年 1 月

日本浴衣的故事

到了日夜有温差的季节，早晚后颈凉飕飕的，作为一个有颈椎病的人，忽然想起深藏在柜子里的一件藏青色、印着铃兰花的日本浴衣。

这是夏天穿的简易和服，全身棉布，局部有衬里，斜襟宽宽厚厚的缝得结实，尤其后领处特别厚实，衬了浆布，前襟交叉用腰带固定。浴衣的袖子很有特点，上端外开袖口以伸手，袖口下端丸型，底部封口。袖子连肩部的地方上面是缝住的，下半部内侧开着，叫"振八口"。走动或双手舞动起来，宽大的袖子像蝴蝶翻飞，蛮好看。

找到这件藏青色浴衣，套在身上去穿衣镜前试，布料厚薄正好，后颈处能挡住风，却不粘贴皮肤，感觉很舒服。但是浴衣实在太长了，盖过脚背面好多，这是因为穿正宗日式浴衣是要扎腰带的，不仅要扎，还得在腰处叠几叠。浴衣这么长，走路拖地一不小心还会拌跤，怪不得藏了快三十年还是新的，根本没有办法穿嘛。

这件藏青铃兰花浴衣,是三十年前,一位叫步(日语发音"阿由美")的日本女孩在初中手工课上亲手缝制后送给我的。从日本回国那么久,我与她早已断了联系。去年5月去东京时,我找到了原先打工的日本居酒屋,坐定后先问阿由美的下落,老板娘眼神木木的,竟然完全想不起来阿由美是谁。

认识阿由美时她15岁,还是个初中生,按她的年龄是不能在外面打工的,老板娘看在她父亲木村先生整天来消费的面子上,答应她来当"阿鲁巴多"(临时工),每次打工三四个小时,小姑娘既拿到零花钱又能饱餐一顿喜欢的料理。我那时刚到东京,日语不行心情也不好,是阿由美那副天真无邪的样子治愈了我。她大长腿,童花头,额头光洁,讲话时眉毛一跳一耸,笑起来眼睛弯弯,嘴角两只酒窝像盛满了蜜。

在居酒屋,大家都宠她。只要这天阿由美出勤,老板就待我们这些打工的特别仁慈:晚餐可以点菜吃。阿由美乐滋滋地挑最好的菜点,她爱吃的是生鱼片、炸鸡块、蔬菜色拉……这让我们暗暗窃喜,都顺口说,跟她一样,跟她一样。

我喜欢阿由美,抢着帮她做事,她每周来店里两三次,我看也看不够似的盯住这张鲜艳的脸庞,一插空,就将平日积下不便问外人的愚蠢问题倾倒给她。阿由美有时笑弯了腰,拖长了声音说"孔桑呀……"然后耐心地一个单词换一个单词地讲解给我听。我听懂以后把手指放在嘴唇中央做"嘘"状,她点点头,也学我的手势,我们一大一小两个人就这样要好起来。

我很奇怪阿由美的爸爸木村先生怎么隔天就来喝酒,而且5点钟开门就到,占个榻榻米角落的位置可以喝到店打烊。老板娘桂子告诉我,木村是出租车司机。啊!他长得混血儿模样,自然卷发,干净文雅。老板娘说,木村是正经大学美术系毕业的,来东京混得不好,离了婚后日益沉溺于酒精不能自拔,除了开出租车还能干什么,开出租做24小时休24小时,他孤家寡人来居酒屋打发时间呗。

阿由美幼年起跟着妈妈住乡下,直到妈妈再嫁前她才搬到东京读初中,跟着爸爸过。阿由美来店里打工时,我注意到木村神色不一样,有点喜滋滋,开出租早出晚归,他能见到女儿的时间并不多。阿由美性格温柔,当我的日语会话程度被她调教到可以听懂故事后,我们俩常躲去地下室,她在同伴们共同的"鹤竹居日记"上涂涂画画,记录自己的日常,我问东问西和她聊天。

与阿由美聊到中国料理,她说自己从来没吃过中国菜,我趁机绘声绘色讲自己家里吃的是什么,这可把阿由美说急了,一个劲儿说要到我家来吃饭。

周末，阿由美如约而来，我做了干煎带鱼、糖醋小排等上海菜，大约五六只菜，小姑娘埋着头，吃了很多，吃完就回家了。过了没几天她来上班，把我拉到僻静处，道谢了又道谢，说是没有想到中国料理这么好吃，吓到她了，那天来做客一定很失礼。又说，她把吃饭的事描绘给最好的朋友听，那位姑娘同样震惊，千拜托万拜托，一定让她今天把话带到我这里，下次请阿由美吃饭，千万要带她一起去，千万千万。

又过了几天，阿由美上班时带来一个扁扁的包袱，塞给我。老板娘在一边要求看看是什么东西，阿由美红着脸打开，原来是学校里上劳动课，老师教女生手工缝的浴衣，这个作业足足缝了两个学期。阿由美低头说，我缝得不大好，就是想送给孔桑留作纪念。老板娘连忙抢过去摊到榻榻米上，惊呼道，哇呀妈，好厉害哎，女孩子第一次亲手做的浴衣是要送给重要的人的，孔桑，阿由美把你当妈妈了！这一下换我脸红了，我才三十五，当姐姐差不多。

阿由美急着解释，孔桑，这件不是正式的和服，它叫浴衣，是夏天穿的，全棉的。你看它很长，拖到地上，是因为腰部是要叠几叠扎起来的，可惜没有腰带一起送给你。我连忙摇手说没关系没关系。

这件铃兰花浴衣底色是藏青，上面印着红白蓝的花色，沉稳素雅，我很喜欢。回家后仔细看，手工还真不是简单的。日本布匹尺幅很窄，也正适应浴衣的需要，后背对拼，一道缝合并，一道缝是压线，阿由美缝得很仔细平展。浴衣的腋下是很宽的折，也是合拢与压线，但是正面看，针脚很仔细地隐藏起来，那必定是费了小姑娘好大的劲。看得出阿由美是第一次做针线，布面淡色的地方，偶有深色线脚冒出头，估计她是缝过去一段后才发现，后悔、跌脚，却又不愿意拆掉重来，也许顽皮地轻轻说一声，嘛，算了啦。

　　浴衣的袖子、领子部分更难。肩部与前胸的小半夹，夹里是白色棉纱布，衬布上部缝入领子，侧部缝入肩袖，下部几点固定。缝缝道道掰开看，里外层针脚长短不一，疏密相间，藏青色线隐伏其中。花布还要考虑花式排列……日本人做事顶真，手工课老师一步步要求严格，哪怕表面根本看不出来。

　　抚摸这件藏青色铃兰花的浴衣，想象她在教室里不声不响缝制时，有没有想着离开她好多年的母亲，手工课做完回家，母亲不在身边，撒娇、埋怨也找不到对象，父亲即使在家也是醉醺醺，这一想，我不禁有点泪眼蒙眬。

　　日本夏季7月中旬到8月下旬有夏日祭，年轻人去参加花火会，男生女生都穿浴衣，清凉随意又性感，长长的坡道上风景特别美。老板娘的女儿新介绍一位女同学来打零工，她的目的是快速攒到买一件浴衣的钱。她已经参加了地区社团舞蹈队，天天排练，要在夏日祭上跟在抬神轿的半裸男人后面，男人一路吼，女人一路跳盂兰盆舞。

在日本，我的浴衣没机会穿，阿由美面临中考，她想考东京池袋最好的女子高中，一放学就赶回家做作业。所幸她如愿考上了，但再次来我家吃饭的愿望却一直没实现。在我离开日本前一天，阿由美竟然骑车来我家，塞给我一个电吹风，她稚嫩的脸上神情焦急，说这是买东西时附赠的礼品，千万不要见怪。阿由美带给我一封信，信封上地址字迹端正，她嘱我一定要回信，不要忘记日语，而她，准备读大学后要修一门汉语。

回国后我记得其间给阿由美写过一两封信，她也回过一封。后来从老板娘那里得知阿由美考上了理想的大学，也真的修了一门汉语，可是不知为什么她一直没来中国找我。回国后，我开始写作，第一本书《东洋金银梦》日文版出版以后，我很想让阿由美读到，可我又有点忌讳那本书的内容，因为20世纪90年代初中国与日本经济差距那么大，价值观差异也很大，书中人物对日本的看法，在日做的一些事情，我很难解释，很怕阿由美不能理解我们，反而产生心理隔阂。我到底没让阿由美读到此书。藏青铃兰花浴衣带回国后实用性几乎没有，我穿上拍过照，还给10岁的女儿穿上拍，想着怎么改造一下却又舍不得，这样一搁，三十年就过去了。

回到开头，就是日夜有温差，早晚后颈感觉凉飕飕的那天，我拿出深藏的阿由美礼物，抚摸了一会，有一股哀伤涌上心头——我最近常常念叨"生命其实不如自己想象得那么长"这句话，突然就下定决心，将这件浴衣摊开，粗粗一量尺寸，操起把大剪刀将浴衣拦腰剪断。

改完的浴衣上半身长度变短，前襟不再叠交，相对合拢，用原布缝了三对布带子打结，变成宽松的中长褂子。被拦腰剪下的那些布料，我将之改为夏天在家里经常穿的宽腿睡裤，裤长过膝，便利凉爽。这样一套合起来穿衣镜前一照，正如我所愿，是一套夏末初秋功能齐全的家居服。最妙的是日本浴衣后颈处唤之为"衿中心"的那好几层衬里叠成的厚领子，正好保护我脆弱的颈椎，为我遮挡风寒。

有这一套经常可以上身的家居服，我可以借机对女儿、外孙女说说故事，在那并不遥远的国土上，在我年轻的时候，曾经，结识了这样一位美丽的姑娘，她善良、可爱，她的名字叫木村步（Kimula Ayumi）。我想，下次去日本我还要寻找阿由美，说不定她就冒出来了呢。

2020 年 5 月

衡山路598号

衡山路靠近广元路路口有五幢粉黄色的花园洋房，最当中一幢是598号，20世纪90年代大家刚刚开始做发财梦的时候，我住在那幢房子的底楼。朋友们来玩都夸我命好，因为598上海话"吾就发"，意思是虽然你现在还没发财，但已经走在发财的道路上。果然不久我有了机会，跟随丈夫去到日本东京，每天打工到很累的时候，我会念叨念叨598这个数字，可终究没有发大财的本领，回国靠写作当编辑过上安静、俭朴的生活。

住在衡山路598号的时候，最让我喜欢的是这条林荫大道的安静与四季色彩变化。衡山路那时候公交线路不多，15路电车开到这里时，车厢里已没有几位乘客，均安安静静坐着，随车厢轻轻摇摆，好像车游。夏日酷暑，这条路上一早便众蝉齐鸣，"叶斯它，叶斯它……"像在说上海话"热色忒，热色忒"。

衡山路两边行道树是法国梧桐，挺拔粗壮的树身呈灰绿色。春天，林荫道上梧桐树一夜之间萌出细芽，粉绿朦胧。树叶慢慢长大，天空的颜色一点点被遮蔽，到达盛夏时分，青绿色的梧桐叶子都已经大过手掌，层层叠叠遮天蔽日。上海的秋天往往一夜之间到来，夜闻风雨声，醒来推窗看，梧桐树干飘摇，金灿灿的黄叶铺满一地。到冬天，树干上会卷起小块树皮，斑痕像一只只眼睛，大小不成规则。再一个轮回春天又来了，老树皮泛出青绿色，树干穿上了迷彩装……

衡山路598号大铁门外左右两棵梧桐树粗壮到双手环抱不过来，树干略微有些倾斜，虬枝向马路中央伸出，在高处与对面枝干相遇，仿佛百年老友，轻轻握手，熟稔又矜持。我居底楼，由于梧桐树叶遮盖，白天光线不太好，过滤后的阳光将斑驳树影照在粉红色窗帘上，摇曳生姿。衡山路的温度要比其他马路低2度不止，从烈日下骑车回家，一到衡山路立即像喝到冰镇酸梅汤，眉头舒展透出气来。90年代还不是家家都有空调，到高温季节，办公室同事都喊家里热得受不了，可我说还好啊我家始终28度，人家都不相信，以为我买不起空调硬撑，死要面子。

衡山路598号过去几十步路，就是著名的六岔路口：衡山路东西两岔，宛平路南北两岔，广元路、建国西路两岔。衡山宾馆是标志性建筑，在宛平路衡山路口。曾经小而精致的衡山公园隔开了宛平路与广元路，广元路斜对着建国西路，那样复杂的交叉路，我这个"路晕族"住在那里时始终没搞清，为写这篇文章特地去了现场拍照，也不知终于说清楚了没有。

六岔路口曾经有过一座两层高的岗亭，年轻帅气的交通警穿着制服爬上爬下，坐到里面腰杆笔挺、严肃认真的模样曾经让多少过路少女动心，萌发送一杯水，递一条毛巾支持他的念头。幼儿园小朋友做梦都想捡到一分钱，有机会爬上去交给警察叔叔。可惜那个岗亭到90年代已经被拆除了。

90年代衡山宾馆虽然不是上海最好的宾馆，却是最安全的所在，它为市领导服务，设施齐备，低调的奢华。对面有凯文公寓，门口是凯文咖啡馆，当年时髦人以在凯文喝咖啡吃西餐沾沾自喜，老派人却喜欢到衡山宾馆包房用餐，坐在大堂沙发上喝咖啡，透过落地窗看风景，两派人闲闲相对，各自盘算。很早衡山宾馆地下室就有卡拉OK、酒吧、台球房，社会上的小混混知道轻重不敢去胡闹，生意太冷清，后来就关掉了。

出衡山宾馆往东走几步就是外观很气派的国际网球中心了，真正进去打网球的都不是一般人，晚上大堂酒吧曾经有两位歌手唱功了得，壮胆进去坐下听，付一杯啤酒钱很值价。那里中午的自助餐大厨出品味道不错，环境好，约三两好友经常去坐坐，舒舒服服打发大半天。

说回旧居衡山路598号，这幢小洋房之前是徐汇区牙防所，后来底楼是我出版社同事住，另有四五家其他人，只有三楼住户才是原屋主。世道变迁，很多东西都回不来了，清算到最后也就不了了之。1993年所有人都被动迁走了，包括三楼那位慈祥的老奶奶。我经常路过那里，每见598号易主装修，现在变成一家高端厨卫品牌陈列室。再要说90年代初那三幢小洋房在海外的主人曾打包开价100万人民币找不到买主的事，你以为是笑话或者神话，但我可以指天发誓是真的。

有一个画面经常会浮现我眼前，1993年我在办《交际与口才》杂志，兼职美编是衡山路598号对面中国唱片公司内《音像世界》杂志大个子美编赵为群。我们交接工作电话也不用打，我拉开大铁门，他拉开小木门，隔着一条衡山路大声吼起来，喂喂喂，什么时候交稿呀，你快点啊抓紧时间听到吗？现在再看那时的照片，我们真年轻。

时光呀，请慢点走。

2016年3月

上海蜜梨

水果中，以"上海"冠名的品种不多，我头脑中第一个冒出来的是梨子（上海人叫生梨），为"上海蜜梨"。

上海蜜梨个头不大，梨身与苹果有点相像，矮墩墩稳笃笃的圆浑，竖着一根短短的柄。小时候，上海蜜梨是新产品，刚上市的时候很甜，汁水也很多，价格便宜，我家经常买。因为梨的个头小，我很不耐烦爸爸让我给它削皮。爸仗着自己是家长，吃水果从来不动手，只动嘴，我把上海蜜梨削好，还要切片，然后装盘子里递给爸爸，而剩下来的梨心爸爸赐给我吃。我惜福，那年头大家都穷，家里每天能吃上水果的人家并不多。啃梨心我很有心得，牙齿怎样个角度啃能避开梨心酸涩处，尽量多地啃到甜蜜的梨肉。

我爸爱吃水果，当年他患有严重的糖尿病，很多东西不能吃，但是他不放弃水果，瘸着腿也要上街教我识别水果的种类。我家附近水果店的人都认识我爸，见他去会介绍什么东西是刚刚到货的，新鲜着呢。爸爸爱吃梨，鸭梨上海管它叫"天津雅梨"；雪花梨水果店牌子上写着"山东莱阳梨"；香梨叫"新疆香梨"，只有上海蜜梨是本地产，最不值钱，货多的时候，胡乱堆着，一只烂掉了，很快殃及其他，烂成一片，结果运走喂猪。

爸爸其实最喜欢吃的是天津雅梨，雅梨肉细水分多，带有一点点酸味。雅梨也漂亮，典型的身细臀肥，弧度优美性感，削皮后雪白的梨身让人产生疼惜感。山东莱阳梨呢，北方硕大的个头，皮厚肉粗，但是大口吃起来很爽，梨子汁能顺着下巴流到脖颈，削一只大梨一个人吃不完，我啃个芯子也得半天。那时候香梨是很少的，约摸是新疆到上海交通不便吧，我二姐援疆在新疆阿克苏农三师，坐火车要6天6夜才能到。

我12岁时，爸开始过上经济紧的日子，他再也不上街了，吩咐我去买水果。我手里捏着些零钱，眼睛在水果摊上逡巡，水果店老王仿佛知道我的心思，他故作轻松指指旁边网篮里的处理水果说，这些挺划算，马上吃一点也不碍。那时候，我识别水果能力已经很强了，天津雅梨烂起来挺含蓄，是从很小一个黑点开始的，黑点皮不破，只是慢慢地扩大，如果用小刀轻轻挖去黑点，旁边的梨肉仍然雪白。处理水果降价卖，一样能吃，多好。那时学校不太上课，我在家经常与爸爸相对枯坐，聊些生活琐事，爸爸听我谈论从弄堂邻居家学来的勤俭持家方法，没明说，但我知道面对现实，他心气已远不如以往，我买回挖去烂洞的梨回家，他不会怪我，于是我还为爸首选雅梨。

记忆中上海蜜梨上市的时间很短，必定是夏日酷暑，水果店老王不时拔起喉咙吆喝，便宜了便宜了。他盘算与其等着拉走喂猪，还不如早点跌价处理掉。我躲在不远处，听到价格已跌无可跌，一个箭步上去抢下一堆拿回家。洗净后的上海蜜梨装在脸盆中，全家人一起来吃，哥哥连皮也不削，直接啃，可快活了。

长到18岁我下乡去到上海郊区奉贤农场，在连队里种粮食与棉花，到了夏季酷暑天，附近的水果连队上海蜜梨大丰收，来不及运出去卖，通知各个连队让派拖拉机来拖走。常常是在田里忙活到绝望时，听到收工有梨吃的好消息，洗净泥腿上田埂，乐颠颠往回赶。梨子真多啊，大小不均，黑乎乎的，管它呢，每个寝室分到一大盆。

天黑后大家出来乘凉，围坐小板凳上削生梨吃，蚊子闻到甜味也赶来凑热闹，蒲扇拼命扇也扇不走，到最后只有我一个人还坚持留在脸盆前削梨吃，大伙都散了。四处空空，仰头望明月，不禁想起与爸一起吃梨的情景，泪水爬满了我的脸颊。

不知为什么，90年代后上海蜜梨在水果摊上几乎消失了，有时会突然看见它，但尝了几次，完全失去了以往的甜蜜与水分，变得僵僵的，我怀疑自己是不是因年代久远产生了错觉，小时候吃到的上海蜜梨不过如此吧。如今水果店有那么多品种好吃的梨，何必耿耿于怀，是因为它冠有"上海"两字而失落吗？

直到前几天，我收到一箱上海崇明"壹只菜"农场寄来的"脆冠梨"，那熟悉的矮墩墩稳笃笃的圆浑模样，那土黄间或绿莹莹的皮色上面的褐色斑点，那不就是特大号的上海蜜梨吗？崇明翠冠梨甜度极高，水分飚射，肉质非常嫩，比原先的上海蜜梨上了几个档次。我不太清楚翠冠梨的品种出身，我只知道农产品是需要不断优化品种，更新换代的，上海蜜梨一定是因种种原因被淘汰了，代之而起的翠冠梨雄赳赳地来了，以后我们就吃崇明翠冠梨吧，上海蜜梨，不再见咯。

2020 年 9 月

后记：此文在《文汇报》"笔会"发表后，有朋友转发给我看她的朋友圈中上海电视台纪录片编导朱海平的留言，朱老师是专家，感谢他解惑。特转载如下：

"上海蜜梨的前身叫 20 世纪蜜梨，从日本引进品种，后来因缺少技术支持，退化了。翠冠梨是浙江农大在 1979 年培育成功的，属杂交品种。它糖度高、水分足、口感嫩，品质相当好。种植范围从浙江向北延伸到上海市郊,目前在奉贤庄行、崇明都有种植。"

摆渡去奉贤

黄浦江是上海的母亲河。100多年来，浦东、浦西两岸无论是人还是车辆的交通一直全靠轮渡船来解决，坐船过江上海人称之为乘市轮渡，或称"摆渡"。直到1971年黄浦江下第一条打浦桥隧道建成通车，缓解了两岸之间公共交通的压力。改革开放之后，黄浦江上一座座大桥如彩虹般飞架两岸，地下隧道增加，使黄浦江上轮渡交通的需求量大幅度降低。网上查询得知，到目前为止上海过江轮渡线路还保留着18条。

很多人喜欢坐船，相比飞机或者火车，船在水上开，汽笛鸣响，江水荡开了涟漪，船慢慢向前，俯瞰江面，会陷入一种浪漫情怀中，彼岸的未知触发人的想象，一个"渡"字也许能解开很多生活中的难题。

18岁不到，我下乡去奉贤农场，每隔两三个月会轮到休探亲假回上海。我老家在虹口区，从四川北路虬江路出发，坐21路电车换15路到徐家汇，换乘徐闵线，再需要一个多小时到闵行渡口。那时的轮渡有两组船对开，一条是客渡线载人的，一条是车渡线专门装汽车的，车渡船很大，大车小车可以装十几辆，在我眼中好像航空母舰。农场劳动很辛苦，回家探亲是件高兴的事，轻装上阵，跳跳蹦蹦。返程时拖着大包小包，包里装着喜欢的书，想念的零食与干煎咸带鱼、辣酱等小菜，可还是愁眉苦脸。

闵行渡口的对面叫西渡口，当时是上海郊区奉贤县。我所在的星火农场没有直达车，在西渡坐奉贤公交车，经过南桥到钱桥，下车换到星火农场场部的车共一个多小时，再步行半个小时回到连队。我喜欢一个人上路，半天里最爱坐市轮渡那一程，那是两段枯燥无聊的长途汽车当中松筋骨、望野眼的舒缓过渡。

摆渡票是一个红色圆形塑料牌子，丢入筹码，进到通往江边的宽大浮桥上，人随着江水轻轻地摇，江面上迷雾一般，远处隐约有摆渡船过来了。风把我的头发吹乱，候船的人越来越多，忽然汽笛响了，船已靠岸，紧接着"当当当"催命一样的铃声，大家蜂拥而入，老年人抢座位，年轻人抢靠窗的栏杆，我挤到船头，喜欢迎风而行的爽利劲。从闵行渡口到西渡口的轮船上，其实只有短短的五六分钟，我的思绪就像脱缰的野马奔腾不已。

这条船上最刻骨的记忆是 1972 年 9 月 18 日，我和同在星火农场的三姐因收到父亲病危的消息在同一班开往闵行的摆渡船上相遇，姐妹惶恐相望，不愿相信这一个噩耗。从18岁到25岁，我每年五六次往返上海与奉贤，在摆渡船上，有过多少次伤心难过，又有多少次握紧拳头，立志下决心回到农场要好好劳动，努力改造世界观，争取人生前途。

相隔四十多年，如今在黄浦江上，闵行到奉贤已有一座斜拉桥闵浦二桥，除了通车，5号线地铁也从桥面上通过，由莘庄启程过奉贤南桥，终点站奉贤新城。那么，一直在我脑子里打转，令我伤感、情怯的黄浦江西闵线轮渡线，你还在吗？

疫情稍缓，终于下定决心。黄梅季一个雨天，上午10点步行去东平路衡山路816路起点站，车厢内只有我一位乘客。打开窗户，凉风拂面，偶有小雨滴飘落进来，体感很舒服。进入闵行地界，一站站很熟悉的站名跃入眼帘，莘庄、颛桥、北桥、沪闵路、东川路……看见以小白宫著称的闵行法院建筑。花费1小时45分钟坐完全程。

闵行滨江花园大道下车，马路宽阔，地面被雨水冲刷得亮眼，很美丽！一眼看到闵行渡口，崭新的门面，舒适的候船区域。原来新建闵浦二桥时，老渡口向西移动了约200米，这里是新建的。原先欲过江的大小汽车都要摆渡，自闵浦二桥通车，车轮渡自然取消，光剩下两岸对开的客渡。轮渡票2元，还是原来那枚红色圆形塑料牌子，两面都已经磨损，中央有"市"

字 logo，上半圈写着上海市轮渡公司，下半圈是水波纹。

候船的大多数是骑电动车的人，有老人骑车驮着货物，也有一家带着小孩回娘家的样子，车流中，驾着电动车穿鲜黄色工作服的"美团跑腿"小哥小心护着两盒浦西订购的奶油蛋糕，我问他，浦东没有美团吗，他说有啊，但是这一单是客人指定在浦西某店买的，所以他要送过江。

摆渡船行驶五六分钟后，熟悉的一幕再现，"呜呜""当当"声响起，人们蜂拥而出，一刻也不想停留，只留我有点茫然地东张西望，寻找弥留在脑海中模模糊糊的青春印记。颇为失落的是，西渡口与闵行渡口一样，老街上那些蹲在地下卖菜、卖土产的小摊贩都不见了，地上干干净净，却失去了临水小街、小镇特有的湿漉漉、鱼腥味的乡气。

已是午饭时间。我从西渡口一路直行，沿街是一些民生小店，农贸市场挺热闹，进去听到当地人乡音心里一热。逛到地铁站广场大骏商城，三楼有美食小吃广场。选一家人气最旺的，点了青藤椒酸菜鱼，脱了口罩吃饭，鱼片、老豆腐、厚百叶以及金针菇鲜香麻辣，烫舌头。

2010年建成通车的闵浦二桥，桥面上层为双向四车道城市快速路，下层为双线轻轨。5号线西渡站站台在桥上，乘自动扶梯入站，跨江回市中心。望黄浦江水滔滔，峥嵘岁月弹指一挥间。

2020 年 9 月

"老上海"吃西餐

怀旧已不是老年人的专利，被年轻人明目张胆抢去了，怀的旧年代越来越近。最近看见人写老上海的西餐，定睛一瞧，都是我亲身经历过的事，怎么就老上海了呢？刚要发出老阿姨洞穿世事的笑声，突然刹车，提醒自己，80年代老上海，四十年一晃而过，这句话好像已经很顺口了。

改革开放之前，上海西餐店营业随着时代的变化而跌宕起伏，到20世纪70年代末纷纷复活，我那时在所谓的"上只角"绍兴路出版社上班。隔壁办公室有一位"大师兄"是"资产"出身，居住在高尚地段，懂很多生活享受的事，我们经常在工余听他津津乐道地描绘。讲到吃西餐，听众可以插嘴的只有自己家里做土豆色拉，烧罗宋汤，而大师兄说，不不不，那算什么西餐，俄国家常菜，到了中国已经变得像啥样子，我带你们去"莱茜"吃正宗英美式西餐，刀叉餐巾高脚酒杯，枝形吊灯，服务员西装领结，一只手摆了背后帮你斟酒,你享受过吗?那时有位刚刚分配来的77届大学生,拼命鼓动我们一道去开洋荤,大家AA制。

莱茜西餐社就在离出版社很近的陕西南路上,平时路过只有透过玻璃窗张望的份,传说中的西餐规矩很大,就怕踏进去不会点菜,不会拿捏刀叉出洋相,现在有大师兄领路,我们七八个同事下班后组团,推推搡搡进了店门。大师兄显然做过功课,他一口气帮大家都点好了餐,每人一份汤一份色拉,再点了葡国鸡、炸鱼排、红焖小牛肉之类大家一起分吃。红酒我们都说不要吃不要吃,其实是担心太贵,大师兄说,现在美国新进口的可口可乐可以试试,来一瓶可口可乐,一瓶百事可乐。总算高脚酒杯没有被服务员撤下去,得以享受到他的西式标准服务。

虽然有大师兄保驾护航,大家对于雪白餐巾到底放在膝盖上还是扣在下巴下吃不准,或许应该压在盘子底下?西餐刀拿右手,叉拿左手,那么切开肉之后刀叉要不要换过来。还有调羹,大师兄说,舀汤要由里往外,这个难度实在太高,为啥啦?七嘴八舌向大师兄抱怨。大师兄满头大汗,用食指放在嘴唇上求大家不要喧闹,讲起来也是一群有文化的人,太坍台了。

等到一份葡国鸡上桌,还未等到大师兄警告,大学生伸手推到桌子当中去,顿时手指被那个碗烫得跳了起来。大师兄说,葡国鸡是焗出来的你们懂吗？啥叫焗，就是超高温烤出来的，奶油烧鸡盛在碗里上盖厚厚一层起司，进炉焗完，里外温度都超过一百度，用手碰要闯祸的。那么喝可乐，啊呸，一个女生喝了一口大叫是咳嗽药水啊，比咳嗽药水还要难吃，要西了要西了……首次聚餐变成一场闹剧。第二天办公室算账大家掏钱，价格有点高，空气中浮着一层尴尬，大师兄颇为丧气，嘀嘀咕咕不知在说什么。

过了几周，大师兄忍不住透露秘密，老上海原工商界精英联合起来成立了协会，在上海恢复了几家老字号商店，其中有一家新利查西餐馆开在广元路，请到以前的老师傅掌勺，服务员班底都是资本家子女，大师兄的太太原先待业现已当上了西餐馆女招待。哇，太好了，我们再去吃！大师兄心无芥蒂，带了更多同事开往新利查，他太太长得娇小、漂亮，有些羞涩，大多数服务员都是新上岗，业务生疏。西餐店摆设规格不高，味道却很不错。店经理帮我们排了很长的餐桌，配好了经济实惠的西餐，80年代老上海，做什么事情都要"开后门"，因内部有人照应，我们用餐没上次那么拘谨，大师兄再次当上指导员，这顿洋荤开得皆大欢喜。

80年代开始施行对外开放，上海人从思想到生活方式崇洋媚外特别严重，迷信西餐，谈恋爱约会觉得喝咖啡比喝茶洋气，吃西餐比吃中餐高档。陕西路长乐路红房子西菜社的法式焗蛤蜊、牛尾汤，四川中路德大西餐馆的炸猪排，淮海中路襄阳公园旁边天鹅阁的龙虾意面，淮海中路上海西餐社的烤牛排都是值得追求的美味。现在我遥想"老上海"吃西餐，犹记得我们年轻的胃、油光光的唇与闪闪发亮的眼眸，青春的笑曾经如此恣意。

2020 年 12 月

第三辑 情相系

上海一直这么美

我出生在上海,居住过时间最长的是虹口的四川北路,接着是浦东耀华路,后来换房到徐汇区衡山路,再就是如今仍然居住着的永福路。上海这几个区域跨度很大,各具气质与风情,留下我人生不同阶段的脚印。

四川北路窄而长,朝南的那一头是四川路桥,桥的坡度很陡,骑自行车一定要有脚劲才能坚持骑到桥顶。桥顶的风光很美,苏州河在桥下缓缓流过。下桥的时候,人会有鸟儿扑着翅膀飞翔的感觉。往北去,是热闹的商业街,一路喧腾,过了武进路,渐趋平静。到了群众影剧院,街对面就是我家了。

我家老房子是中华人民共和国成立前造的,三楼阳台可算阅尽人世沧桑,黑色铸铁栏杆不知被刷过几十遍新油漆。我家的家庭照相本上保留了一些旧照片,三代人都有阳台照,我爸爸那张很威严,我的很青涩,几个侄女外孙的,像小动物被关在笼子里,可爱极了。

阳台面临四川北路大街，是一对，铁质方框向外挑出，黑色筐状。虽然我早已经离开那里，但每次听虹口区的市政改造计划，总有吸着一口气的担心。父母已经都不在了，一年中只有几次回老家，每次跳下21路公共汽车，总要辨认老家周围的旧迹，斜穿马路过去前，有点害怕地抬头望向阳台，只要看见它端正、素朴，好好儿的还在那里，心一下子安定了。

阳台上的童年回忆五彩斑斓。我上小学的时候，每年国庆都要大游行，四川北路是必经之路，对面的群众剧场属于标志性建筑，游行队伍走到这里，必定停下来表演节目。

"十一"的天气往往晴朗而气爽，稍稍带着一点刺激人的寒意。我是家里最小的孩子，负责帮哥哥姐姐打探游行队伍过来了没有。时间一到，便像只小猫似的，窜进窜出激动得来一塌糊涂。游行队伍一般是虎头蛇尾的，开路有彩车和锣鼓。粗胳膊的工人阶级站在高台上，八人一组围着大鼓汗流浃背敲到震天动地，隔一会还"锵锵锵"几下劈天介响。彩车后面跟着的是舞蹈队，来到"群众剧场"前，锣鼓突然停下，喇叭里放音乐了，红衣绿裤的舞蹈队员立停成方块，载歌载舞歌颂祖国。

有时停下的是体操队，穿白色运动衫裤，翻腾空翻，人叠人，或者舞剑和打拳。狮子舞也会有，场地一拉开，原本直线行走一高一低耸动的狮子就兜起圈子来，划拉几下，直到前面的队伍走远了，狮子们急起来，跑着追上去。

电影院隔壁总有一家食品店，看电影的人先买一包零食再进去边吃边看。群众影剧院隔壁的食品店叫"喜临门"，是家大店，样样有卖。里面的点心太多了，光是糕就有小方糕、桔红糕、绿豆糕、椒盐芝麻糕……鸡仔饼、桃酥、脆麻花，脆麻花咸的4分一根，拌白糖雪花的5分一根。

那一带有开明书店职工居住的开明新村，有永安公司职员为主的永安里，还有另几条大弄堂四川里、永丰坊和我家所属的新祥里都是新式里弄。大弄堂比较开阔，里面往往向左向右各伸出五六条横弄堂，每条横弄堂里有五六个门樘子，每个门樘子里一般居住三家人家。

那时候，弄口可以开进一辆大卡车，横弄堂当中没有过街楼，太阳明晃晃地当头照。一到星期四早上8点钟，大家出来大扫除。每家出一个人，各家门前水一浇地一扫，小组长通过，就可以参加大组评比。现在不行了，弄堂口卖牛仔裤七分裤紧身裤宽松裤，货物把弄堂口挤成一条缝……现在弄堂里有人家要搬家很麻烦了，大车子开不进来，要学蚂蚁搬家，一点一点挪。结婚嫁女儿，后弄堂的新娘子提着白婚纱，穿着超高跟皮鞋要自己走到弄堂口乘喜车。

四川北路著名在"走走逛逛四川路"，买东西特别方便，美食处处有。由南向北新亚饭店、凯福饭店、三八饭店、西湖饭店各具特色。点心店更是数不胜数，东宝兴路口的"广茂香"是老牌熟食店，一直有人排队买滚滚烫新鲜出炉的烤鸭，或者是叉烧、烤肋排。

我结婚搬出娘家到浦东耀华路的上钢6村新公房住了五六年，当时浦东那一带甚不方便，要么骑车驮着孩子坐摆渡船，要么坐公交车钻隧道，一次堵在隧道中，我气闷得晕了过去。90年代有个机会搬到衡山公园附近住，像来到外国一样。对面唱片公司，欧风小白楼，大烟囱；左侧宽阔的五岔路口，门前很有年代感的梧桐树枝交叉在衡山路中央，叶子遮天蔽日，美极了。可惜那里没住多久又搬走，到了同属徐汇区的永福路。

永福路夹在大名鼎鼎的淮海中路和复兴西路中间，它是那样短而窄的一条马路，这个路名在大多数人耳边刮过的时候，风力微乎其微，很多出租车司机都很茫然，而在另一部分人耳边刮过的时候，就不一样了。那小一部分人，用上海切口说，是"懂经"的。因为他们了解，永福路除了历史悠久、人文环境优雅以外还有两幢美丽的西式小洋房，那就是如雷贯耳的英国领事馆和德国领事馆。

多少年前在国门紧闭的时候，永福路是那样的寂静，不通公共汽车，也难得有其他车辆经过，住户很少。尤其是湖南路到复兴西路那一段，有全副武装的部队战士日夜站岗巡逻。那些士兵一律年轻英俊，身材挺拔，遥遥相对，站在英、德领事馆门口，就像欧洲美男子阿波罗雕塑似的，秀美而高贵。

永福路的原名是古神父路，路上的法国梧桐树都很有些年头，一到冬天，树干上会卷起一小块一小块的树皮，露出它坚硬古老的内在。春天到了，老树皮便又返出青绿色，上面有一个个圈圈，像哪个动物的眼睛，又像是一树干一树干的迷彩装。夏天，梧桐树冠张开它巨大的伞盖，遮蔽烈日。骑车的人，经过永福路会有一阵阴凉拂面而来，好感油然而生，就像遇见素净的二八佳人。而秋天常常是一夜之间来到的，夜闻风雨声，醒来推窗看，梧桐树干飘摇，黄叶已是一地铺满，金灿灿里带着些许的忧郁。

住在永福路有一种安详感，街上常有一掠而过的老人让你觉得面熟，他们的脸上往往浮着些见过世面的宽容。晚饭过后，有年纪很老的夫妇挽着手臂出来散步，喁喁私语，好像美国电影《金色池塘》里的亨利·方达和凯瑟琳·赫本。也有贵妇或者保姆牵了爱犬出来遛，有一家大户人家，保姆一牵六，有一次一人牵牢七条狗，惊到永福路上的游客个个举起手机拍摄。永福路上的狗也许知道自己在哪里散步，也显得十分文雅，或婀娜或懒散，款款而行，轻易不会朝行人乱吠。八点半钟的时候，暮色落下，居委会的摇铃声准时而至，煤气呀，门窗呀，大家要当心呀，一声声温软的劝告隔窗穿入，细丝般抚慰你的心灵。

亲爱的上海呀，我把一生献给你，你陪我到老，我们约好了，一直一直这么美。

2014 年 2 月

空间奇妙、光影透叠的花鸟新世界

万芾,上海当代著名工笔花鸟女画家,她精致纯美、极富特征的画为越来越多有识之士喜欢并收藏。近年来,万芾的创作力稳健勃发,每年有几十幅崭新的作品出现在画展上,参观者无论男女老幼几乎都在她的画前流连忘返,都喜欢站在万芾的花鸟画前留影纪念。

万芾长得娇小,剪一个短短的童花头,眼睛清亮,乍看一点也不像是已工作了二十多年的大学教授、资深画家,而像一个不知疲倦的文艺女青年。自小学习绘画的她,天生一颗对大自然万物生长极其敏感的心灵,她以自己扎实的绘画基础为功底,不停歇地琢磨,不断创新,成就自己的事业。

万芾早期的画就已跳出传统工笔画拘谨、守旧的格局,新鲜活泼,洋溢恬静、祥和的意境。在纸面上,原本喧嚣的现代都市自动隐退,钢筋轮廓,著名的地标性建筑忽隐忽现,凸显在我们面前的是一片祥和的纯美的世界。

"我就喜欢那些花儿鸟儿的，觉得它们很美。我想表现那些沉静、和谐、宁静、自然的美好境界。"发自内心的喜欢是万苇创作的动力，能摒弃世间的纷纷扰扰，坐在画室里安静作画，哪怕24小时连续下去，万苇都没有怨言。她连续不断地有新的想法涌现出来，家里亲手养大的小鸟，院子里亲手种植的花草，欧洲旅行吸取到的艺术营养，都是万苇创作的来源。而最深刻的启蒙，便是儿时在农村寄养在亲戚家中时，广袤的大自然日新月异的变化带给她心灵的震撼，那是一块永不磨灭的画布，是她成长的素朴底色。

以往一说工笔画，人们的脑子里就出现仕女图，出现牡丹花金丝雀，甚至出现伏案描摹、长相古板的传统画师，眼前的万苇的花鸟工笔画竟是那样令人耳目一新，走近她，了解她习画、钻研绘画的过程是一件很有意思的事情。

万苇自年幼学画起就遇到了几位好老师，她一直记着他们的名字，当她以优异的成绩在上海工艺美校毕业后，被留在母校教书，接过她所尊敬的老师们的接力棒，带了一批又一批学生。

"98上海百家艺术精品展"中万苇的画作《梧桐》经过一番周折，以籍籍无名的选手身份入选，这是万苇绘画生命中最吉祥的一幕，此幕拉开后，便再也不能关上。万苇紧接着频频参展，信心大增，理直气壮。"98海平线""庆祝上海解放50周年美术展""99青年美术大展""上海青年美术作品邀请展"，第1、3、5届上海美术大展……每年都有重大赛事，每年都有好作品奉献给观众。而万苇也被特批，迅速加入了上海美术家协会，成为青年创作骨干。

国家改革开放后，文化艺术界思想特别活跃，万苇之前在中国美术学院工艺系装潢专业学到的东西，在她的画作中显现了出来。一幅黄绿相间的大画《久安图》中有9只鹌鹑鸟或互相依偎，或单独蹲守在碧桃中。画面的组合运用当代设计构成原理，中国的盆景艺术、漏窗艺术与西洋绘画的浓烈色彩相结合，效果出人意料的漂亮。这样中西文化融合的当代工笔画佳作还有她的《锦园硕果》，是艳丽的银鸡与野果组合；枝头挂满白雪，鸟儿顾盼其中的《雪帽子》。这个时期万苇的画色调较浓烈。

2000年之后的作品，万苇在意境上更追求宁静、祥和的气息，笔触柔和，沉稳淡雅的光线，花鸟之间的协调融会。这跨出去的一步变化较大，反响强烈。《和风》是万苇2002年的作品，湖中的芦苇花、小草、水鸟，通通蒙在一望无涯的洁白朦胧的轻纱薄绡里，显得缥缈、神秘而绮丽。又比如受到赞扬较多的城市系列《市·影》《市·曦》《市·暮》几幅画，淡淡的色块衬底，光影绰绰，丝草轻拂，几只灵巧的小鸟姿态各异，跳跃期间，光影很有现代感。

万苨利用几何的块面、线条组合画面，新观念带来的工笔画革新，展现在作品中，对于观者来说，由粗浅的审美升级到高一层次，跟随画家进入画境，去思索，去探索更美丽无垠的世界。

艺术源于生活，高于生活。万苨的画中城市是朦胧的倒影，那静谧如水、安详如梦的场景正是人们想要寻觅的角落，而那圣地应该是存在的，缺少的是你发现的眼睛。《守望家园》以水墨淡彩营造了和风轻拂的自然环境，那富于动感的枝条使画面更加柔和，而影影绰绰之中仿佛也有繁忙都市的符号，只是那些繁忙与焦躁在天真的鸟儿面前自然退隐了，变成可以忽略的背景，这样的寓意无疑相当治愈人心。

社会那么喧嚣，诱惑如潮水般向人涌来，万苨却仿佛老僧入定，基本不上网，专心在大学教书，在家作画。她很爱现在居住的小区，那里绿化环境很不错，她画累了就去散步，常常走着看着就发现了美丽的小花小草，还有小猫小狗小鸟。只要见到美的东西，万苨就会露出孩子般的笑容，用手机拍摄下来当素材。万苨说，艺术家画家去亲身体验边远、奇峭的大自然风景固然是重要，但其实，我们周遭到处都有美，那些细小的东西，比如说草的生长，那弱小的生命力是怎样的；比如小鸟的形态，它们在浅水中跳跃行走的脚步，有的人能够看见，有的人看不见。我就是一个捡拾细小美的人，我把自己眼睛搜集到的这些美用画笔表现出来，那幅画愉悦到了你们就是我创作上最大的成功。

仔细观察万苐的近作，发现到她又在变化了。从《清风摇曳》到《野逸》与《芳汀》，画面中小鸟站立的钢筋水泥块，轮廓线由坚硬渐渐变得虚化，有种融入的感觉。而她在画幅中的处处留白，有你意想不到却情理之中的巧妙。专家观画后断定，万苐是当代工笔画家中少有的，掌控工笔花鸟空间感的优秀者。

而最近的作品《五鹆图》整个画面更是有惊人的透叠感，让人视觉上产生超现实的效果。万苐笑着承认，又采用了新的手法处理那些几何块面，为使水景有一种波光潋滟的效果。正是一些小小的、用心的变化，万苐的工笔画比之以往的传统工笔画，比之一些常年墨守陈规的工笔画要丰富得多，立体得多，万苐作品的时代性和创新性是不言而喻的。

万苐是个谦虚、低调的画家，她不太喜欢应酬与交际，她习惯每天潜心创作，重视人们对作品的反应。她的画是生活的总结，她爱绘画，并且不把它视作谋生的手段。正因为有对待艺术那种超然的态度，才使得万苇笔画之间了无市侩气，到达美轮美奂的境界。

万苇为艺术而生，她是一个纯粹的人，心态非常年轻。曾经有人对好作家作了个定义，是"要有面对一些简单的事物，比如落日或者一只旧鞋子，而惊讶得张口结舌的资质"，艺术是相通的，艺术家的资质同样如此。万苇对新生事物好奇，对自然界充满探索的欲望，她亲手种花草，亲手饲养小鸟，帮它们喂食、洗澡，与它们讲话。可以说，她画中的每只鸟、每根草都有故事可言。她还是一个喜欢尝试新鲜作品的人，《百花集》《12生肖集》《12守护神集》以至《历代内衣史》那样具有很高难度的工笔画她都能够沉下心遍寻资料，创作出佳作。万苇还是位爱猫人，饲养一只白猫两个月，创作了《咪咪噜采花图》，那可爱稚气的神态，活灵活现。

多年来，在绘画道路上，万苇画风由浓烈到淡雅的变化，也充分反映了这位优秀绘画艺术家经由长年的艺术探索，不断进取，沉淀下来，充分自信，形成独特风格。万苇的工笔花鸟画在五彩纷呈的中国画坛已具有非常鲜明的辨识度，她成功了！

2012年11月

端午之味粽子香

20世纪60年代初我上小学了。每年农历五月初五是端午节，到了那天，一早爸爸把珍藏的钟馗像卷轴拿出来，他让我帮着展开长卷，用鸡毛掸子掸几下积尘以后，用丫叉头挑起，挂在书房画镜线的钩子上。古旧的钟馗像垂挂墙面，顿时让屋子里气氛有了改变。呦，这钟馗是谁啊，黑着脸竖着眉，胡子邋遢，手里举着宝剑，样子那么吓人。爸爸说它是神，端午节请他来镇宅、驱鬼、辟个邪。

那年头，端午节风俗挺多，我妈下班路过中药房，买了一点雄黄粉，用水融化后，在我的眉心点了个黄色的圆。姐姐的女同学教她用碎布缝了个小香囊给我挂在脖子上，香囊中散发出不知名的药草味，有点刺鼻，姐姐说驱病防蚊。保姆去菜场买菜，带回一把剑似的菖蒲加艾草，佩挂在大门外，据说也是避邪的。小时候，看着大人这样隆重地准备，心里是又惊又喜，不知道鬼为什么独独要挑端午这一天来闯人家。

后来移风易俗反迷信，端午节大家不搞这一套了，可包粽子吃粽子的习俗延续下来，这让我很高兴，因为在语文课本上我读到过伟大诗人屈原一生爱国却遭小人谗言被流放，结果国破家亡，五月初五愤而自投了汨罗江。我要和崇敬屈原的老百姓一样，每年端午节以包粽子来纪念他。

我们家乌镇人，爸爸不吃猪肉，一般就包赤豆粽和白米粽。上高中的姐姐学会包简单的枕头粽，我也跟着学，花一点功夫总能做到米不从粽叶中漏出来。我和姐姐最幸福的时刻是，一大锅粽子在煤气灶上煮，氤氲的热气飘散，哦，粽叶香米香赤豆香，再过一会就能品尝到我们的劳动成果了！

其实我挺羡慕邻居家阿娘会包小脚粽。小脚粽像过去女人裹的小脚，一头尖尖，上面长方，不用绳子绑，用粽叶尖尖三穿两穿，就完成了。小脚粽造型精致，包好后生粽子碰上去很硬很硬，煮熟剥开后糯米很紧，尤其是小脚的白米粽，蘸绵白糖，糯中有嚼劲，那真是好吃得来。我去阿娘家看她包小脚粽，理理粽叶递递剪刀帮忙。阿娘看我乖，收摊前为我做了一串很小很小的白米小脚粽，开玩笑说等会儿煮好了让我挂在脖子上，带回家向哥哥姐姐去显摆。

上海人把粽叶叫"粽箬壳"，它其实是新鲜的芦苇叶，碧绿生青，透着清香。叶子一寸半到两寸左右宽，长长的，头上为尖尖的须，根部有从芦苇秆子上剥离下来的大半圈深色围印记。"粽箬壳"要清洗，泡在冷水中，用剪刀平行地修剪掉那根部深色的围印记。包一只粽子粽叶大的一片就可以，小的两片拼起来一折。如果要包更大的粽子，粽叶不够长，中途可以插进去些小叶子接续。包粽子的绳子，上海人叫鞋底线，不滑手，抽得紧，最好用。这些我从小看在眼里，耳熟能详。

我父母是双职工，我上托儿所、幼儿园，直到小学5年级之前一直都无忧无虑，快乐得像一只小鸟。与现在的家长一样，父母也不让我做家务。等到社会动荡影响到学校之后，我才像失学孩子一样，在家里挑起了买菜做饭的担子，手变得越来越巧，也懂事很多。之后上山下乡、结婚生女又出国洋插队，自强自立应付裕如。现在回过头来看，少儿时期参与学做一点家务对孩子来说真是件好事，一个人的成长需要培养综合素质。端午节粽香飘来之际，我们一起包粽子吧。

2020年6月

来一勺糖桂花,人与花心各自香

今年上海的夏天似乎拖得特别长,避暑的人一拨回来一拨出去,望穿秋水不见秋,只能读古诗来寄盼:"雨过西风作晚凉,连云老翠入新黄。清风一日来天阙,世上龙涎不敢香。"呵,闭上眼睛,想念桂花初开、绽放、满开的情景。幸好白露一到,天气是真的凉爽了,酝酿了一年的桂花也即将开放了。

一直以来,我工作的办公室与我家书桌窗外各有一棵桂花树,都是普通的品种,开花日期也差不多,那是农历八月半初秋时分,窗户打开有凉风轻轻拂面,突然哪一天看书或者写作的时候,就会闻到若隐若现的桂花香,这才赶紧跑出屋子去看,粉黄色的小美女都已在桂树枝头,细细碎碎地咧开小嘴笑,就惊呼,好香哇!

桂花的香气是随风飘逸的,有时清远有时浓稠,那种忽远忽近的香很撩拨人,像一个貌似无意却有情的小女子,文文雅雅站在那里,对面心思浮浪的人便会感觉到她暗暗发射过来的撩人信息。像我这样爱吃爱做的人总是暧昧不来，闻到桂花香，直接就想到食物上去，想到用腌制的糖桂花做成的各式点心，条头糕，百果月饼，酒酿圆子，桂花糖藕……

桂花糖藕是这个季节最应时的美味，用糯米将藕段的孔洞塞得满满，在锅中煮上半天，切成一片片，横卧在白色盘子中，浇上掺入糖桂花调匀的红糖水。满盘熟糯，桂花飘香，用尖头筷子挑起来放入口中，不由微笑。

一桌酒席吃到结束，收口的甜品我总是选择酒酿圆子。那薄得透明的糯米粉皮看得见其中黑洋酥芯子，酒酿羹汤起薄薄的芡，最要紧的是甜羹汤上必须有糖桂花点缀。

桂花是苏州的市花，我去苏州拙政园转一圈，出门的时候看见有卖糖桂花，买了捧着。走到小街上，四处询问有没有卖新鲜的芡实，因为在我的印象中，苏州人宴毕，端上来那一小碗芡实汤宛若清水出芙蓉，上面漂着三三两两的糖桂花，又美又香甜。而既然糖桂花已在手，怎么能不带芡实回家。

认识一位嫁到上海来的台湾女人，漂亮又能干，辅佐丈夫在家里开了私房菜馆，每天只做一张酒席，预约半年内排满。她爱好酿制各种东西，青梅酒、杨梅酒以及我叫不出名字的药材泡的酒，而糖桂花是她每年要做、销路最好的酿制品种，几乎每个客人看到都喜欢。因为那瓶糖桂花糖色清纯，浓稠蜂蜜酱上浮起半瓶桂花，用一年足够了。

从童年起，我生日的清晨要吃两只水浦鸡蛋，牛奶锅里清水烧开，打两个鸡蛋进去，用调羹轻轻拨动以防粘底，放白糖，烧到鸡蛋黄半流质，盛小碗中，再放一小勺糖桂花。家里只有小寿星一个人有得吃，那是多么值得喜悦的事情呀。后来鸡蛋越来越不值钱，也再没有爸爸妈妈来为我作主搞特殊了，可我还保留这个习惯，生日的清晨，起床后自己做一碗水浦鸡蛋，时髦的叫法是水波蛋，清汤中调羹切下去，金黄色蛋黄缓慢地淌出来，和着朵朵细小的桂花组成好看的图案，把自己都感动了。

到了桂花开放的季节，抽鼻子闻味道那是谁也剥夺不去的路人福利，路旁小区里对桂花树下手，折几枝回来插花瓶得偷偷地。而万般留恋不舍，非要爬到树上抖下花来腌制糖桂花留着慢慢吃，实际上那般俗气，做起来却林黛玉葬花似的透着风雅。先采花，用淡盐水洗净，晾干，用盐渍，再糖渍，最后盖蜂蜜，瓶口旋紧冰箱冷藏一个月就可以吃了。在家里，除了做以上几种点心，糖桂花还能作为蘸酱用，烤鸭啦，叉烧啦，烤肉啦，蘸上糖桂花都能出奇效。

"八月桂花遍地开，鲜红的旗帜竖呀竖起来……"桂花开放的季节，脑子里一直盘旋这那几句歌词，这首革命歌曲是与红军有关的，在大型音乐史诗《东方红》演出中，音乐一响起，全场就会齐唱。我们这一代，有关桂花的古诗背不出几句，"八月桂花遍地开"是一定会唱的，那是时代在一代人身上打下的烙印。接下来两句"张灯又结彩呀，张灯又结彩呀，光辉灿烂闪出新世界"，夏末初秋，天气微凉，田里的晚稻还没有成熟，绿油油齐刷刷，路边桂树上挂满了成串的花儿，香气迷人，怎不令人喜庆。

写着这篇文章的时候，我临窗书桌前，泡了一杯桂花乌龙茶，那是一种当代工艺生产的新型原叶茶包，透过三角形的玉米纤维茶包看得出乌龙茶叶，也能看到黄色的干桂花。这真是非常好的创意，让我们在一年四季想念桂花的时候，都能找到对于桂花的寄托。喝一口泛出桂花香的乌龙茶汤，我想着，不久将有"一支淡贮书窗下，人与花心各自香"的景色出现，整个儿人清加气爽。

2016 年 9 月

我爱水蜜桃

在渴望夏天的日子里,每个人都有兴奋点,有的渴望游泳,有的渴望吃冷饮,有的渴望仰望星空,而大多数人,是渴望吃夏天的水果吧。

在夏天的水果中,我偏爱桃子。也许各人对桃子的审美也不同,有人说像儿童红扑扑的脸颊,有人说像女郎胜雪的肌肤,有的人不怀好意地说,嘿嘿,那不是PP吗,看美职篮(NBA)球队比赛,最爱中场啦啦队上来跳舞,看那些紧裹的翘臀,心中暗呼:好桃!

我父亲也是一个爱桃的人,但是他患了糖尿病,不能吃太甜的水蜜桃,他喜欢吃的是蟠桃,蟠桃个头不大,果实形状扁平,两端凹入,顶端一抹红晕,它的肉质细腻,因为神话故事王母娘娘蟠桃会的缘故,蟠桃身上还带着一股仙气,被称是吃了长生不老的仙果。父亲说,蟠桃有鲜味。小时候我一直没琢磨出来桃子怎么会有鲜味,现在仿佛懂得吃东西要靠品这个道理了,舌头也是有思想,有想象力的。

也有的人爱吃硬桃,或许小时候太馋,看见树上未成熟的桃子贼手去摘,躲到暗处偷吃,吃出过好滋味。我是看见酸涩退避三舍的人,树上的毛桃不吃,刚刚上市的桃子也不碰,我等它们成熟。成熟的桃子外皮有着细细的绒毛,手指触碰上去有柔软度,桃子皮略微透明,甚至能看出皮与肉能不能爽快分离。

有经验的人,桃子的甜酸程度也是看得出的,有的品种浑身艳俗红,成熟之后,剥皮很容易,但是吃一口就知道上当了,果肉寡淡无味,也不甜也不酸,果肉厚得像肥肉,一咬一大块,桃肉与核清晰分离,那种桃子估计是用膨大剂速成,令人想起用激素催大的洋鸡种。

自然界的果实也讲究颜值,我喜欢的水蜜桃表皮基本上是本白带一点点嫩黄色,桃子尖或许有一抹嫣红,非常漂亮,吹弹可破。成熟的桃子皮很好剥,果肉粘核,桃汁丰盈,甜蜜更是不在话下。

有一年我去山东肥城出差,得知肥城的桃子古代是进贡皇帝的御品。肥城人说,高端的桃子可以插一根吸管来吸桃肉吃。我虽没有吃到那么夸张的桃子,大肥桃的惊艳口感至今难忘,临走时当地朋友送了我一箱肥桃,真把我乐坏了。

我还喜欢黄桃，金黄色的果皮和果肉，肉质紧密，吃起来很过瘾，黄桃适宜用来加工成水果罐头，我常买来做甜品。

近几年无锡阳山水蜜桃名气很大，确实好吃。正宗阳山水蜜桃价格高，于是市面上冒牌的层出不穷，买水果还需要练就火眼金睛。其实上海周边，南汇、奉贤都有好桃，只是做好一个质量稳定的品牌不容易。

走在夏天的街上，时常会闻到水果的香味。桃子香飘过，不仅鼻孔，人的皮肤毛孔都会打开，我贪婪地呼吸那特有的甜蜜、清鲜，心里有桃花扑簌簌开。

2017 年 6 月

冰淇淋，苦夏中的神奇之光

上海的夏天闷热且悠长，一向不太遭人待见，艳阳当头，连树上的蝉都会发出"热瑟特、热瑟特"的声声抱怨。我童年时还没有家庭空调，电风扇也不常开，小人儿午睡起来，坐在有穿堂风的走廊竹椅上，蔫儿得像田里的鸡毛菜。此时，如果有人招呼吃冰淇淋，必然是瞬间弹跳起来。啊啊啊，居然还是块巨大的三色大冰淇淋，上海人俗称大冰砖，足足有尺把长，白、咖啡、粉红色三段平均间隔，白色是牛奶味，咖啡色是可可味，粉红色是草莓味。哥哥姐姐拿出水果刀、碟子、小调羹，我们分食大冰淇淋，这绝对是苦夏里少有的一项庆典。舔一勺咽下，喉咙中一股沁人心扉的冰凉如潺潺溪流，身上的汗随即收干，皮肤滑爽起来，眼眸亮了，仿佛打开了美丽新世界。

冰淇淋是舶来食品。英语 ice cream，直译成中文是冰奶油，而以"冰淇淋"三个优雅汉字拔得头筹。在旧上海，冰淇淋是奢侈的食物，据说一开始遭老派人白眼，宁可喝国产老北京酸梅汤也不食外国奶油冰淇淋。奈何此摩登食物硬生生一举摄住潮流人物的心与胃，与一切新生事物一样，在开放洋气的上海，与奶油、白脱、牛排、西餐一样站住了脚。

不过，如今健在的上海老人，回忆起当年吃过的冰淇淋，大多数会提到冰糕这两个字。这种老上海冰糕我是在90年代后才吃到，那次在进贤路的"天鹅申阁"用老上海西餐，餐毕周永乐老板问我，要不要尝尝看他做的冰糕，完全用旧上海的方法做的。于是我吃到一个装在铝皮圆盘中的一块小小硬硬的冰块似的甜食，它有浓浓的奶味加核桃味，但与以往我熟悉的松软、细腻、入口即化的冰淇淋大相径庭。

回忆起来，留在我舌尖上的冰淇淋绵密温柔，滋味那般浪漫与美好。在我的身高还没超过电车上那条儿童线，不需要买车票时，我经常得到随同爸妈去上海文化俱乐部吃西餐的机会。那是20世纪60年代初，食物紧缺造成人饥饿，但对于我来说，吃色拉、猪排都不重要，最重要的是用完西餐后，爸爸会让我点冰淇淋球吃。那舒舒服服一个人坐在台子前享用盘中浇上巧克力的奶油冰淇淋，慢慢吃的幸福的感觉，永远地刻在了我的心头。

在西餐店吃特制冰淇淋的机会毕竟少，夏天酷暑经常去对马路喜临门食品店买 0.19 元长方形纸包的小冰淇淋。我学到冰淇淋沙士的做法，往长玻璃杯中倒一杯正广和汽水，放三分之一块简砖，冰淇淋在苏打汽水中滋滋响，变成了白色的泡沫，喝一口满口奶味。动作迅速的话用小调羹还能吃到将化未化的冰淇淋。0.40 元的光明牌或熊猫牌中冰淇淋是正方形的，外面有纸盒子，里面衬着腊光纸，剥开来肥肥厚厚。有粗糙的人，拿着纸盒就吃开了，一面剥纸一面吃，弄得手脏、嘴脏，狼狈不堪。我喜欢拿一块毛巾去买冰淇淋，回家剥开后盛在瓷盘子里用调羹舀，吃完舔盘子，一点不浪费。小时候一个人吃一块中冰淇淋的机会很少，必须与哥哥姐姐分。再讲 0.76 元的三色大冰淇淋，那身板那价格，整个夏天可能都没有一次机会可以拥有它。

惦记得太久，欲望变异膨胀，我声称一口气可以吃完一块大冰淇淋。瞪着漆黑的大眼睛，我希望哥哥们不相信，那样就可以赌一把他们的零花钱老本。可是，哥哥知道我是馋痨鬼下凡不理我。他们自己装成很文弱的样子，指望姐姐们不相信他们一人能吃得下一块大冰淇淋，求姐姐跟他们赌。可是我姐姐早就看穿了小的们的诡计，要她们掏钱是做梦。

我很小就对吃很执着，为实现理想，选了个黄道吉日我豁出去，拿出新年里积下来的压岁钱，用干毛巾去对面食品店包来一块小枕头般大小的三色大冰淇淋，剥开包装，让它平躺在盛鱼用的长盆子里，在哥哥的"啧啧"声中，拿小调羹一口一口干完，像一个女中豪杰。

冰淇淋在国内的发展史应由食品专家研究记录，就我目力所见，在上海除了消费量最大的大中小冰砖以外，随社会经济发展，塑料盒、纸盒装的三色冰淇淋，带棒的熊猫、米老鼠娃娃雪糕，华夫筒装的冰淇淋球，咖啡店做的水果冰淇淋船，逐步应有尽有。而国际快餐连锁品牌更是以廉价火炬冰淇淋做噱头吸引顾客，如今周末去参加大型室外活动，常见冰淇淋大车花枝招展地当道迎客。

如今，冰淇淋已由奢侈品降为民众日常消费，甚至被一些三高、肥胖群体视为"毒品"，又被家长用作镇服爱好冰淇淋小孩儿的法宝。笑耶哭耶，我不知道该用什么表情包结束此文了。

2021 年 5 月

爵士酒吧这种近在咫尺却又陌生的地方

听说前不久淮海中路复兴路口的棉花俱乐部关张了，3月25日最后一天去告别的客人挤爆了空间，乍暖还寒的晚上用上了冷气机降温。

我曾经在好几份时尚报刊，好几位时髦小说家的书里读到过棉花俱乐部，新闻照片也看过不少，这种在黑漆漆的地方喝酒、听歌、扭腰肢的场所原本不在我的娱乐休闲菜单上，可我就住在附近，难抑好奇心。傍晚申申面包房打折，我去买面包买枣泥卷与拿破仑蛋糕时，总要透过贴隔壁的门窗，望望尚无动静的俱乐部，想象这仿佛布满灰尘的屋内晚上坐满醉生梦死的老外，与妖艳女郎。

同样著名的爵士酒吧（JZ Club）离我更近了，白天也是纹丝不动，偶尔外墙会有浆糊未干的海报更新，图片上大多是外国爵士歌手，也有面熟陌生的国内新生代。有时换一拨乐队与歌手时，会驶来一辆TAXI，下来背着大提琴，满脸络腮胡子的外国胖子。

大约是看场地或者排练，中途这些人穿马路到对面吃一点简单西餐。到夜里八九点钟爵士酒吧开始热闹，只进不出，开门闭门时，呜噜呜噜的音乐声传出来，架子鼓声激越时也会溢出窗外。酒吧门面后面是著名事业单位，没有居民提意见。

棉花俱乐部那么有名，很多朋友自称老客人，就没有人想到带我进去玩玩，我也年轻过，打扮打扮也不会坍人台。后来想想只能怪自己一脸的良家妇女相，进去会扫其他人的兴。如此，一辈子都没进过的棉花酒吧明明与我没有干系，关掉就关掉，为什么我要跟着别人瞎惆怅。

都说永远抱有好奇心的人适合写作，也许吧。棉花俱乐部没人领进去，爵士酒吧也不敢一个人进去。好多年前有一天，我与小转铃两人骑车路过复兴西路，我指着爵士酒吧作怨妇相。她瞪眼睛说，你进去呀。我说不敢。看我这么没出息，小转铃立即跳下自行车，带领我冲进门去，因为激动（气愤）她还被门槛绊了一跤，门口领位的印度侍者被她那样奋不顾身吓到了。坐定我提心吊胆看了一下菜单，还好啊，生啤中杯只要 30 元，而且，侍者听得懂中国话。要了两杯生啤，我俩坐上高脚凳，听了好几首歌。歌词听不懂又有什么关系，爵士味道浓烈就很赞好不好。

去过一次的地方我便不再怕。假装很熟，我两次约朋友在那里见面，一80后姑娘对于阿姨老师那么新潮大为惊讶。只不过才待了没半小时，我耳朵实在受不了那震耳欲聋的爵士乐声，借机早退回家睡觉去了。

时髦人也很辛苦的，就像坐多了长途飞机，我再也不羡慕腰缠万贯的空中飞人一样，棉花俱乐部、爵士酒吧你们就走吧，走吧……

2017年4月

我的家乡乌镇

乌镇是我的祖籍，是我父亲的出生之地。那里的老人，那里的口音，那里的食物于我都有非常亲切的记忆，每当想起这一些，会有一股特殊而又熟悉的乡土味扑面而来。

二十多年前，乌镇的老人脸色是黝黑的，表情是迟讷的，戴了顶筒盆毡帽，有股子憨厚的南部牛仔的味道。晚年了，辛苦了大半辈子，手脚闲下来，有点无措似的静静坐在街旁打量路人。我的堂叔公们，我的祖父、曾祖父都是这样的老人，守着旧，非常俭朴，有一点精明，也许内心有点渴望新派。我的父亲性格叛逆，他不愿继承祖业，少年即离家追求进步文学，走南闯北，然而说话一辈子脱不了乡音。

乌镇的乡音属于"吴侬软语"一类，是糯糯的，韵味悠悠的。几个人要说"几化人"，给我一张纸要说"拨张纸头我"，手指叫"手节头"，午睡叫"打中觉"……在旅途中，只要一听见乡音，哪怕是近似乡音，我的心顿时会湿润起来，渴望与之交流，老乡啊，一起喝口茶，歇个脚，聊聊天吧。以至于70年代有一次我在上海坐有轨电车，听到香蕉座（两节车厢连接处半圆形座位）上两个人在唧唧呱呱大声说话，一个箭步冲上去问他们是不是乌镇人，他们惊讶地看着我站立不稳跌倒在地下，摇头答我们不是乌镇人。

乌镇的食物也是好吃得来。酱鸡、臭豆腐、红烧小羊肉、姑嫂饼、醺青豆、杭白菊，还有一种叫"风晓"的雪白的薄脆片，是用糯米饭在大灶头铁锅底里贴出来的，好像干的春卷皮子，掰碎了放在茶杯里，加上一些芝麻、胡桃肉、红枣、白糖之类，用开水冲来当点心吃，又香又糯，滑溜溜的。以前乡下有人带了"风晓"来，父亲总是爱惜地保存在饼干箱里，难得让我吃，便更加吊出了我的馋劲来。

在父亲有关乌镇的故事里，有一个仙境乐园一般的孔家花园牢牢地印在我童年的记忆中。那是我父亲的曾祖父庆增公手建的花园，占地十多亩，起名"庸园"，园内亭台楼阁雕梁画栋，花草果树，假山鱼池，建得繁华茂盛、玲珑曲折，在乌镇和附近的乡镇曾经名盛一时。虽然是私家花园，逢年过节，花期、果期总是向乡亲们开放。

今天的故乡乌镇像一件古旧的珠宝，被当地政府精心规划，投入巨资修复,"擦拭"得熠熠生辉。游览到东街后半段的时候,年轻的导游会指着一堵灰墙告诉游人,那里面,就是孔另境笔下的庸园,我们古镇的第二期工程马上就要修复"孔家花园",重现 200 年以前花园的风貌了。

  我听了,不能不和我的家乡一起,展开甜美的笑靥。

2013 年 4 月

乌镇老茶客

几年前的一天,我参加接待保加利亚作家团。在巨鹿路作协东厅,我们团团围坐,听来访的五位诗人和小说家介绍自己的作品。

轮到一位略年轻的男子,他写短篇小说,于是讲故事:有座山上,有个村子,常年很冷,比较穷。村里的年轻人都外出打工了,留下一群老年人。其中十三个老头儿每天晚饭后都要从各自的家走到山上一个小酒吧喝一杯,聊聊天,每天都去,养成了习惯。十多年过去,大家渐渐更老了,腿脚不便了,可还是坚持每天碰头,当作生命的签到。有一天,大家发现少了一个人,惊慌起来。夜晚,山上的天气冷极了,冰天雪地的,老头儿们互相扶持着出门去找,一路找,一路呼喊着那位老人的名字,"尼古拉·彼得洛维奇……"在东厅,保加利亚作家绘声绘色地呼唤那个很长的人名,他呼唤一遍,那位女翻译重复一遍,他又呼唤一遍,女翻译也不省略,再翻译一遍。我们都没笑，房间里空气很凝重，仿佛看见茫茫森林，皑皑白雪，一列歪歪倒倒蹒跚行进的老人，一声声悲切的呼唤。结果不出意料，那位缺席的老头，头天晚上在回家的路上滑倒在雪地里，再也爬不起身，身体渐渐冰凉……

这个有关留守老人的外国故事给我留下很深的印象，悲观的时候，会把自己代入进去，胡思乱想。直到那天在网上看见张照片，大清早，破旧的茶馆坐满了面孔黑黝黝的老男人，捧着茶杯，近距离瞧着对方的鼻子。半昏暗中，一道仿佛旧日的光斜射过去，光影中跳着灰尘，照见喝茶人神色大多快乐与满足，有的眼睛里闪着小狡黠小得意。那是一群我的乌镇老乡，我有些感动，问摄影者小金哪一年拍的，却原来这张"老照片"就发生在如今的乌镇东栅，他说，你喜欢看"原生态"对吗？只需隔天来乌镇住下，起个早，我带你去。

我果真从上海过去了。第二天一早小金约我 6 点半集合，先去乌镇大桥下的小店吃碗田鸡干挑面，再奔照片上小金他舅舅的茶馆，金舅舅的老茶馆"访庐阁"原址在东栅，开了几十年蛮有名气。后土地被征用，拆迁到乌镇市河西，新地方不再是"阁"，三四间沿街平房。乌镇地方小，老茶客互相都认识，大家恋旧，就跟着金舅舅迁过来。

茶馆完全没有我想象当中的厚重与古朴，竟然装的是卷帘门，毛坯的水泥房几乎没有装修，贴了几张年画做装饰。只有仔细观察，才从几张结实而有雕花的八仙桌，磨得锃亮的条凳，黑乎乎一杯份装的茶叶小铁罐上看出旧日的痕迹。

门口排满了风尘仆仆的摩托车和三轮小货车，屋内茶客清一色男子，十几张桌子几乎都坐满了，大多是四五十岁中年人。据说都做些小生意，有些是建筑包工头，有些开五金加工厂，有的挖鱼塘养鱼的，日子比较好过，人也活络。习惯每天一早过来泡杯茶，聊两句社会新闻，传个小道消息，偶尔争吵。

金舅舅夫妻俩经营这茶馆，半夜3点就要来烧水，茶水延续十几年的老价钱，起码的1元5角一杯，最高级的茶叶5元一杯。金舅舅老实巴交的闷头做事，金舅妈五十多岁模样，描着细眉，穿了件玫红衬衣，头发盘得很高，像是戏曲爱好者，端着茶壶穿梭在茶客中间添水。

自打我们进去，茶馆里起先在说笑的男人都不说话了，有股莫名其妙的情绪在涌动，我怀着不安拍了几张照片，好几个人把头扭开，我张了张嘴想问个问题，嘴边差点滚出来的是最近被众人诟病的"你幸福吗"几个字（前阵子某大电视台统计人民群众幸福指数，采访路人逢人便问"你幸福吗"），把自己先吓了一跳，赶紧低下脑袋喝茶。

后来，我们顺着乌镇市河慢慢往前走，河边有零落的菜摊。

奇怪的是那些摊主的做派,脸色黝黑的老年男人不知是不是故作潇洒,大多离开地上的"落脚货",靠在河边方桌旁喝茶,茶叶是自带的,水自己去倒,不远处小茶馆门口煤炉上坐着黑擦擦的大茶壶。

小金见我露出惊诧,就说你看,这群人其实也是茶客,菜是自家地里种的,不多,一早带点出来卖,换几个泡茶钱,在街上吃顿早饭。他们主要目的是坐树荫下喝茶、闲聊,要到日上头顶才散去归家。再细看,这批茶客年龄要比舅舅家茶馆里的老上二十岁,二十年前,一定是经济更自由,天天坐在"访庐阁"茶室里享受的群体。

天气很热,有老人将汗衫撩卷起来,用蒲扇烦躁地拍打赤裸的肚皮。我移开视线,头皮很紧,窥视到老人窘迫的一面,我的手连相机也举不动了。这些老茶客是因为老了干不动农活没收入,1.5元茶资也属于奢侈消费而转来这里;再老一点,连路都走不动,就不出来了,待在乡下家门口,坐在竹椅上,可以想见,手里还会是捧着一杯茶。

不由又联想起遥远的保加利亚,那个小说中的小酒馆里不知现在还剩下几个老头儿。

2014年1月

烂漫如圣塔莫妮卡

圣塔莫妮卡，光听这5个汉字的音节，便有阳光穿透，小鸟枝头跳跃的效果。到美国洛杉矶旅游，没去圣塔莫妮卡这个最负盛名的海滨小城探访，就太遗憾了。

南加州的白天可真长啊，整个下午利用率高，因为到晚上8点天还是亮堂堂的。一天下午我在家无所事事，突然接到女儿的电话，妈妈，老板今天提早走了，赶紧赶紧，我出来，带你去圣塔莫妮卡玩。女儿开车回来，接上我呼啸着去海边。洛杉矶真是个好地方，要山有山，要水有水，脚底一踩，两个小时就看到了海。

据说，圣塔莫妮卡是加州最古老的码头之一，早在1870年，那美丽的自然海景便使这个小镇成为度假胜地，游人络绎不绝。好莱坞近在咫尺，巨制《泰坦尼克号》选这里拍就像在家门口搭积木。从停车场往海边走，空气变得潮湿起来，天蓝蓝没有一丝云彩，棕榈树高得直插上去，在半空窜出绿叶。

令当地居民和外地游客初进入圣塔莫妮卡便赞叹不已的第三街，是洛杉矶最著名的行人徒步区，穿行当中，两边有上百家的商店、餐厅、艺廊、书局，还有贩卖各种小玩意的花车摊，卖艺人陶醉在自己的绝技中，体育爱好者夹着冲浪板匆匆走过，骑车的年轻人头上的帽子和跑车一样铮铮亮，更多的是我们这些甩着手东张西望的闲人。

海滩海滩，来自上海的"旱人"我要看大海！妞妞很得意，嘿嘿，海边啊，我们没事就来走走的。通往海滩的路两边草地上，有三三两两酣睡的人，胖姑娘翻转身，翘着大屁股，将背部裸露出来；流浪汉枕着自己的行囊，天塌下来也不关他的事；老爷爷坐在长椅上脑袋一点一点地穿越时空去会见初恋的女子……

过了桥就是一大片沙，脱了鞋跌跌撞撞往前奔，因为蓝色大海是那么诱人。一潮一潮的海浪卷到脚边，妞妞和朋友坐下来挖沙坑，我走向海水，心情舒畅，神清气朗。看装备齐全的美国帅哥冲浪，一次次，不厌其烦。没有冲浪板的墨西哥小孩也有办法，索性几个人一起跳下水，手拉手成排，背向大海，"嗷嗷"叫着，等待浪头打过来，惊险的大浪翻腾着扑过来的时候，他们愈加兴奋，一起随海水跳得老高老高。

玩累了，上码头休息。长长的亲水平台直往前伸展，古老而结实的厚木头在脚底下"咯吱咯吱"作响，平台两旁都是卖旅游商品的小店，也有画像的，有打枪吊小玩意的，更多的是小吃，玉米棒子土豆片鸡腿冰淇淋……

码头上充满了欢乐的气氛，大型游乐场里传出一阵阵惊呼，除了摩天轮外，还有云霄飞车、海盗船，跟其他码头不同的是，这里常常还会有从第三街来的街头艺人来演出，吸引一大群人围观。有的时候，还有广播电台或其他的团体来这里举办演唱会呢。

我觉得圣塔莫妮卡是一个适合赤脚玩的地方，不论沙滩还是木头平台，赤脚更能体会到它那被加州阳光晒到香喷喷的感觉，人心清亮纯洁。码头上各民族服装和游人肤色、脸庞晃得我眼花缭乱，老人都像儿童，儿童都像洋娃娃，整个是一盛大节日派对。夕阳西下了，海边是恋人们双双对对归来的美丽剪影，提着鞋，小指头勾着，甜蜜地笑。

我们再次走进第三街徒步区，它从圣塔莫妮卡广场所在的 Broadway 一直延伸到威逊大道。在那里，世界顶级名牌的广告不断在播放，也许人们放松心情以后钱包更容易打开吧。世界美食比比皆是，美酒海鲜最契合当下。

由于是徒步区，有艺术家占据了整条马路献艺。我们看见一对黑人父女在卖唱，那个女孩才 10 来岁，歌声高亢优美，动作娴熟得就像成名的歌手,她顶着一头蓬松的狮子卷发,脸蛋儿长得像奥斯卡影后哈里·贝瑞。唱歌间歇,她还老练地与游人开起了玩笑,我虽然听不懂,但看得出这孩子在江湖上已经混得很长久了,不少游人都过去扔钱,不知该为她惋惜还是庆幸。

圣塔莫妮卡是一个身临其境,顿时感觉幸福的地方,在世界经济那么不如人意的时候,到美国去寻找加州的阳光,去圣塔莫妮卡小城走走歇歇,去吧……

2008 年 10 月

在美国开有机餐厅

妞妞继承了奶奶家好吃的传统，同时继承了我会做菜的习惯，留学生活过得挺滋润，不像那些在网上流着口水，却在电脑前死不挪窝的留学生。然而到了周五晚上，外出吃饭成了她自己立的规矩，哪怕吃披萨、台湾牛肉面，吃越南粉，也一定要离开灶台。

我跟着妞妞每周换花样，去过很多有特色的饭店，那天妞妞带我去一家"想付多少付多少钱"的有机饭店，这样前卫，是年轻人开的吧？不不不，是一对加拿大老夫妇，像白求恩大夫一样，为了美国餐的革命，不远千里来到美国，在德州阿灵顿开了家叫"花园"的小餐厅。

有机食品有国际通行的 IFOAM 基本标准，简单说是生产过程中不使用化肥、农药、添加剂、防腐剂等，当然绝对排斥转基因。店主 Teri 相信有机食材是最好的食材，餐厅里的肉和菜都是从认识的、信任的人那里买来的。菜单用花体字写在镀银框的小黑板上，自从1997年开张以来，每个月只变一次，以符合当季最好的材料。

Teri虽说崇尚自然食物，却是个胖子，他老婆年过半百，窈窕依旧，两个人站在柜台里面，笑呵呵地招呼客人。我们去柜台前看着菜点，这个要一勺，那个要一块，很快装满盘子，餐桌上有冰水壶，自己倒来喝。我要了烤鱼排、烩花菜和一块咸味的玉米派，妞妞要了炒饭和牛排，都取了半份。平时美国餐厅端上来的盘子大得吓人，分量十足，又是煎又是炸，黄油白糖都好像不要钱，看看阵势我几乎就被吓饱，没有一次是光盘的，只能打包回家。

Teri夫妇来到美国，很看不惯美国人吃饭的传统习惯，决心革命美国餐。他们做的虽然也叫美国菜，却是少油健康，取自然之物，精而不滥。想吃多少取多少的方式和在自己家一样，不勉强客人。"花园"餐厅虽然没建在花园里，夫妇俩还是在小小的地方，营造出美好的氛围。白色镂空的窗帘和桌布，藤器和竹编家具，一些古董散放陈列着，厨房用明黄和宝蓝色提亮，成为餐厅的中心枢纽，长柜台上摆了个巨大的南瓜和刚刚出炉的大巧克力派。最令我惊讶的是，店里的小角落有张电脑台，通着互联网，四周是书籍，原来Teri的餐饮理念和经营方式就是从这里发布出去，让妞妞这些年轻人得到信息，好奇地找上门来就餐。

鱼、花菜和玉米派都挺好吃，素净淡雅，让人很安心。邻座有两名单身男女，看见他们各自来的，很快自然熟，隔着桌子聊起天来。中年女人说自己在外省漂泊了那么多年，最后还是回到自己的家乡觉得最舒服。她吃吃，站起来去柜台和店主聊天，要一杯酒，又坐下与邻座聊天，好像在自己家里一样自在。

我们也起身去柜台再看看有没有想吃的，添了份巧克力派。随后我让妞妞帮我翻译，想与老板娘合影，因为她戴着一顶软帽，老花镜耷拉在鼻梁上，围着饭单，那么美丽和亲切，太像我看过的电影明星。老板娘不肯被拍照，把我推去柜台和Teri合影，Teri见惯了世面，问了我名字后，明珠明珠地叫我，让我进厨房和他一起端菜给顾客，摆拍时，大家笑得一塌糊涂。

到了该付账的时候了，也没人来催你。妞妞去墙壁上很小一张的价目表上查询我们吃过的菜价，有一份的，也有半份的价目，核计后，将现金装入店里准备好的碎花小纸袋，再投入一个旧的浇花水壶中。我们算账过程中老板和老板娘自顾自在忙，谁都不知道我们究竟投了多少钱。事后我问妞妞，她说投了每人二十美金，我们吃得不多，但是这点钱是应该要付的。

"吱呀"一声门推开，又有年轻人结伴前来吃饭了。如今迷信有机食物的人很多，虽然有实验证明，有机食物并不比普通食物更有营养，但是，那种崇尚自然，向往传统田园风的生活态度，可以舒缓城市的冷酷、紧张给人心理带来的压力。如若生活方式回到从前，我们都想，其实也都不想。

2011 年 3 月

圣安东尼奥——德州最浪漫的地方

来到德克萨斯小住，印象中它是个美国大农村，所以不曾怀抱浪漫度假的想法，可是没想到，2010年最后一天，女儿开车去奥斯汀赴朋友跨年派对之约，带上了我。一夜疯过，醒来是2011年元旦，我们快马加鞭来到隔壁城市——圣安东尼奥。

圣安东尼奥在德州的中南部，用手机一查询，我才知道它是美国第二大旅游目的地，每年到访游客达2千万之多。那里的气候很不错，冬天像上海的秋天般，太阳一出暖洋洋。到达城里，一眼瞥见圣安东尼奥河，尚未下车便激动不已，谁说的像我们的周庄，像丽江，像威尼斯，岂止啊，一条河聚拢了几乎所有到圣安东尼奥的游人，岸边坐满了悠闲状态的红男、绿女、银发、啤酒肚，游轮在河中间"噗噗"行驶，梦境不过如此。

因为我们预定的宾馆就在河边，且慢投宿，先开车去稍远处的圣何塞传教站（Mission San Jose）游玩。没料到，圣何塞传教站新年闭门休息，连卫生间都挂上了锁。我们和一些游客围着原始古朴的石墙转来转去，远眺精致的塔楼和教堂，眼见粗笨的木栅栏随便拦在那里却进不去，心痒痒的。

四周静谧无声，太阳热烈地照耀在这些三百年前的西班牙风格建筑物上，仿佛看见塔状钟楼中儒雅的西班牙传教士摊开双手，向我们发出欢迎信号。当然这只是我的私心想象，事实上，我们跟随一群墨西哥游人转啊转，突然发现围墙有一个缺口，一个小青年迫不及待地翻过矮墙进去了，年纪大点的再绕过去一点也走进去了。犹豫了半会儿，我们队伍中天真、老实的美国人嘀咕道，翻墙进去肯定是违法的，我们不做违法的事情，但是能走得进去，应该是园方管理上的疏忽，不能算我们错。哈哈哈，女儿翻译给我听，一起笑翻。

急急忙忙地参观拍照，听女儿翻译圣何塞传教站的故事给我听。当年西班牙传教士围起这片蛮荒之地，除了建教堂传经布道启蒙人的信仰之外，还是为了将附近游牧的印第安人组织到一起集体耕作，"每天日出，钟响了，印第安人起来做弥撒，吃玉米面早饭；饭后，男人奔赴田间和果园，女人洗衣做饭；晚上，男人回来了，一起祈祷吃晚饭，然后自由活动……"圣安东尼奥保存有一条历史上的教堂路，沿路共有5个教堂，圣何塞传教站是保存得最好的遗址，至今还能看到当年印第安人居住的石头房间，灰褐色厚重的砖墙，让我们想象传教士偶尔会亲临小屋对"野蛮人"孜孜不倦地教诲。

阿拉莫（The Alamo）博物馆所在地更有名，原先叫圣安东尼奥·德·瓦莱罗传教站，繁盛了70年之后被废弃，19世纪初，一支来自阿拉莫的西班牙骑兵部队进驻作为营地。在墨西哥独立战争时期，这座要塞有过轰轰烈烈的进攻和坚守的战争。因为我太不熟悉那些德州历史，女儿翻译到口干舌燥，我仍然昏昏如也，不再细叙。

新年在圣安东尼奥游览，游客们面庞特别欣喜，因为河滨步道（River Walk）每年圣诞节到元旦有点灯节，夜晚整条河被装饰披挂得星河灿烂，夜游船穿梭不息，票价只要6.5美元，坐上去绕河一圈，驾船帅哥兼导游，指点游客看两岸的历史建筑。步道两边全部是各式餐厅，美国南部、西班牙、意大利、墨西哥风味争奇斗艳，使出浑身解数招徕顾客，德州日夜温差很大，露天餐厅都有取暖灯，有的还为客人准备了时髦的披风，更有民间艺人弹琴唱歌，时不时发出怪叫声……

圣安东尼奥河流经市区，河面低于街道，据说原先这条河河水经常泛滥，1920年初一位建筑师向市政府提出了既科学又艺术化的方案，经过长期论证后才被采纳，成功治理之后，河滨步道成了圣安东尼奥的代名词，世界各地游人蜂拥而至。

我们和朋友会合后，在河边最著名的墨西哥餐馆（Casa Rio）排了半个多小时队吃到美味正宗的墨西哥菜。其间，一队墨西哥四人卖唱组合游走在街上和店堂，瞄上了我们的邻桌。邻桌墨西哥男主人很乡气，率领着老婆和女儿们，他听了一首奉送的乡村歌曲后，应邀又点了一首，看他神气活现摇头摆耳的，我以为他是地主豪绅。眼见他不谈价钱，又指挥小号离开远点吹，小号手高兴地躲到走廊上，与站在桌前弹奏的乐队隔空弄出立体声四喇叭的效果，然后随着音乐一步步走向饭桌制造出艺术高潮迭起的效果。

三四首歌演奏完毕该付钱了，不料墨西哥男纹丝不动，经提醒掏出一张小票，那票子实在太小，我估计是一美元，小号手当然不同意，他耐心解释了很久很久，其他三人频频摇头，"切切"地不耐烦走开了，伪地主才掏出皮夹，缓慢地又捻出几张零钱。我们在旁边吃自己的，免费搓到音乐，看到活剧，欢乐到家了。

游船行进在夜的圣安东尼奥河，四五公里长的河畔建筑一一掠过，餐厅酒吧之外，旅游纪念品店和剧院、博物馆都有一番来历，不乏历史保护建筑。特别的是这些房子都低于街道，处在河谷之中，台阶、楼梯材料结构各异，煞是有趣。桥梁共有35座，高低错落好似天才儿童搭的积木。清晨的河畔又是别样风情，繁茂的棕榈树、橡树、加州柏树和各种热带灌木营造出天然氧吧，当地居民牵着狗出来散步，友好地打招呼，我久久地盘桓在那里，不舍得离开。

2011 年 1 月

可丽饼大叔

可丽饼是来自法国西北部布列塔尼一带的小吃，因其变化多端的口味，成了法国最受欢迎的小吃，传到日本，理所当然做了唯美化改造，发扬光大的成果又漂洋过海来到美国，传到中国，变成时尚食品。

可丽饼法文是 Crepe，分法式和日式，法式是浆煮的，就是软塌塌像面饼一样，里面包了馅，放在大餐盘里面端上桌吃的，大多数是咸味的；日式的是摊在厚铁板上，像山东人摊煎饼果子，也像江浙人摊春卷皮。技术高超的可丽饼皮是四周焦香，中间软，包裹着新鲜甜馅，色彩艳丽，在美国是 5 美金左右一只。

我来到一个商业圈，找到家可丽饼店。长得像中国人却只会说英文的可丽饼大叔鼻梁上架了副眼镜，文质彬彬，大学教授的气质，他讲话很轻，好像希望你把耳朵附过去，他有贴心的话儿要告诉你。同样他的动作也很缓慢，小心翼翼带点表演性质地对付摊饼这件事情。据说摊饼皮最有讲究，分软皮、中脆和很脆三种摊法。像中国人做春卷皮子差不多的手势，在厚铁板上倒一小摊面糊，用小竹签子一转，摊开，翻面。

我喜欢吃脆一点的皮，内容么，每个人可以根据自己的喜好点包在饼里面的馅，有香蕉、橘子、芒果、草莓、苹果、西瓜等等新鲜水果，还问你加不加鲜奶油，加不加冰淇淋（冰淇淋有 10 种选择）。只见可丽饼大叔耐心听完顾客吩咐，用小刀切开水果，摆放在刚做好的饼皮上，淋上巧克力浆，放上冰淇淋等，裹起来包上纸，再放入一个纸杯让你方便拿着吃。

大叔的经营方针属于可亲可爱型，制作过程中要加上与客人聊天。聊他原本出生于法国，又到日本学习可丽饼制作技术，再跑到美国开店的经历。他说自己的配方是保密的，完全忠于在日本学习到的那一套，少油而健康，所以很多美国人特地开车过去买他做的饼。那天，我们见到一群十几个人一起涌进门，这让可丽饼大叔乐坏了，激动到手足无措。女儿说，她曾经在那里遇见过一对白人夫妇，一看就是富人，打扮很精致，老公在大公司做领导，老婆是高级建筑师。夫妇俩工作很忙平时碰不到面，除了机场候机厅，还有一个定点约会地就是大叔的可丽饼店。

可丽饼大叔得应酬，年纪大手脚慢，一个人扛不下那些活，他带了一个 20 岁出头的小伙子徒弟。那男孩子微胖，内向型，眼睛盯着手里的活，也不抬头，可丽饼大叔不时调笑他，两个人小声地争争吵吵，为了水果切的大小、巧克力酱浇了漏出来等等小事指责对方，使等在那里取饼的人肚肠都痒了起来。可是妞妞却不以为忤，由于经常去吃饼已与大叔混得很熟，觉得这种方式很好玩，承诺回去要多宣传大叔的可丽饼，让大叔成为网红……

在可丽饼店待了半个小时，我总算悟出了人们爱来这儿的奥秘，可丽饼好吃，可丽饼小店还温情，那位整洁可爱的大叔誓把做可丽饼当成一生的事业，还颇使我肃然起敬了。

2011 年 3 月

到LA去山上住

出国旅游我一直不喜欢跟团走，可是自己能力有限，怕做攻略怕吃苦，也不是什么富婆可以出高价享受私人定制，于是出国旅游总是留有遗憾。这些年几次去美国探亲在女儿身边住一段时间，由她带我玩成了记忆里最幸福的时光。年前又去了趟洛杉矶，妞妞挖空心思安排我体验三处美国民宿，还真是满足了我天生持续不断的好奇心。

近几年美国三个年轻人创办的 Airbnb 网站风靡全球，人们放弃住标准化星级宾馆而选择住民宿，除了价格相对便宜以外，那种新鲜不可测的神秘性也是吸引用户的特点之一。"山上住两夜！"妞妞没空与我细说，载了我出发了。

距洛杉矶 40 分钟左右就是著名的海滨小城马里布，公路左面是闪着金光的大海，右面是山坡，漂亮的别墅比比皆是，据说马里布住的明星、富豪胜过比弗利山庄。还没看够海，车子便右拐上山，不久地图显示到了托潘加的地界，树木扶疏中眼睛划过农场马匹，划过酒吧小店，又拐几个弯我们的目的地到了。只见一辆黄色拖拉机靠在路边，废弃大巴盖着雨布，路牌用绳子绑在电线杆上，狭小的道路上车辙印很深，有两个人在用树枝填路。

四周有几间破旧房子被刷成红黄蓝各色，窗户与门尚在修缮中，"好破啊！"我脱口而出。妞妞在打电话，看见一个格子衬衣卷发披肩的眼镜男走过来，说，房东来了。验明身份，这位"艺术家"把一幢类似《呼啸山庄》里阴暗颓败的木屋指给我们。

歪斜的鹅卵石小路，镶嵌了一块彩绘玻璃的门，锈绿色铁艺靠背椅，木圆桌上仿古泥墩子，暗红古典流苏窗帘。直至开门进去，好大的房间，都是哪里淘来的旧家具啊，也太有年代感了：钟停摆，镜子模糊，墙壁罩了一张暗紫色硕大的尼泊尔图形挂毯，煤气灶、冰箱、水斗均暮气沉沉。处处于破旧中流露出一股没落贵族的颓唐，很显然出自设计师手笔。

山里湿气重，摸摸大沙发大床上的布艺都潮湿，又去里间看，是更阴暗的一间屋子，窗户在风中哗哗响。穿着羽绒服我感觉背上凉飕飕的，不仅仅是温度的问题，在这种随时可演破落贵族老电影的布景中，我有点怕天黑。

天光还亮，我出门去寻访邻居。正值元旦假期，不时有好车开上山，闭着门的木屋有客人，开着门的在修建中。我看见空地上有一块平铺的铁板上面倒了油漆等涂料，仿佛创作中，便断定房东是个当代艺术家。妞妞说据 Airbnb 网站上房东的自我介绍，民宿主人买下这一片山地包括破败小屋，修好后在 Airbnb 出租。我跳来跳去拍照，发现"艺术家"动手能力极强，那些在一般人眼中的垃圾他都拉上山，一只佛头一片瓦当，一块彩绘玻璃一幅油画，哪怕一只铃铛，拂去灰尘放对地方就是宝。此时我真恨不得自己英语流利，能采访一下"艺术家"如何白手起家，自力更生。

山上的夜冷极了，我们看上一家挂着最佳婚礼场所铭牌、像宫殿一样的餐厅，虽然这家餐厅已点燃了很多煤气灯给食客取暖，火光摇曳煞是好看，但是在四面透风的屋内吃一定会冻死，只有放弃浪漫，点了餐等待打包回民宿吃。廊下有两个披着花毯子、弹着吉他的土著男人，隔壁是一家古董小书店。我钻进书店兼杂货店，除了英文书，都是主人从西藏等地带过来的藏传佛教摆设，钱币首饰佛珠，书店里弥漫着藏香味。心里很明白，这些都是设计师、艺术家制造出来的人间美景，我甘愿沉浸在其中，顺着颠倒的时空恍若梦中，呆呆看一位气质不凡的老店主在向另一位更老、佝偻着背的绅士介绍书……感叹其貌不扬的托潘加山区藏龙卧虎。

我和女儿以及她男朋友去超市，搬了一大箱烧炉子的木头与取火的蜡，回去升火开饭。不久，客厅中央老式带烟囱管道的铸铁火炉成功点燃，屋子里渐渐暖和起来了。开了瓶香槟，妞妞他们歪倒在沙发上看起电子书，我给他俩拍照，俩孩子都用 ipad 遮住脸，不让我发朋友圈。

第二天，他们带我去山下马里布海滩旁的保罗·盖蒂别墅，参观这位富豪慈善家、艺术品收藏家向大众开放的第一个博物馆，美轮美奂，不可思议。

2017 年 1 月

丹麦童话岛

去丹麦旅行，第二站是个小渔村艾尔岛（Aero）。行前，领队丹麦人龙思波（Casper）神秘地说，那个地方是他和弟弟（一个在丹麦军队里培训特种兵的训练官）两个人发现的，实在太美太美了，他摇着头，似乎用中文无法形容，顿顿，他加一句，中国人没有去！

我们在丹麦第三大城市欧登塞港口上船，笃悠悠一个多小时，连车带人开上艾尔岛。岸边浅蓝色渔船和白色游艇林立，白帆与黑桅杆交错，在清澈蓝天下，构成千万个漂亮的几何图形。海面上不时有小艇飞过，犁开一道道白浪。有辆敞篷豪车从我们身边滑过，白发绅士老爷爷目不斜视，老奶奶扎块花头巾，戴了大墨镜，好像晚年的奥黛丽·赫本和她男朋友。

艾尔岛的石子路很有年代感，青色与土黄间杂，像上过釉似的一尘不染，让人很想脱掉鞋子和袜子。走在街上，仿若闯入童话世界，紧挨的房子墙面与屋顶、窗框色彩争奇斗艳,土黄配橙红,宝蓝色配奶白,暗绿配嫩黄。有些老房子历经沧桑,线条已歪斜,仍油漆鲜亮,干干净净。据说艾尔岛有个传统,居民每年都要自己刷墙,颜色自配。丹麦人的良好审美仿佛与生俱来,个个都是设计师,每家居民窗洞里都向外摆着猫咪、人偶、鲜花等个性小玩意儿,有点分不清是小店还是居家。

我们指着有些窗户上装着的金属角尺架上的探头问龙思波那是什么,他说是为留守在家行动不便的老人装的广角镜。岛上长寿老人特别多,闲着出不了门闷得慌,数数街上的人头也是乐趣。那天清晨我出来散步,见一个老头踽踽独行,走过去发现他背后手上拿着一束包装好的鲜花,哎呀呀好浪漫,一定是家里有位垂老而美丽的太太,要不然就是去探望小店里的老情人。

艾尔岛上的时间就像静止了一样,除了我们七八个旅行者,几乎没有路人。进得民宿院子,那房东已等不及要离开,把钥匙丢给我们,让一切自便。民宿两层,房间小巧玲珑,厨卫俱全,儿童床也准备好了。院子是室外大客厅,红花绿草小盆景,龙思波早就踢掉鞋子好像回到妈妈的家。我们大家坐在门口喝杯咖啡,忽然传来"当当"的大钟声,抬眼一看,艾尔岛上尖顶小教堂就在眼前,那架古老的钟,厚重有尊严的敲打声穿越千百年时空在我们耳边响起，而我们会不会是它问候的第一批中国人？

这么美的院子我们怎么舍得离开，一致决定去超市购物晚上自己做饭吃。天下起了细雨，弹硌路有点打滑，对房价特别敏感的上海人不免要打听，买这样一栋传统砖木结构小房子得多少钱？龙思波答：45万元人民币，话音刚落众人尖叫，追问到这里落户的手续，似乎都想摸出银行卡来刷一栋玩玩。

特别钟情买买买的女子两眼不眨地扫射路边铺子，此时刚刚下午五六点钟，离9点钟天黑还有很多时间，然而不论是服装店、杂货店还是帽子店、古董店，哪一家都推不开门，真奇了怪了。原来这边的店四五点钟就关门了，有的还不是天天开，门上留有电话，要预约了主人才会来。我们只能扒在门缝中看，古典美的烛台、钟表、花瓶摆设，越是摸不到手，心越是痒到不行，赶紧让龙思波预约古董店老板，请他明天无论如何要来迎客。

第二天早上，一位羞涩的骑车姑娘悄没声息隐入餐厅，8点钟如约变出一桌丰盛早餐，面包是热的，咖啡是烫的，温泉蛋煮得恰到好处，果汁鲜榨，公用餐厅早餐桌上摆放得赤橙黄绿，如诗如画。

我们一圈一圈逛小岛，路边有一家设计师饰品店，橱窗内贴有纸条，写着本店收入将全部捐给红十字会。有家小杂货店里羊毛毯、手工皂质量好价钱公道，我们都买，结账的时候店主接了个电话，只听他夸张地说，忙死了今天忙死了，又乐滋滋对老婆说，今儿个营业额真是牛了去了。龙思波听罢捂着嘴翻译给我们听，大家笑着又去挑东西成全他。

由于改变行程，我们等不及昨天预约的古董店老板来开门，忍痛打电话回了他，不料对方大胖子（估计）听后如释重负，太好了太好了，我不用出来上班了耶，不用谢我哈哈哈！

2015 年 12 月

九份暮色

6月底我搭长荣航空参与了一次以寻找台湾美食为主题的"微游台北"。

那天下午，同行的"二更上海"导演与摄像小哥说已包好车去台北中心城外的九份拍些景色，问我要不要一起去。我问九份有什么呀？答曰红灯笼与落日，很高的石梯，宫崎骏的漫画《千与千寻》中很多灵感来自九份。还有大名鼎鼎的九份芋圆，你在上海吃过"鲜芋仙"吗？

台湾包车司机很敬业，一上路立即自动切入导游模式。九份原先很穷只有九户人家，外出购物每样要九份，久而久之九份变成了地名。清朝光绪年间不知谁在山上发现了金矿，含金量极高，连山上的瀑布都是金光闪闪的。于是淘金客蜂拥而来，雇工人开矿、建房子，到日据时代达到鼎盛期，出产的黄金以吨计。如此疯狂竭泽而渔，到20世纪70年代九份的金矿被采尽，淘金者呼啸而去，资本退潮，小山城复归平静。

说话间九份到了。进入老街，融入摩肩接踵的游客中，窄窄的商业街上保留原样的戏院、酒吧、食肆经历了鼎盛时期的歌舞升平，到衰落后的颓败。后来侯孝贤在九份取景拍摄了著名电影《悲情城市》，动画大师宫崎骏慧眼识珠，在《千与千寻》动画片中，很多熟悉的镜头来自九份给他的灵感，更多的艺术家发现这块宝地，纷纷聚拢来，用文化的力量吸引了川流不息的各地游客，九份重新崛起。

台湾小吃品种之多我已经在台北夜市领略过了，到九份老街又发现诸如红糟肉丸、草仔粿等特产，想着我要吃芋圆千万不能被诱惑，掠过一家家鱼丸汤、豆花、鸡蛋饼，撑到遇见一家依山傍水的芋圆摊。九份山城整个是山地，石梯一直往上延伸，这家芋圆摊已在半山腰，日式木屋蛮破旧，挑出一个观景平台，栏杆外，海滩、礁石与晚霞组成使人陷入发呆的景色。气温很高，三面热风拂面，幸好芋圆盒子内桃红、橙粉、奶白的芋圆底下是碎冰，Q弹滑滑甜蜜蜜，还有深色的烧仙草（黑凉粉，很像龟苓膏）。芋圆块块不规整，表面附着晶莹透亮的甜羹，咀嚼时升起幸福感。

视野所见四周沿海日式板房、中式水泥房、西洋小别墅高低错落，屋顶上银色圆筒大约是太阳能热水器，阳光下闪闪发亮。挤挤挨挨的房子中出现小山城通往外界唯一的蜿蜒小路。

再往上，阶梯路旁小店参差。见到有猫咪文创礼品我来了精神，瓷器萌猫好漂亮，眯细眼或铃铛眼，背上绘画钻7个孔，翘得老高的尾巴是空心的。店主含着猫尾吹奏乐曲，发出陶埙那样的嗡嗡声。礼品店中猫咪丝巾、猫型瓷器精美得不忍释手，就是价格贵。我问店主，那些猫模特是不是九份山上的，那姑娘老实告诉我不是，一下浇灭了我的热情，其实她明明可以骗我的。

我们在等天黑红灯笼亮起。阶梯路尽头是大平台，我发现很多观光客脚步变缓，不约而同地露出惆怅的神色，夕阳照在各自额头。此时，耳畔仿佛听到台湾歌手陈绮贞抱着吉他唱"九份的咖啡店"："这里的景色像你变幻莫测/这样的午后我坐在九份的马路边/这里的空气很新鲜/这里的感觉很特别……"我亦止步，眺望远处黛色的云朵流来涌去变幻形状，肆虐了一天的太阳还在挣扎。

上梯下梯，突然间发现我已置身于绝壁，右手是巨大的黄铜色石壁浮雕，表现曾经的九份金矿矿工们头戴矿帽，大干快上的劳动景象。那浮雕上人豪迈的气概，欢欣的笑容太像我们大跃进年代的宣传版画了。左手是铁栏杆，石头阶梯往下伸，每一格都那么高。极窄通道上，一只三花狸猫摆着臀，迎面走来，悠悠然擦过我脚踝往山上去晚餐。

扶着铁栏杆面向大海，一股说不清楚的情绪弥漫上来，摄像师似乎从我背部读出了什么，他打开机器为我录下一段长镜头，后来被导演剪入短片"饕餮是一张美食地图，上海在这头台北在那头"的片尾，配了一段台湾民间小曲。我第一次看成片，看到这里，听到忽高忽低的小曲，心一酸，眼泪滴落下来。回上海后在网上找到资源，补看侯孝贤 1989 年在九份取景拍摄的电影《悲情城市》，这片子很旧了，情节缓慢，意外的闷，昏昏欲睡中我稍微懂了一些九份这个地方的历史，体会到海峡两岸人民相同的长长人生，种种况味。如果你让我具体解释说清楚，我依然感到相当无力。

2017 年 9 月

蛎岈山奇景

蛎岈山在海门东灶港东北方向四海里的黄海中，是一个天然两栖生物岛。距今已有1690年历史，因盛产牡蛎而闻名。查资料才知道，蛎岈山的神秘之处在于入水为礁出水为山，被当地人称为"沉浮山"。然而没去之前我依然毫无概念，以为既然称山总要爬山的。直到接我们的快艇速度很快地飞驰在海面上，浪花打湿了我们的衣衫，茫茫大海中，远处有桥，我突然看见了人影，人不是在桥上，是在水里。怎么回事？我喊了起来，你们看，谁在海里面行走啊？好像有轻功一样，水上飞！

游艇开到离岸几米换舢板船，我们换上胶鞋，落地到沙滩上。导游说，蛎岈山到了。啊，竟然是个平坦的山！原来浮沉山就是这个意思，海水淹没时看不见，海水退潮时才显露出来，而顺着平坦沙滩往岛中央走，最高处就是礁石遍布、长满蛎岈的山头。于是我与同伴们都稳稳地大踏步行进在蛎岈山上，如同我在海面行驶的船上看别人一样，好像走在水中央。

蛎岈山的"蛎"就是牡蛎的蛎，当地人称牡蛎为蛎岈，海门位于长江与黄海的交汇处，长江注入大海时带来的大量泥沙筑成近海处世界上面积最大的牡蛎滩（山），滩上有一个腾空飞碟似的建筑，是正在建造中的星级宾馆，它是根据潮汐的高度来建造的，保证不会被完全淹没，淹没了也没关系，宾馆就像潜水艇密封舱，想一想就很浪漫，好想体验一下星夜中在海里面沉睡，晨曦在海里面醒转来的奇幻妙境。

滩上沙子很细腻，夕阳照射下金波熠熠的沙滩，图案多么美丽。导游指着沙滩上一个个稍纵即逝的孔洞说，这底下有蛤蛎、小沙蟹、黄泥螺。同伴们像孩子一样瞬间来了精神，弯腰大呼小叫，导游还教我们怎样用脚踩泥沙，逼迫蛤蛎露出真面目。不一会儿工夫，本事大的人已挖到一袋蛤蛎，拍照时笑成老顽童。

晚上我们在海鲜饭店里用餐，吃到了蛎岈饼，与在福州、台湾吃到的蚵仔煎差不离。前面说了，蛎岈就是牡蛎，蛎岈山上的蛎岈是长在礁石上的，每天退潮时浮出海面，渔民要乘着退潮去挖，他们叫劈蛎岈，用一把小刀，把坚硬的壳撬开，挖出肉来，放入肩上挑的木桶里。而当年渔民没有手表来计算精确的退潮时间，危险的事情容易发生。带我们去的海门好年农庄主人张妙霖告诉我们，他的亲舅舅就是因为去蛎岈山挖蛎岈，快到傍晚时大家都离开了，可是舅舅为了再多挖一点，没有跟随众人一起撤退，待到海浪拍击，为时已晚。远处的亲人看见他被困，不断呼唤他赶紧把身上挑的蛎岈桶扔掉，可是舅舅不舍得，就这样，舅舅被浪头打倒葬身大海。这是一个悲伤的故事，听后我们都加快脚步，貌似温柔的海水呀，其实很残忍。

蛎岈山上牡蛎品种很小，与我们在法国、瑞典海边峭壁上看见附在那里的大牡蛎不同。回忆起来，我小时候吃过不带壳的蛎岈，宁波人叫它"蛎黄"，用碎冰保鲜，灰色的软得吓人，在上海小菜场是用手抓着卖给你的。吃前冲洗一下，凉开水一过，蘸米醋吃，还要放生姜末。妈妈一直关照不能多吃，贪吃要拉肚子的。

神奇的蛎岈山，再见了。下次来算准时间早点"上山"，争取往前一直走到蛎岈山顶，亲眼看看附在礁石上的蛎岈，最好动手劈一只，当场吃掉以作纪念。

2018 年 12 月

我从沿街的窗户望出去

我住的地方在上海衡复历史文化风貌区内，那条路原本非常安静，可是成了风貌区后，每天有人来游览，带着单反机长镜头走来走去。尤其是周末，附近的马路有好多网红店，时髦年轻人排队买冰淇淋，买蛋挞，握一杯咖啡，坐在沿街的路上作沉吟状。每到岁末，我最盼望春节到来的一条理由是，人都走了，马路空了，历史保护建筑都现出本来的面貌，我可以站到马路中央，两边法国梧桐树冠在头顶上空交叉握手，笔直的一条街，真好看，我要拍一张风景大片。

可是今年春节，我从沿街的窗户望出去，马路上早已如我所愿，空旷安静，整洁如洗，值班的环卫工人把每一片落叶都捡走了，可是我已经三天没有下楼，我得去买菜补给，新冠疫情严峻，快递小哥一时半会回不来，网上订购的东西迟迟都不能送达。

我下楼丢垃圾，走去附近的超市。超市门口桌上有测温枪，正在结账的店员让我等一等他，超市里人不多，大家戴着口罩，默默地挑选，尽量不擦肩而过，在街上走也是，对面有人过来，这边赶紧让道，君子礼貌得不同以往。超市里蔬菜水果应有尽有，除了口罩与酒精。买了很多食物，结账的时候没有人用现金，个个举起手机扫码支付，我也跟着办了张会员卡。

往回走，因为提着重物，感觉迈不开腿，才想起多穿了一条秋裤。额头冒汗了，戴了眼镜又戴着口罩，气要透不出了。路上一个行人也没有，突然委屈得眼泪"哗"地冒了出来。想起在武汉的那些每天穿戴得如太空人一般的一线医护人员，见过一个女护士自拍让妈妈放心的视频，一层层护士服、防护服穿上，再裤子、手套、脚套、口罩、护目镜、面罩，这么穿完，他们怎么走路、怎么呼吸？是进 ICU 病房救人哪，还要打针、抽血、插管、上呼吸器，以及生活护理，难以想象。

天气有点阴沉，倒春寒。等红绿灯时，一辆车也没有，我可以站到马路中央拍全景照了，可是一点拍照的心思也没有。空荡荡的马路，两边商店全部闭户，每一条弄堂口都贴着白纸防疫告示，一位老太太挽着瘪瘪的马夹袋踽踽独行，她家的保姆一定没能到岗，风吹起了她凌乱的白发，我认出她戴的口罩是刚刚在居委会排队登记后再到药房排队买来的。怎么会这样，眼泪又涌上来了。

今年的春节确实过得不同以往，长假太长了，长到我这样爱宅家的人无聊到用手机偷拍对面人家吊在窗台上的咸肉；长到想念以往街上背着单反相机长镜头的游人了。我的马路我的街，不要再那么冷清那么了无生气了，希望那些赶时髦的小青年打扮得奇奇怪怪的快回来，来摆酷、拍照、拍视频；那些小女生来，买了椰子壳装的五彩冰淇淋先拍照，人戳在马路上修图，上传朋友圈；外国人也来，站啤酒小店门口碰杯，喧闹，坐人家门口台阶上直播回欧洲……

好在前方新冠肺炎阻击战已获得阶段性成绩，全国包括湖北、武汉疫情已缓。今天在网上读到陶斯亮《为你骄傲，我的大武汉》一文，就像我 24 岁那年第一次读到她《一封终于发出的信》时那样，这篇文章讲常识亮观点，一如既往的有力量，令人信服又感动。陶斯亮在文章最后提到世界卫生组织专家在北京新闻发布会上说，当这场疫情过去，希望有机会代表世界再一次感谢武汉人民。她说："艾尔沃德的话让无数人动容。其实武汉人民最希望的，是他们所受的苦难，再也不要在中国上演。"是的，我们再也不要流泪，不再伤心，脱下口罩正常交往，享受热腾腾的每一天。

2020 年 3 月

爱神花园醒了

上海巨鹿路作家协会的爱神花园很美，作协有重要文学会议集体合影，有作家接受电视台采访，有报刊杂志要拍摄作家的照片，作家拍新书书影，都喜欢选择在爱神花园。

爱神花园在文学青年眼里很神圣，门槛很高。年轻时我没有机会在那里工作，难得去送个稿子见个编辑会很紧张，不知道该穿哪件衣服，焦虑得很。幸运如我，退休后去了那里做点事情，能自由进出爱神花园最让我欣喜。而我第一个办公的房间，据说是全爱神花园最好的房间。那间办公室朝南有一只半圆形向外突出的铸铁阳台，像极了罗密欧与朱丽叶约会的阳台。春天时，黄色蓬勃的木香枝条仿佛从天上垂下来，小黄花开得没心没肺，早晨很多枝条还带着露水，尖端伸出毛茸茸的小爪子，在阳台优美的栏杆上嗖嗖往前攀行，爬上钢窗和外墙。

今年约摸是心情的关系，春天有点姗姗来迟。因疫情在家闷过了冬季，到3月中旬终于可以进爱神花园那天，兴奋地拍了几张花园照片贴朋友圈，女友小蛮看见了，她问木香花开了没有呀？我在园子里抬头望向阳台，木香花一朵都没开，主楼大厅外的爱奥尼柱上缠绕的仍然是枯藤。那天我拿到《收获》做的纪念杯，淡青色杯面上有余华的小说名"活着"两字，心里一嗝，联想到此次全世界新冠肺炎的高危人群年龄划线，感叹"世界变化太大，六十五岁以上让你活着已要感恩"。

第二周去爱神花园，念着与小蛮的木香花之约，又抬头看，发现木香花已开得星星点点，绿色枝条活泼地飘扬，墙面、柱子上的枯藤钻出绿色小叶子，我拍下春讯存在手机里，告诉自己不要急，疫情阻挡不了春天的脚步，我们留恋的从前，比如爱神花园那四季繁花，都会回来的。

4月头一天，小蛮穿了件大红薄呢风衣如约而至，木香花已在高处开成一团一团，藤蔓遮住半个阳台，枝条上小黄花在跳舞。我带她在爱神花园兜了一圈，艳红的茶花、粉白的海棠、五彩蝴蝶花，还有树上快过气的樱花，刚刚修过的草坪散发出青草汁水的气味，让我们隔着口罩深深呼吸浅浅陶醉。红衣小蛮眼睛亮晶晶的，朝向爱奥尼柱上的片片新叶，踮脚尖做了个双手迎送的阿拉贝斯克（Arabesque）经典芭蕾舞动作，好美！我们就势坐到南门廊圆石凳上，脸向着喷泉水池中女神普绪赫雕像，聊着天。

又过了一周，爱神花园真正醒过来了。木香花满开，大蓬大蓬从东南面屋顶披挂下来。喷水池周围的草坪上，酢浆草中密布桃红、雪青小花，长寿的天竺子艳红。主楼西南面二楼《上海文化》编辑部那个小阳台，已经被攀缘植物的绿叶覆盖到打不开落地钢窗，跟着长上去的月季花次第开放，深红色、玫瑰色，有的花朵大过拳头，相当的肥。5号楼门前那棵漂亮的树，伞形树盖，叶片薄薄的有五个角，这树别名叫五角枫，可学名叫鸡爪槭。铁锈红叶片层层叠叠合在一起顺着风轻轻扇舞，我觉得比满树鲜花优雅，何况铁锈红是我现在年龄最喜欢的颜色了。

猫呢？爱神花园以前有很多自由猫，我不喜欢管貌似无所归属的猫叫野猫或者流浪猫，如果大家都对猫咪态度仁慈的话，来去自由的生活状态是猫们最喜欢的。听说爱神花园隔壁那位爱猫如命的李医生病了很久了，她已不能每天到花园里来放猫粮和清水。李医生把所有的退休工资都花在无家可归的猫身上，她的家门永远敞开，最多的时候有18只猫过去睡觉。

那些猫白天会来爱神花园嬉戏晒太阳，中午我们在食堂用餐，常有人省下半盒酸奶请它们当点心。这些猫都有很好的身材，警惕性颇高。没有人打乒乓球时，它们爱伏在大厅宽阔门廊的乒乓桌上歇息，我常轻轻地坐到台阶上与猫咪搭讪，拍照，想抱抱它们很难,总归是单相思。好吧猫咪们,春天过去很快就夏天了,来看看醒来的爱神花园吧。活着,和人类一起,捡起如往常一般的好日子。

2020 年 5 月

此是春来第一鲜

荠菜虽然是一种平凡的野菜,古往今来生生不息,给人们带来食欲口福的同时,它对人还有形而上的精神滋养。之前没想到会有那么多歌咏荠菜的古诗词和民谣留存于世。"三月三,荠菜胜灵丹"说的是荠菜有药补的作用,"春在溪头荠菜花"说的是荠菜的美。春天的野地里溪水旁,贴地生长的绿叶荠菜无人采摘,几天后菜秆顶上就会开出白色细巧的荠菜花,开花的荠菜美是美的,可菜叶已不嫩,口味欠佳了。我最爱元代诗人杨载的"城雪初消荠菜生,角门深巷少人行。柳梢听得黄鹂语,此是春来第一声",色形生动,多有意境。

儿时我就最喜欢吃荠菜肉馄饨,直到两鬓染霜,仍然爱那种鲜到舌尖有一点麻酥酥的荠菜味,它仿佛有一种魔力,隔了一段时间会想念。没错,荠菜是野菜,早先在城里不是一直能买到的蔬菜,估计是菜农收割青菜、黄芽菜这些当家蔬菜送到城里卖时,插空到田边路旁挑些野荠菜，捎带着赚点零花钱来的。野荠菜在初春是抢手的时鲜货，尽管春雨绵绵，荠菜叶子混合着泥土，根须很脏，勤劳的主妇买到还是喜上眉梢，不怕辛苦地又洗又开水烫，手工剁碎，包馄饨包饺子，煮荠菜粥给家人报春讯。《本草纲目》中有说，荠菜煮粥，明目利肝，还能调理慢性肠胃炎，古称"百岁羹"，我信！

我买到荠菜除了包馄饨，还喜欢做荠菜豆腐羹，荠菜洗净切碎，油锅先炒猪肉末或者肉丝，加点水煮一下，鲜汤汁渗出后，倒入荠菜碎，菜变软后放入一盒划开的嫩豆腐，再盖上盖子煮一会，起锅前用水淀粉勾芡，最后撒胡椒粉。荠菜豆腐羹趁热吃要小心烫嘴，小碗内碧绿纯白，连眼睛都会鲜到眯起来。

汪曾祺在《故乡的食》中讲到用荠菜包春卷，这也是我喜欢的菜或者谓点心。荠菜春卷可以不放肉，按汪老做凉菜的方法剁两块五香豆腐干下去，虾米用料酒泡软了，也剁碎，高兴的话再剁点香菇末。荠菜因为含有草酸，不妨先焯水后再剁碎，这些合起来放细盐和一点点白糖，滴麻油拌匀，卷在春卷皮子中包起来。我在乌镇吃到的荠菜春卷是两头开放，微微翘起的，煎炸好放白盘子中，远远看去像是古代一卷卷奏折，相当美观。遗憾的是因春卷皮两头没有包卷拢，渗入的油比较多，吃两三个就感到有些油腻了。

荠菜在中国各省份都有分布,一年两季,除了春荠菜还有能过冬的秋荠菜,老上海人在过年的时候以吃到荠菜炒年糕而兴奋。荠菜肉丝冬笋炒年糕是我宁波籍外婆的拿手菜,荠菜碎、冬笋尖、里脊肉丝、宁波水磨年糕片,用铁锅旺火炒得镬气十足,那垂涎欲滴的香气,那鲜到骨子里的荠菜味,那一大家子围炉伸筷子的热闹,今天想起来,眼镜片上起雾了。

江南文人爱吟诗,一待春风拂面,苏轼、陆游、范仲淹、周作人、汪曾祺怎地齐刷刷地朝着田野里的荠菜抒发情思。要数春来时鲜菜可不少,芦蒿、蚕豆、枸杞头、马兰头、香椿芽、韭菜、春笋以及蒲菜等各显其美,可最终还是荠菜以它的香气、口感、药用价值和丰富的蛋白质、钙、维生素、膳食纤维含量,理所当然拔得头筹。

挑荠菜的活,城里的小朋友做得少。记得我小学四五年级时,接到老师做"忆苦饭"的任务,跟一位自称认识野菜的女同学跑到虹口公园以北的近郊坡地上挖野菜,我们挖了一些绿色野菜,其中就有那些贴地生长开白色小花的荠菜。那天累得满头大汗匆匆赶回来做野菜粥和粗粮馒头,搞得学校厨房遍地狼藉。揭锅后,一班同学苦着脸咽糠吞粥,因为要忆苦,没有用油盐调味,那些不知何名的杂乱野菜混在一起,味道果然很苦,让刚刚10岁的小孩随着味蕾瞬间穿越到旧社会,深深体会到吃不饱饭的劳动人民日子的苦，反衬自己长在"蜜罐"中的甜。

关于荠菜是不是野生的，十几年前我还是很计较的，正如美食大家汪曾祺所言，北京园子里种的荠菜"茎白叶大，颜色较野生的浅，无香气，不好吃，不如南方的野生荠菜"。上海菜场里的荠菜野生与棚植的混杂，我到摊位上抓一把荠菜闻根部，立刻能识别出是不是野生荠菜，野生荠菜的香味浓烈，有一股药味，还有一个特点是，野生的根部带点紫色，仿佛记录了历经冬雪的沧桑。而细细长长根部白森森的荠菜，鼻子凑上去闻不到特别的味道，那必然是大棚栽种。后来以至如今，菜场里已几乎没有野生荠菜卖了，如你不识趣问摊主有没有野生的，他可能会翻你个白眼背转身去，暗暗骂一句"有空"。

其实坚持自然有机种植的农庄里，好吃的荠菜还是有。现代农业早破解了无数蔬菜季节性种植的秘诀，荠菜已然一年四季都能买到，相信今后种子优化，科学浇灌，美食爱好者执着的野荠菜味道会重回餐桌，毕竟，此是春来第一鲜！

2021 年 3 月

"蠹鱼文丛"书目

《问道录》 扬之水 著

《浙江籍》 陈子善 著

《漫话丰子恺》 叶瑜荪 著

《文苑拾遗》 徐重庆 著 刘荣华、龚景兴 编

《剪烛小集》 王稼句 著

《立春随笔》 朱航满 著

《苦路人影》 孙郁 著

《入浙随缘录》 子张 著

《潮起潮落——我笔下的浙江文人》 李辉 著

《越踪集》 徐雁 著

《木心考索》 夏春锦 著

《文学课》 戴建华 著

《老派:闲话文人旧事》 周立民 著

《定庵随笔》 沈定庵 著

《次第春风到草庐》 韩石山 著

《藕汀诗话》 吴藕汀 著 范笑我 编

《学林掌录》 谢泳 著

《如看草花:读汪曾祺》 毕亮 著

《读写光阴》 孔明珠 著
《书是人类的避难所》 安武林 著(待出)

书信系列

《锺叔河书信初集》 夏春锦等 编
《龙榆生师友书札》 张瑞田 编
《容园竹刻存札》 叶瑜荪 编
《李泽厚刘纲纪美学通信》 杨斌 编
《来新夏书信集》 来新夏 著 王振良 编
《丰子恺丰一吟友朋书简》 杨子耘、禾塘 编(待出)
《丰子恺子女书札》 叶瑜荪、夏春锦 编(待出)
《汪曾祺书信笺释》 李建新 笺释(待出)